与子书

——写给孩子的100封信

闫生方 ○ 著

文心出版社

·郑州·

U0634327

图书在版编目（CIP）数据

与子书：写给孩子的 100 封信 / 闫生方著 . —郑州 : 文心出版社，2023.6（2023.12 重印）
ISBN 978-7-5510-2820-2

Ⅰ.①与… Ⅱ.①闫… Ⅲ.①书信集 – 中国 – 当代②家庭教育 Ⅳ.① I267.5 ② G78

中国国家版本馆 CIP 数据核字（2023）第 110876 号

出版社：文心出版社
（地址：郑州市郑东新区祥盛街 27 号 邮编：450016）
发行单位：全国新华书店
承印单位：郑州市毛庄印刷有限公司
开本：710 毫米 ×1000 毫米 1/16
印张：21.5
字数：370 千字
版次：2023 年 6 月第 1 版 印次：2023 年 12 月第 2 次印刷
书号：ISBN 978-7-5510-2820-2 定价：59.80 元

如发现印、装质量问题，请与印刷厂联系。电话：0371-63784396

谨以此书献给我的爱人与孩子

推荐者序一

——陪伴是最长情的告白

一直以来，对于好学上进的年轻人，我都持鼓励与支持的态度。毕竟，很多人在工作后，除专门致力于学术研究的人外，大都忙于具体事务，静下心来读书学习的少之又少。殊不知学习是最不能被忽略和放弃的。因为在人的一生当中，会遇到多种难题，唯有坚持不断地学习，才能增长见识、拓宽眼界，提升解决难题的能力。

作者的单位与我工作的河南大学颇有缘分，郑州大学第一附属医院办医办学的始点是在河南大学，1931 年医院名称为省立河南大学附设医院，新中国成立后，随着中国大学的分拆合并，医院名称也几经变更，最终归于郑州大学，此缘一也！作者硕士就读于厦门大学，彼时我的好友易中天教授在央视《百家讲坛》栏目讲授《汉代风云人物》《易中天品三国》，正声名鹊起，如日中天，作者在学校也旁听过易老师讲课，此缘二也！作者颇喜欢历史，还立志于在中国近代史方面多作研究，且一直笔耕不辍，常写一些关于历史人物的读书心得，此缘三也！有此三缘，无形之中，距离近矣！

毋庸讳言，在中国传统的家庭教育中，父亲占据着重要、强势的地位，严父慈母的形象也符合大多数国人的想象。随着经济社会的发展进步，城市化进程的不断加快，中国现代的教育方式与中国传统的教育方式大相径庭，家庭教育的作用越来越弱化，学校教育占据着越来越重要的地位。这也恰恰是当前教育问题的症结所在，中国式家长的"教育焦虑"也大都由此而生。

须知，家庭是教育孩子的第一场所，父母是教育孩子的第一责任人。父母不只是孩子物质生活的承担者，也是孩子成长成才的领路人。陪伴是最长情的告白，父母是孩子最好的老师。我们常常说，有什么样的父母，就有什么样的孩子。应当承认，现代家庭教育中，母亲陪伴孩子的时间更长，孩子也更愿意多与母亲交流，这一方面显示出了母亲的伟大，另一方面则显出了父亲角色的尴尬，主要表现为父亲与孩子在一起的时间少，偶尔陪伴，又常常缺位，与孩子的沟通大多是简单的简短的。本书恰恰是从一个普通父亲的视角出发，记录他在陪伴孩子成长过程中的所思所想所悟，对于教育孩子而言，应有许多可借鉴之处。

作者的这本书由100封写给孩子的书信组成，内容多从与孩子日常相处的点点滴滴入手，且每一封都有一个主题，或曰做人做事，或曰学习自律等。本书稿由作者坚持了两年时间完成，由浅入深、娓娓道来，也殊为不易。对于当下教育孩子多有不安的家长而言，珍惜当下，珍惜每一个陪伴孩子的瞬间，与孩子一起读、一起学、一起成长，尤为重要。广大家长与作者应有许多可以共情共通的地方，此书确实值得一读，故特推荐之。

人生都是万事开头难，写作尤如此！希望作者在今后的人生道路上，继续坚持学习，百尺竿头，更进一步！

河南大学文学院教授、博士生导师
国务院政府特殊津贴专家
教育部高等学校教学名师

推荐者序二

——德育是儿童教育的灵魂

当前，关于儿童教育的话题，牵动着万千中国家长的心，也由此引发了诸多"教育焦虑"。这些林林总总的焦虑，大多聚焦于孩子的学业成绩，在很大程度上忽视了儿童教育的灵魂——德育。

实际上，道德不仅是衡量和指导人们思想和行为的重要准则，更是人之为人的基本前提。"狼孩"之所以不是真正意义上的人，不在于其没有人的基本生物特征，而在于其缺乏作为人起码的社会品性。中西方文明，有共同共通的价值理念。爱因斯坦认为，"一切人类的价值的基础是道德"，而道德行为则是"对全人类更加幸福的命运的善意的关怀"。在很大程度上，德育是千百年来人类文明得以生生不息的关键所在。对于每个具体的人而言，德育是其获得人之为人的基本资格，是个体配享人生幸福的根本保障。它可以最大限度地让孩子在家庭生活、学校教育和社会交往中，真诚善良、明辨是非，了解常识、少犯错误，亲近智慧、远离愚蠢，长大后做一个有情怀、有格调、有担当的人。

高尚的道德情操是孩子健康成长的需要，也是培育健康身心的需要。当下，在大多数家庭的教育观念中，"望子成龙""望女成凤"仍是家长们的殷切期盼。殊不知，教育是一个让孩子"成人"的过程，而不是一个追求做"人上人"的过程。德育的核心内容是"望子成人"，强调的是人的全面发展，而非把人培养为工具。

使人成人的教育应是最本真、最朴素的教育。然而，非常遗憾的是，现代家长往往被裹挟进具有明显市场取向的各种时髦的教育辞藻中，忽视了最原始的家庭日常交往本身所内含的巨大教育力量，以及家长这一角色本身所应发挥的教育影响。实际上，相比于学校及其他市场化的教育机构，家庭的教育是最为自然的，也是最为灵动、最具有生命意蕴的教育形态。家庭教育应守住家庭生活的自然性、日常性和交往性。

为此，家庭教育需要实现一种由外而内的深刻转向。家长不能把引导孩子人格道德成长这一重大生命事件的主动权完全交付给学校和社会，而应通过亲子之间的灵魂对话，主动参与到孩子的生命建构当中。

家庭是儿童成长的第一场所，父母都是孩子健康成长的"重要他人"。当前，在许多家庭中，母亲往往独自承担起了育儿的重任，所谓的"丧偶式育儿"正是这一问题的戏谑式写照。实际上，父母任何一方的缺位，都会带来孩子成长过程中的诸多遗憾，甚至是不良影响。这一问题理应得到社会各界的高度关注。

值得肯定的是，本书作者作为一个父亲，以书信这一看似原始却十分真实的方式，切实融入孩子成长的生命历程当中。这些充满人生洞见和教育智慧的文字，饱含了一位父亲殷切的教育期待和教育担当。家长给孩子写信沟通交流的也不少，但能坚持下来的并不多，能坚持两年如一日给孩子每周写一封信，更需要不小的毅力和长情的陪伴。

这本书信集共100封，作者是我指导的非全日制教育领导与管理专业博士研究生。他从一个普通父亲的视角，结合自己多年的工作感悟与读书心得，与孩子"对话"，书信内容涵盖了孩子成长道路上必须面对的学习、道德、哲理、人生观等方面，饱含浓浓的爱意，体现出高超的教育智慧。也诚如作者所言，陪伴是最长情的告白。或许对于这个年龄的孩子而言，这些书信他们未必都能读懂，但只要在其成长的过程中，书信中的一句话、一段文字、一个观点，能够对其人生有所启迪，就已足够。

最后，书信从日常观察入手，立意鲜明，文风质朴，娓娓道来，浅显易懂，家长读来也能深刻共情，有所感悟，有所回味，有所反思。在教育孩子、陪伴孩子成长方面，此书作者给我们探索出了一条特别有价值的实践之路，确实值得一读。

是为序！

北京师范大学教育学部教授、博士生导师、
教育基本理论研究院副院长、公民与道德
教育研究中心主任

自　序

——生命是一幅徐徐展开的画卷

从出生后的第一声啼哭开始，人就开启了独一无二的生命之旅。如果说，生命是一幅徐徐展开的画卷，那么，它究竟是一幅激动人心的"骏马驰骋图"，还是大气磅礴的"江山秀丽图"，抑或是憨态可掬的"功夫熊猫图"，都要看画者如何着墨起笔了。

现实中，再伟大再珍贵的画作也都是静态的、确定的，神秘的蒙娜丽莎的微笑也不例外。生命的画卷则不同，它是动态的、充满不确定性的，是鲜活的、有自主力量的，且被深刻地镶嵌到整个社会体系当中。在一个孩子的成长道路上起作用的，有家庭和学校的外在因素，也有个人性格、品行等内在因素，究竟是哪些因素起决定性的作用并不好说。毋庸置疑的是，在孩童成长的起始阶段，牙牙学语、蹒跚学步都是从模仿开始的，父母的言传身教在这一阶段起着非常重要的示范作用。

孩子成长最重要的环境，首先是家庭，其次才是学校。父母，言传身教，是第一任老师；教师，授业解惑，是持接力棒者。两者的合力是画作泼墨挥毫的第一笔，毕竟人生起点很重要，好的开始是成功的一半，这也符合大多数中国家长不能让孩子输在起跑线上的想法。

之所以说家庭环境重要，是因为它对孩子性格品德的养成影响巨大。通俗地说就是，有什么样的父母就有什么样的孩子。

按照费孝通先生的"差序格局"理论，中国人的道德更多的是一种维系私人（熟人）之间的道德，与现代社会所倡导的公德不完全相同。在中国传统文化当中，道德是建立在家庭血缘和地缘基础之上的，它可以自然扩展到师生和同学、朋友关系之中，呈现出逐渐递减的显著特征。这其中，最为关键的是父（母）子关系和兄弟（姊妹）关系，朋友关系是兄弟关系的延展。

随着经济社会的发展，工业化、信息化与城市化发展不断加快，维系着传统道德的血缘、地缘关系在城市中迅速解构，同一小区同一单元乃至同一楼层的邻居常年都"相逢相见不相识"，维系个人关系网络的大都是师生、同学、朋友和同事，以及由此组合出来的各类"熟人"。

因此，如何正确教导孩子与陌生人打交道，如何将维系传统"熟人"关系中的"私德"转化为现代社会的公民"公德"，教育孩子做一个有担当、有爱心、敢奉献的合格公民是育子成人的重要命题，也是当前学生德育的重要内容之一。

当然，人性是复杂的，也是多变的。现实中，再完美的家庭环境也可能养出"妈宝男"，他虽然是父母眼中的好孩子，却可能是社会上恣意妄为的"小霸王"。因此，德育只是软约束，不具备法律的强制性。人性究竟是"本善"还是"本恶"，仍将是一个"剪不断，理还乱"的话题。

不管如何，一个好的家庭成长环境对孩子们至关重要。现实中，人与人之间的沟通不是一件容易的事情，听人讲道理也不都是让人舒服的事情。因此，良好的沟通一定是建立在相同"频道"之上的，类同的三观，适宜的场景，缺一不可。在家庭里，父亲与母亲扮演的角色不同，存在着"严父慈母"的形象设定，母亲代表着无私的爱，父亲则更像一种权威符号。就像《红楼梦》里贾政与贾宝玉的父子关系，儿子表现得好也要一副义正词严的样子，表现得差那就要板子伺候了。因此，父亲与孩子日常沟通的难点在于天然有一种距离感。偶尔沟通交流，双方都不知道说什么，也是"尬聊"的多，经常是你讲你的，我听我的，相互平行，互不干扰。因此，无论是在学习中还是生活中，孩子更愿意和母亲交流，而不愿意与父亲直接"对话"。

电影《阿甘正传》里有一句经典台词，"人生就像一盒巧克力，你永远不知道下一颗是什么味道"。人生具有不确定性，也充满了无限可能。作为家长要教育孩子，无论未来的路是平坦还是曲折，都要不放弃对生活的信心，要时刻保持乐观积极的态度，勇敢地走下去。唯有这样，人生的画卷才能与众不同，才能有特点特色，才能有不一样的价值内涵。

自己利用两年的时间写就了这100封给孩子的书信，从日常观察入手，从与孩子相处的点滴起笔，书中所言更多的也是自身心迹的表露。建议平日里与自己一样忙于工作、疏于与孩子沟通的"中国式父亲"，陪伴孩子一起读一读，也许会有不一样的收获。

闫生才

前　言
——写给孩子也是写给我们

　　这本书信集是我与爱人打赌的结果,当时我吹嘘能坚持每周给孩子们写一封信。她自然不信,还鄙视地说:"你只不过是说说而已,大概率会半途而废,根本坚持写不了几封。"

　　俗话说:"人争一口气,树活一张皮。"做人要有梦想,不然和咸鱼有什么区别?于是我就坚持每周写,不管工作多忙也没有荒废,灵感来了还有一周写两封信的时候,利用大约两年的时间,写好了这100封信。信中内容多来源于我们与孩子的日常交流以及我的生活感悟和读书思考。

　　人生中很多事情就是如此,放弃不难,坚持下来却有意想不到的收获。古人云:"人而无信,不知其可也。"自己要努力做到言而有信,非百封而不止。看来人生中理想还是要有的,万一实现了呢!

一、"中西"合璧

　　通过写信的形式与孩子们沟通,是人民群众喜闻乐见的交流方式之一。古今中外,给孩子写信的名人很多。中国近代当数晚清的曾国藩,他的《曾国藩家书》历时近两百年而不衰。现代当数著名翻译家傅雷先生。当然,还有美国的洛克菲勒,他的《洛克菲勒写给儿子的38封信》也风靡一时。这三本书中,《曾国藩家书》我只是摘抄了其中的一些箴言佳句,《傅雷家书》也只粗略地翻过,洛克菲勒的那本家书我仔细地读过几遍。《洛克菲勒写给儿子的38封信》是洛克菲勒一生的思想精华,饱含了一位父亲对孩子们浓浓的爱以及殷切期望。在医院工作多年的我深深地感受到,没有爱当不好医生与护士,同样没有爱也做不好父亲与母亲。在有爱的环境滋养下成长的孩子才会更温暖、更勇敢、更自信、更从容。

毋庸置疑，中国人教育孩子的方式存在典型的"路径依赖"特征：重视道德的说教，忽视个性的培养。当下，我们不能再用"修身齐家"的方式教育孩子，因为时代变了，环境变了，东西方文化交流融合也在不断深化，教育孩子的方式方法自然也要与时俱进，要有全球视角。

　　显而易见，在教育孩子方面，东西方文化存在着明显差异。孙隆基先生在《中国文化的深层结构》一书中讲道：中国文化是"杀子"的文化，讲的是孩子对父母的听话与顺从；西方文化是"弑父"的文化，讲的是年轻人的独立、创新和超越。当然，我们教育孩子就是要跳出传统文化的束缚，既看到传统文化的长处，又要学习西方文化的优点，取两者之精华，用更宽广的眼界看待两种文化，找到教育孩子的"最优公约数"。我们不仅要让孩子做个"听话"的好孩子，还要塑造其健康的身心，培养其独立思考的能力，使孩子养成批判性的思维，具备法治精神、契约意识、规则意识、志愿服务精神等。

　　教育不是用一个模子浇筑孩子的未来。孩子如果都一样，就失去了灵性、活力和创造力，人类也就失去了前进的动力和源泉。每个孩子都是一个鲜活的个体，个性各不相同，品行有高有低，可以说是一人一面，甚至是一人多面，即使孪生兄弟，很多方面也迥然不同。

　　著名法律学者罗翔在《法治的细节》一书中指出："正如大学'university'这个英文单词，一个是'普遍性'（unity），一个是'多样性'（diversity），既要有普遍性的视野，又要有多样性的包容。"教育孩子就是要普遍性与多样性相结合，实现"一"与"多"的有机统一。

二、理解人性

　　笔者只是个普通人，自知德薄才浅，无法望名人之项背，信中所言也都是自己的生活感悟与读书心得，既来源于生活，也用之于生活。现实中，大部分人都是平凡地过完一生。世界上没有那么多不一样，也没有那么多不平凡，因此，我平凡，我快乐，我绝不自命不凡。

　　由于工作忙，我陪伴孩子的时间少，平时疏于沟通交流。蓦然回首，发现几载春秋也已不再，缺少了与孩子相伴的时光，生活确实少了几多乐趣，多了几分遗憾。人生中最重要且能把握的唯有当下，因为当下最真实，昨天已经过去，明天依然充满未知。

坦白地讲，在陪伴孩子这方面，孩子妈妈付出最多，也最辛苦，从照顾生活起居，到学习辅导、打卡报到等，事无巨细，事必躬亲。从早上给孩子穿衣洗漱，督促吃饭喝水，接送上学放学，辅导课余作业，洗漱脱衣睡觉，周而复始，需要极大的爱心与耐心方可完成。相对而言，在自媒体发达的当下，要树立起一个"好爸爸"的形象非常容易。偶尔的陪伴，朋友圈里晒几张亲子照片，再配上一些简短精彩的中国式"鸡汤"金句，就会引来一片点赞，收获"好爸爸"的称谓。

由此可见，人们常说"眼见为实，耳听为虚"，其实也不尽然，辨别真伪，做出正确判断要靠逻辑、阅历、见识与智慧。与人交往，察其言更要观其行。一个人说什么真的不重要，重要的是他怎么做；一个人一时做什么也不重要，重要的是拉长时间的距离，把他的言行穿起来，这样才能看清这个人究竟是怎样的一个人。古人云："试玉要烧三日满，辨材须待七年期。"一个人轻信于人是因为阅历太浅，吃亏太少。别人说两句好话你就信了，做一件好事你就认了，那又能怪谁呢！

有人说："世间有两样东西不能直视，一是太阳，二是人心。"人的一生中，遇到对的人才能做正确的事情，而认人识人知人又是一生的难题。人生最大的幸运是碰到贵人，最大的悲剧是遇人不淑。古人留下了太多关于人性的智慧言语，"画龙画虎难画骨，知人知面不知心""天可度，地可量，唯有人心不可防。但见丹诚赤如血，谁知伪言巧似簧""长恨人心不如水，等闲平地起波澜"。其实，虽然人心难测，也大可不必过度猜度，做到两点即可：一是不赌天意，凡事不奢望就不会失望；二是不猜人心，凡事尽力而为、顺其自然。

人生如同一条河流，河面宽窄不尽相同，水流有急有缓，时而磅礴大气，时而涓涓细流；人性则如同河床一样相对稳固，平坦处就像真善美的一面，深穴漩涡暗流犹如幽暗丑陋的一面。其实，我们大可不必对人性过于悲观，千百年来支撑人类不断前进的动力，是文明战胜了野蛮，人性压倒了兽性，规则战胜了无序，合作战胜了斗争。人性的光辉恰恰在于经历苦难磨砺之后，仍然初心不改、满腔热忱。罗曼·罗兰说："世界上只有一种真正的英雄主义，那就是看清生活的真相之后，依然热爱生活。"

三、爱是账单

有人说，父母对孩子的爱是一条没有尽头的路，而孩子对父母的爱只有筷子那么长。其实，大可不必那么矫情，父母对自己孩子的付出不是为了获得回报，而是出于本能。生命是个偶然，养儿养女防老更是一个靠不住的"伪命题"，能有个好身体和好老伴儿，比什么都强。人生是一条单行线，亲人之间的爱也是向下代际传递的，因为自己的孩子还将有孩子，他们对自己孩子的爱也是如此，是一条自然延伸的没有尽头之路。

很多人对亲情的理解过于简单。爱不是一句空洞的口号，爱其实是一张可以一条条罗列的账单，是权利也是义务，是奉献而不是索取。它体现在日常的细节小事中，体现在对孩子每时每刻的关怀中，体现在每一个温暖相拥的瞬间。

看着孩子们一天天地长大，回想自己这么多年来的经历，其间，由于不懂人情世故，碰壁无数、受人折辱；见惯了人情冷暖，习惯了任何人的忽远忽近，但也做到了初心不改、堂堂正正、表里如一、有始有终；个人心理也经历了从"纠结"到"不纠结"，再到"一点都不纠结"的蜕变。一个人能走得长远，主要取决于两点：一是身体健康，生命力旺盛；二是内心强大，凡事心胸开阔，任凭风吹雨打，我自闲庭信步。人的成熟不是一蹴而就的。只有经历了人生中的风风雨雨，体味过生活中的酸甜苦辣之后，人才能变得成熟，才更珍惜当下的拥有，才明白是为自己为家人而活，根本不必在意别人的眼光和评价，明白任何人的成功，都不是简简单单、平白无故获得的，任何光鲜亮丽的背后，都有不为人知、不足为外人道的真实一面。

四、顿悟人生

对于孩子的成长，一方面希望他们健康快乐，一生顺遂；一方面又明白只有经受住各种挫折的考验，他们的翅膀才能变得坚硬，才能飞得更高更远。人生就是如此，不是一条直线，更不是一条坦途，而是充满了荆棘，充满了波折，充满了意外，踏平坎坷才能成大道，经历风雨才能见彩虹。每想到此，心中纵有百般不忍，也会放手让孩子们去体会人生百味，去经历失败、体验责难、体会无助、面对孤独。唯有此，他们才能在一次次绝望中壮大自己、发展自己、提升自己，才能相信只有自己是自己在世上唯一的依靠，凡事唯有自渡才能成就自我。

当然，人生也有"捷径"可走，有空子可钻，有便宜可占。事实上，我们教育孩子中存在的主要悖论是：一方面教育孩子要诚实守信，另一方面自己又可能会言不由衷。现实中，很多人靠走捷径取得了成功，而老实人却什么也得不到，在这种情况下，我们完全按照书本知识教育孩子就脱离了实际，完全按照实际情况教育又违背了初衷。

教育就这样被人为地设定成两难境地，说多了不对，说少了也不对。作为家长，我们要告诉孩子的是：靠不公正的手段取得的成功只是表面的，算不上真正意义的成功，会被世人所不齿。况且惯于走捷径的人，会有一种侥幸的心理——认为幸运女神就应该一直眷顾自己，会把投机取巧这些不正常的手段当成正常合理的方式方法。如果有哪一次没有遂愿，就会错误归因、怨天尤人、气愤无比。人这一辈子不能总是靠占便宜过生活，时间久了，就没有朋友愿意与之交往共事。而且"取巧"的后果与危害，不止没有朋友那么简单，如果出现因为人设坍塌而导致"社会性死亡"的极端情况，那就真的会寸步难行。一个人信用全失的恶果，是再也无法"刷卡"消费了。

公允地说，我们要教育孩子有公平竞争下的失败精神，这不失为一种优雅、一种风度、一种体面，因为人生中不会每次都赢，失败本身就是人生的重要组成部分。奥林匹克的精神也正在于此，毕竟能拿到金牌的只是少数人。问题在于，很多"聪明人"对成功过于渴望、过于执着，费尽心思达到目的，却走出了倒"U"字形的人生轨迹。他们白手起家，向上奋斗，辉煌过，胜利过，达到了人生顶峰，却在众多的鲜花与掌声中，自我膨胀，自我迷失，最终折戟沉沙，重新回到了原点。诚如《红楼梦》中所言，"好一似食尽鸟投林，落了片白茫茫大地真干净"。

如前所述，在人生中，吃亏一定要趁早，一个人栽跟头的时间晚了，连拨正人生方向、重新补救的机会都没有。从奴隶到将军，会让人羡煞；从将军到奴隶，只会让人一声叹息，早知今日，何必当初。

人生中最重要的是阶段性的反思和顿悟，尤其是在面对一些人和事情时，迷茫过、困惑过、无助过，而能让自己走出低谷的，从来不是别人的劝说，而是自己刻骨铭心的深刻感受，是痛定思痛后的坚毅坚定，以及豁出去的决心。中国人尤其相信关系，殊不知关系是最不可靠的。俗话说："登天难，求人更难。"人生最大的价值不是你认识谁，而是有人需要你，不然求谁都没有用。很多人把关系的本质弄错弄反了，迷信关系万能，为了关系而关系，结果是"眼看他起朱楼，眼看他宴宾客，眼看他楼塌了"。繁华落尽，一地鸡毛。

五、以书会友

　　平日里我喜欢读书，读研时在床头贴了"开卷有益"小标签以示提醒，基本做到了不动笔墨不读书，迄今已累积了厚厚的一摞读书笔记。二十年以来，一路风雨，一路风尘，虽然岁月改变了自己很多的外在，但是始终不改的是自己发现好书、买好书、读好书、分享好书的内在。这已然成为自己生活中的一部分，深深地融入自己的血液当中。左宗棠曾讲："身无半亩，心忧天下；读破万卷，神交古人。"岁至不惑，开始用减法来计算人生，减少无效社交，缩小朋友圈；自己越来越喜欢独处，喜欢一个人发呆，喜欢从书中找到最真实的自我。读书最大的好处是认清自我、反思自我、提升自我。很多人觉得知识没用，那是因为他对知识的认知能力和知识层次还不够高。美国思想家托马斯·索维尔在《知识分子与社会》一书中说过，"认识到自己的无知程度，需要有相当程度的知识"。越是无知的人，越敢信口开河，越有一种莫名其妙的自信。因为他从来没有听说过与之相左的观点，过早地封闭了自己的大脑，拒绝了思考，排斥一切新知识新观点，只是日复一日地重复过活而已。

　　以书会友，平添很多乐趣，能让志趣相投的人更加契合。读书也是让一个人保持年轻、变得强大的秘密武器。一个人用书给自己套上一层厚厚的铠甲，就能使自己对抗衰老、对抗孤独、对抗无助、对抗平庸。当自己想与人言而欲言又止时，方知世上可与人言者无一二，唯独能从书中找到最正确无比的答案和最好的心灵慰藉，进而在这个薄情的世界里深情地呼吸。

　　书籍是人类文明的结晶，是薪火相传的纽带，是大海航行中的灯塔，把人间大爱、人性光辉、善良智慧、友情亲情铭记铭刻，代代传递，让人们在不断的希望和等待中坚强地守望着,坚强地活下去,也坚信今天再难也会过去,明天终将更加美好。

六、感恩致谢

在此,要衷心感谢我的爱人!都说一个成功男人的背后必定有一个默默付出的女人,其实像我这样普通的男人更是需要爱人的大力支持。她在我一无所有的时候,义无反顾地选择嫁给我;在我内心孤立无助的时候,给我以最大的支持和包容;在我满腹牢骚的时候,做一个安静的聆听者。她也承受了很多委屈,有科研工作的压力,有教育孩子的艰辛,有家里家外方方面面的琐事,但她一直都做得十分周全。得贤妻如此,夫复何求,幸甚至哉!

在此,特别对我的好友于淼、李双喜、徐志甫、杨俊锋、管前程等人表示诚挚的感谢!在该书写作的过程中,每写一封就第一时间分享给各位好友批评指正,他们均给了我大量宝贵的建议,俊锋师兄还时常亲自操刀,帮我修改斧正,受益良多。与好友交,如饮美酒。正是他们的大力支持和鼓励,使我两年如一日坚持了下来,才有了此书的付梓!

自大学起,就一直喜欢胡适先生的文章,文风清新,浅显易懂,如饮清茶,回味悠长。近年又多读易中天、王蒙、王鼎钧、张宏杰、徐贲先生等知名学者的文章著述,促进了我写作能力潜移默化的提高,思维方式的改变,尤其是思想认识的升华,凡事能从多个角度看问题,不人云亦云,有独立的思考与判断。自己也秉持"文贵平实有物"的宗旨,写出来的文字只求把道理讲清楚,只想让读者有兴趣读下去,有所共鸣就好。

七、小结

苏轼诗云:"横看成岭侧成峰,远近高低各不同。"也就是说,人们看待事物的角度不同,就会得出不同的结论。本书中的每一封信,也只是我头脑中所理解的教育孩子的一个视角,是一家之言,未必适用于其他孩子。对于不同的家长而言,他们在教育孩子方面也会有不同的理解和阐释。当然,在教育孩子成人的过程中,求同存异、因材施教,也是应有之义。

每个人从小到大都读过不少书,但读完就忘也是常态。回忆高中时解过的方程式,背过的元素周期表,如今早已忘到了九霄云外。这也说明,人类大脑最常见的现象之一就是忘记。学会忘记也是人快乐的源泉之一，不忘记就会平添很多苦恼，不忘记就无法学习新的知识，不忘记就无法轻装前行。既然忘记如此常见，自己唯一的奢望就是，读过此书的人，哪怕是将来能记得文中的一两句话，我就感谢之至，心满意足，无愧于两年来的一番辛苦了。

我自知文笔浅陋，本书虽经多次修改勘误，也难免会有不当之处。因立论重点不同而带来的观点冲突，进而带来的批评意见，本人一定虚心接受。今后自己会继续坚持学习，多读书勤思考，夯实学问基础，提高自身修养，不断改正提高。秉持郑州大学"求是担当"、厦门大学"自强不息，止于至善"，北京师范大学"学为人师，行为世范"三所母校的校训精神，知己不足而后进，望山远歧而前行。

目录

第1封信
祝你们健康快乐成长

亲爱的孩子：

你们好！今天是六一国际儿童节，首先祝你们节日快乐，每一天都能健康快乐成长。

爸爸计划从今天开始，每周给你们写一封信，争取坚持写够100封，作为送给你们兄弟快乐童年的一份小小礼物。

时间过得真是飞快，一转眼哥哥已经6岁，弟弟也3岁了。每日里看到你们，不论是淘气还是乖巧，我和妈妈都喜在心头。你们兄弟俩是我们感情的纽带和希望的寄托。因为有你们的存在，这个家庭才平添了无尽笑声和无穷乐趣。

有人说，人的一生当中要度过一个半童年，一个是自己的，半个是陪伴孩子的。这半个童年，也让我们找到了逝去的时光，回忆起了小时候那有瓜吃、有蝉鸣、有虫子捉的美好懵懂岁月，这是你们带给我们的快乐。这半个童年，弥补了我们人生中的不少缺憾，从你们身上多多少少看到我们当年的影子。于是当年失去的美好，就想从你们身上找回；当年没有完成的事项，就想让你们做得更好。当然，这不能算是一个完美的信号，可能会让你们承受不该有的生命之重。我与妈妈会控制住望子成龙的冲动，不把自己没有实现的理想强加给你们，会更注重让你们拥有健康的体魄，良好的心智，健全的人格，正确的人生观、价值观和世界观。希望你们在健康快乐的环境中苗壮成长，踏踏实实地走好人生的每一步，顺利开启人生征程。

今后的日子里，我们将一起看日出日落，一起走过山川大河，一起读书学习，一起朗声大笑。爸爸妈妈将无怨无悔地付出，全心全意地呵护、满怀深情地陪伴你们。希望你们在健康成长的同时，还能做到以下这些。

一、健全人格。亲爱的孩子，在你们成长的过程中，健全人格的塑造将是第一位的。你们终将长大，离开我们的怀抱，独自扛起肩上的责任，去面对很多事情。爸爸希望你们能德智体美劳全面发展，而不只是单方面谋求学习成绩。你们要有宽广的胸怀，要勇于接纳，不偏执；要善于合作，不狭隘；要独立思考，不偏信；要理性客观，不盲从；要笑对失败，不沮丧；要正确对待成绩，不骄傲自满。

二、坚持学习。今年9月，哥哥即将踏入小学，弟弟也将进入幼儿园，去面对即将开始的学习与生活，这只是你们社会化的开始。在今后的人生中，伴随你们的则是终身学习。要知道，学习是人生最重要的组成部分，你们要保持终身学习，而不是让学习只占有人生的一段时光。你们不仅要掌握知识，还要保持善良；不仅要掌握技能，还要增长智慧；不仅要眼界开阔，还要见识远大；不仅要出类拔萃，还要胸襟宽广。

三、持续努力。孩子，人生好比一场马拉松比赛，既是一个同别人竞争的过程，也是一个与自己较量的过程，比拼的是耐力和毅力、信心。人生前进的道路不是一条坦途，而是充满了坎坷不平，不只会遇到美丽的风景，还会碰到狂风暴雨，让人睁不开眼睛、看不清方向。你们要坚持努力，永不放弃，感谢生命中的每一次遇见；要拥抱美好，这可以让你们相信人世间的真情与友爱；遇到不公，要不气馁、不抱怨，用毅力、定力和决心克服困难。每个人的成功都不是那么简单随便，也不只是巧合和运气使然。

四、接纳平凡。亲爱的孩子，我们必须承认，很多人拼尽全力才过完了平凡的一生。在你们人生启航的时候，爸爸妈妈希望你们努力、勇敢、快乐、卓然，但也能接受你们的平凡，就像我们在平凡的岗位上，即使做着普通的工作，也是有益于国家、有益于人民的。平凡并不意味着平庸，平凡的岗位也可以做出不平凡的事业，平凡的人也可以走出不平凡的人生轨迹。

孩子，这是爸爸写给你们的第1封信，刚刚起笔，文笔青涩，还不熟练，请多多包涵！相信随着时间的流逝，后面爸爸会越写越自然、越写越好。父子情深，笔端流淌的是无尽的血缘亲情；感情真挚，书写的是父母的肺腑之言；欢声笑语，记录的是家庭里的其乐融融。

爸爸希望自己不食言，坚持写完100封信，做成一件事，给你们树立起一个好榜样。也希望这100封信能伴随你们成长，做你们的伴手礼，成为你们的座右铭。请你们兄弟做好监督工作，督促爸爸言而有信，从第1封写到第100封，好好思考，好好书写，信守诺言，交上满意答卷。好的开始是成功的一半。《道德经》中说，"一生二，二生三，三生万物"，从1到100，集腋成裘，"日拱一卒无有尽，功不唐捐终入海"，坚持就有希望，坚持就有收获，坚持就是胜利。让我们成长路上一起前行，不断地去完善自己和超越自己。也请你们给爸爸加油！

爱你们的爸爸
2020 年 6 月 1 日

第2封信
要树立正确的世界观

亲爱的孩子：

每个人来到这个世界，都面临着如何正确看待它、如何与它和谐相处的问题。

在你们眼中，这个世界很大很美丽：天上那么多的星星，数也数不清；星空那么浩渺，一眼望不到边；月亮好像一个大银盘，似乎一伸手就能把它抓住。

在你们眼中，好吃的食物多多益善，总是想着要多尝一尝，大快朵颐；好玩儿的地方美不胜收，总想去亲身感受，探个究竟。

在你们眼中，熊大、熊二是护卫森林的勇士，Tom 和 Jerry 是一对打打闹闹的好朋友，碎碎冰要一次吃一百个才够幸福。

在你们眼中，世界是那么的美丽纯粹，那么的美好干净，就像你们的大眼睛一样，没有一丝的杂质，清澈见底、黑白分明。

亲爱的孩子，爸爸想告诉你们的是，世界很大，也存在了很长时间。相对于整个世界而言，我们只是很渺小的个体，渺小得就像你们捉到的小虫子一样。人生也是由一段段很短暂的时光组成，它们短暂得就像你们吃掉一颗樱桃的时间。就是这么一段段短短的时光，组成了每个人不同的人生。你们需要付出一生的努力，学会正确看待和分析事物，形成对世界的基本看法和观点，来指导自己的人生实践。

在慢慢长大的过程中，随着知识的不断积累、见识的不断增长，你们会渐渐改变自己以前对这个世界的浅显看法，不断修正自己的观点，逐渐树立起正确的世界观。

——爸爸会告诉你们，渺小与否只是相对而言。人类与地球相比，很年轻也很渺小。但你们对于爸爸妈妈而言，很大又很重要，你们是我们生命的重要组成部分。地球与我们相比虽然很大，但与整个宇宙相比又和我们一样渺小。因为渺小，所以你们要珍惜自己，爱护生命，遇事不能自暴自弃，而是要自立自强；因为渺小，所以你们要珍惜少年时光，过好每一天，把精力主要用在学习上，绝不虚度光阴，须知非学无以广才，非志无以成学；因为渺小，所以你们要懂得敬畏，不狂妄自大，也不妄自菲薄，学会谦虚，学会谨慎，学会审慎，承认自己的无知，开启智慧人生。

——爸爸会告诉你们，人生无法规避自然规律。在这个世界上，白天与黑夜的更替、春夏秋冬四季的轮回都是自然现象，它们日复一日、年复一年地出现，构成了我们的一生。而在每个人的一生当中，从出生、成长到衰老、死亡都是自然规律，这些都需要我们正确面对。若要让每一天都过得有意义，你们就需要有正确的人生态度。你们要知道，这个世界上能包容你们缺点的只有父母，世上很多事情都不能由着性子来，所以你们要以宽广包容的胸怀，正确看待世间万物。遇到挫折时，能够坦然面对；迎接挑战时，能够咬牙坚持、振作精神、负重前行。你们还要遵从和利用自然规律，而不是反其道而为之。

——爸爸会告诉你们，多姿多彩的事物才构成世界。世界上的很多事物都是多维多面的，不只是黑和白、好与坏、美与丑。一枚硬币不只有正反两面，还有侧面。一根小木棍可以一分为二，也可以一分为三、一分为四。你们需要注意的是，从不同的角度看待问题，凡事要符合逻辑，要尽可能客观理性，而不是用简单的两极思维来判断。"和实生物，同则不继。"你们要能理解，世界上有很多国家是通过和平共处、互相交流，共同缔造了灿烂的文明。在这个世界上，"包容、协作、分享"不是一句空洞的口号，而是不同个体、民族，乃至国家在社会生活中被实践证明演化出的优秀文明成果。

晚清政治家林则徐有一副对联："海纳百川，有容乃大；壁立千仞，无欲则刚。"前一句说的是，宽广的胸襟是取得成功的必要条件；后一句强调的是，要能控制欲望，凡事有所为有所不为，不能为了目的无所不用其极。法国作家雨果说："世界上最宽阔的是海洋，比海洋更宽阔的是天空，比天空更宽阔的是人的胸怀。"一个人具备宽广的心胸，就会像大海那样不捐细流，容纳万物。

亲爱的孩子，拥有一个正确的世界观，有助于你们健康快乐成长，会让你们沿着正确的道路前进。人生道路在把握好大方向的前提下，即使碰到困难也是前进中的困难；遇到挫折，也是前进中的挫折；见到失望，也是前进中的失望；遭到打击，也是前进中的打击。当你们克服了困难、挫折和失望，就能放开眼界天地宽，格局越来越大，且情绪不被左右，大脑不被束缚，步伐不受羁绊，沿途美景尽收眼底，人生道路会越走越顺，前进道路会越走越宽。

爱你们的爸爸
2020 年 6 月 8 日

第3封信
让每一天过得有意义

亲爱的孩子：

你们知道吗？一年有 365 天（闰年是每四年一次，有 366 天），这是地球围绕着太阳公转一圈的时间。由于地球公转期间与太阳的距离不同，从而产生了春夏秋冬四季。春天是万物复苏的季节，一年之计在于春，美好的计划都从春天开始；夏天是最炎热的季节，骄阳似火，人们吹着空调还要吃着冰激凌；秋天是收获满满的季节，丰硕的果实把枝头都压弯了；冬天是寒冷的季节，漫天雪花飞舞，人们需要穿很厚的羽绒服才能保暖。地球在公转的同时，也在不停地自转，自转一圈的时间基本是 24 小时，分为白天和黑夜，白天是你们起床学习与玩耍的时间，晚上是你们写作业、娱乐、上床睡觉的时间。

对于我们中国人来说，一年中最重要的节日就是春节，俗称新春、新岁等，又称过年、过大年。爸爸和你们一样，小时候最喜欢的就是过年了，农历大年初一早早起床，穿上新衣服，放鞭炮、吃饺子、收压岁钱，走街串巷互道新年的祝福。迄今，儿时过年的快乐时光，爸爸还记忆犹新，不能忘却。随着年龄的增长，感觉年味越来越淡了。小时候盼着长大，长大后又总想着回到儿时的快乐时光，不承想人生是一条单行线，只有来路，而无归途。人生就是这样，充满了各种遗憾，好多事情还没有来得及做好时间就过去了。孩子，你们若不想将来有太多的遗憾，就要珍惜时光，让每一天都过得有意义。

看到你们兄弟俩健康快乐成长是爸爸最开心的事情。虽然童年不再来，但是因为有你们陪伴，爸爸又重新找回了童年的感觉。与你们在小区楼下一起嬉闹，去池塘边抓小鱼儿，偷偷地背着保洁爷爷去果树上摘下一串枇杷，然后快乐地跑掉。爸爸在想，童心未泯，应该就是这种美妙的感觉吧！

亲爱的孩子，在人的一生当中，有童年、少年、青年、中年和老年阶段。

你们正处于人生的起始阶段,是一生中最美好的时光。庄子说:"人生天地之间,若白驹过隙,忽然而已。"时间真的很宝贵,你们想要让自己每一天过得有意义,那就要好好珍惜当下。

俗话说:"一日之计在于晨。"你们在每个早晨醒来的时候都要给自己这样一个积极的心理暗示:忘却昨天的烦恼,积极快乐地度过当下这一天,赋予它不一样的内涵,让每一天都是崭新的。

让每一天过得有意义,就是要好好学习。爱玩是每一个儿童的天性。你们总是在说:"妈妈为什么总是限定我们看动画片的时间和集数?为什么又总是逼着我们学拼音、认汉字、背单词、学数学?我们学不会的时候,还要被罚站;作业做不对,还要重新写。作为小孩子,我们也太难了。"其实,学习之所以让你们觉得不快乐,是因为学习不仅需要付出辛勤的努力,还要有一个认真的学习态度,更要有坚韧不拔的毅力。你们面对失败时,要战胜内心的恐惧,不断总结经验,只有这样,才能取得一个个的小进步;再经过日积月累,将会向前迈进一大步。

让每一天过得有意义,就是要努力奋斗。在一生当中,一个人要想取得好的业绩,就要付出相应程度的努力,设定的目标越高,付出的艰辛努力也就越多。你们要知道,现实生活中,太多让你们感到快乐的东西,如好玩的玩具、好吃的食物等,都是爸爸妈妈无偿给予你们的,是不需要努力就能够得到的,并不是你们自己奋斗的结果。这些你们轻而易举就能获得的快乐,并不是真正的快乐,它满足的只不过是你们最基本的生理需求。在将来,你们想取得某方面的成就,就要靠你们自己努力奋斗,不断提升个人能力,用实力和汗水去赢得别人的尊重,获得爱与归属感,最终实现最高层次的自我需求。

让每一天过得有意义,就是要承担责任。爸爸想告诉你们的是,没有谁能够随随便便成功,大到事业成功,小到经营好自己的家庭,都是非常不容易的事情。你们要学会包容、忍耐、关爱、同情乃至妥协,在磨砺中让自己变得内心强大、沉稳有力、温暖温和。而这一切的前提,就是你们要珍惜光阴,踏踏实实做好每一件事,拥抱每一天,不让光阴虚度,不让人生偏航。

亲爱的孩子,让每一天过得有意义,就是要赋予自己的行为别样的价值,不浑浑噩噩地过日子;让每一天过得有意义,就是要珍爱自己、关爱别人,凡事成人之美，不成人之恶；让每一天过得有意义，就是要明白快乐的本意是努力进取而非享乐安逸。

爱你们的爸爸
2020 年 6 月 16 日

第4封信
坚持是人生的一种美德

亲爱的孩子：

上周，爸爸妈妈带着你们回了新乡老家，去看望爷爷奶奶的同时，顺便带你们去田地里拥抱一下大自然，拥吻那浓厚的乡土气息。同时，妈妈也把哥哥的书包带上了，为的是让哥哥坚持把作业完成。

爸爸生在农村、长在农村，爸爸小时候在田间玩耍的快乐，也正是你们这次回老家体验到的。这次，爸爸妈妈带着你们去菜园里摘豆角、黄瓜、西红柿和辣椒，目的是让你们感受一下种地的艰辛，以及亲手收获劳动果实的喜悦。你们兄弟俩很喜欢到田地中无拘无束地玩耍，只不过前提是，太阳不要太晒，劳动不要太累，时间不要太久，汗水不要流太多。

你们学会的第一首唐诗就是李绅的《悯农》："锄禾日当午，汗滴禾下土。谁知盘中餐，粒粒皆辛苦。"这首诗说明了广大农民劳作的不易，收获的每一粒粮食都饱含着辛勤的汗水。

同理，你们学习过程中，每一点成绩的取得都是努力学习的结果，背后都有一股坚持的力量。

在哥哥上学前班的这些日子里，妈妈坚持每日接送他，爸爸欣喜地看到了哥哥的成长变化。放学后，妈妈耐心地辅导哥哥做英语、数学和语文作业，这些也都潜移默化地激发了弟弟的学习兴趣。

亲爱的孩子，无论在生活、学习还是工作中，坚持都是一种美德。"学如逆水行舟，不进则退；心似平原走马，易放难收。"在学习的过程中，有兴趣盎然的时候，也有苦恼烦躁的时刻，每每这时都需要你们静下心来，耐得住寂寞，咬牙坚持下去。

人的社会化过程相对漫长，学习阶段从幼儿园、小学、初中、高中再到大学，有的还要加上硕博阶段，大约需要二十年时间，这充分说明了学习成才的不易与艰辛。其间，你们还要面临成绩的起起伏伏，面对青春期的懵懵懂懂，以及与老师和同学们相处，学习初步的社会交往，锻炼的不只是你们学习的能力，还有面对挫折的能力，以及与人交往合作的能力。

在这个阶段，学习虽然是最主要的任务，但是淬炼自己坚韧不拔的毅力、永不服输的品格也极为重要，因为学习也是一个与同学竞争的过程，也是培养自己抗压能力、塑造良好心态、增强心理素质的过程。应该说，考试是你们一生当中最公平的比赛，只要努力学习，就会有所收获。当然，良好成绩的取得，需要勤奋努力加上正确的学习方法，还有那看似起一点点作用，其实最重要无比的悟性。

有一副对联写得非常好："贵有恒，何必三更起五更睡；最无益，只怕一日曝十日寒。"讲的就是坚持的重要性。要知道，学习还是一个不断淘汰的过程，很多孩子在学习的不同阶段慢慢就落伍了，到最后能考上重点大学的只有少数人。而这少数能考上重点大学的孩子无异在学业上是优秀的，是有韧劲的，是能坚持到底的。当然，就整个人生而言，仅仅考上一所好的大学还远远不够，人生应该有更高的追求，大学只是你们学业中的一个阶段而已。

坚持是人生的一种美德，它的重要性不只体现在学习中，还体现在工作和生活当中。你们大学毕业踏入社会后，会面临来自各方面的竞争，那是更加考验你们人格品性、学习能力、做事韧劲的时候！

日本作家村上春树说："你要做一个不动声色的大人了，不准情绪化，不准偷偷想念，不准回头看。去过自己另外的生活。你要听话，不是所有鱼都会生活在同一片海洋里。"人生中面临的很多困难，往往不是一下子就能解决的，所以你们要有忍耐、等待和乐观的精神，不要逢人就诉说，而要咬牙坚持，默默承受，不断提升自己，克服难题，打点好行囊继续前行。

孩子，当你们能熬过那一段无人问津的时光，爬过一个个看似过不去的沟沟坎坎时，你们的心态会变得平和，心智会变得成熟，言行会变得得体，举止会变得稳重，再也不是先前那个青涩的毛头小伙子了。

人总要咽下一些委屈，然后一字不提地擦干眼泪继续往前走。成长的代价就是失去原来的样子。其实，失去也是一种获得、一种提升，你失去的东西总会以另外一种形式回来。每一次经历都是一笔财富，每一次历练都是一种提高，每一程风雨都是一种收获。你们历尽千帆后，人生厚度会不断增加，人生经验会变得丰富，你们将不再轻信盲从，而是变得温和自信，从容不迫，自立自强。到那时，爸爸想，你们一定会感谢当年那个傻傻坚持的自己。

爱你们的爸爸

2020 年 6 月 24 日

第 5 封信
人生中选择大于努力

亲爱的孩子：

　　昨天，爸爸看到你们兄弟俩因是看《猫和老鼠》还是看《大头儿子和小头爸爸》而争抢遥控器。当然，哥哥总是能够抢过弟弟，然后以胜利者的姿态坐在沙发上看自己想看的动画片，弟弟则坐在地上大哭。对于年龄小的弟弟来说，看家本领就是哭闹，想以此来引起爸爸妈妈的注意。人生中弱者常用示弱博得同情，如果表演得好，还可以达到自己的目的。

　　爸爸也总是在想，人生是不是也是这样一个打得过就打，打不过就闹，实在不行才开始讲道理的过程呢？

　　其实，无论是看《猫和老鼠》，还是看《大头儿子和小头爸爸》，对于你们而言，都是一种选择而已。一个人成长的过程就是面对无数次选择的过程。无一例外的是，不同的选择会给个人发展带来不同的路径，每次确定选择目标后，都需要通过努力来实现目标。

　　今年因为你们兄弟俩上学的问题，我和你们的妈妈真可谓煞费苦心，究竟哪所小学、哪所幼儿园更适合你们，我们综合地域、教学质量等各种因素反复考虑，想要寻求一个最好的选择，更有利于你们健康成长。当然，不同的学校，学习生活的环境不同，结识的老师和同学也不一样，会形成不同的人生轨迹。

　　亲爱的孩子，你们现在还没有选择的自由，从吃穿住行到上学，乃至出行游玩，都是爸爸妈妈替你们做主，替你们选择。等到有一天，你们具有某一方面的选择能力的时候，也意味着你们已经长大，可以独立承担责任，可以脱离我们的怀抱了。

　　一个人的人生起点是由原生家庭所提供的，虽说"条条大路通罗马"，但有些人一出生就在罗马。当然，现实中含着金汤匙出生的人毕竟是少数，绝大多数人仍要为心目中的"罗马"努力奋斗。既然人生无法选择起点，你们需要做的就是在这个基础上，设定好目标，积极向上，坚持学习，提升技能，努力奋斗，向"罗马"勇敢进军。努力之所以重要，是因为它能给我们带来更多选择的权利，而正确的选择又赋予了努力非凡的意义。

爸爸妈妈出生在农村，如果不上大学，很可能就选择在家种地或者外出打工，这也是生活在农村的大部分人一生的轨迹。诚然，这样也没有什么不好，就是看你们如何看待自己，如何看待周边人，如何设定目标了。当然，上一所好大学，是人生中的第一次重要选择，前提是个人要好好努力，这样才有选择的能力与机会。

好好读书的意义在于，你大学毕业或者研究生毕业后，在职业选择上会有更多的自主权，可做教师，可做医生，可做公司白领，也可做自由职业者。退一步讲，还可以做高学历的农民。上大学最大的好处是，即使机遇不同、环境不好，也能让你们找到一份谋生的职业，很大程度上也能保证你的一生不会变得更坏。当一个人用高学历开启职业生涯的时候，会有相对高的职业起点，但之后个人照样要好好努力。如果个人不努力的话，即使工作平台和起点再好，也可能会一事无成，泯然众人。在这里，爸爸要强调的是，个人起点高，并不能决定人生最终的高度和厚度，至于将来如何，没有定论，但这期间正确的选择无比重要。

接下来，很多人面临的就是人生中又一次重要的选择——选择伴侣。当然，两个人相知相爱要靠缘分，最终走在一起组建家庭，执手一生一定是三观契合的结果，三观不合的人终将渐行渐远。诚如当代诗人吴桂君的诗歌作品《喜欢一个人》中所写，"喜欢一个人，始于颜值，陷于才华；忠于人品，痴于肉体；迷于声音，醉于深情"。三观契合的夫妻会相互扶持、相互帮衬，能有力推动个人事业的进步，能给孩子的教育和成长营造良好的环境，有助于他们形成健全的人格。毫不夸张地说，美满幸福的家庭是个人成长进步的第一场所，是健全人格塑造的第一环境，是良好品行养成的第一港湾。

人生中的选择也是一个不断放弃的过程，选择了工作就要放弃休息，选择了努力就要放弃安逸，选择了前进就要离开原地。

人生中的选择也没有十全十美，不能完全基于理性和精于计算，很多时候人们的选择是基于感觉而非理性，是基于眼下而非长远考虑。因此，人生中的选择也不可能每次都正确，我们需要的是在人生关键节点上能够做出正确选择，而这已经是非常不错的结果了。

因此，人生中最不能说的就是"假如当初如何"，当我们做出人生的某一选择的时候，也就意味着放弃了另一选择可能带来的机会，在选择时已经有了利弊权衡的综合考虑。因此，你们要通过接下来的行动，来证明自己的这一选择是正确的，即使不是最优选择，也是最合理的选择，要努力用行动来实现目标，哪怕选择的道路充满了荆棘和坎坷。

当然，人生由于选择错误所带来的成本也是巨大的，如果发现选择错误，停止就是进步，放弃就是止损。

在人的一生中，面对失败，还要有从头再来的勇气。不管有多难、有多苦，都要有屡败屡战的决心，要有永不服输的精神。人生路都是靠自己走出来的，别人画的饼再好看，也终归不能充饥；即使看得见，也不一定摸得着，是水中月，是镜中花，更是海市蜃楼。

爱你们的爸爸
2020 年 6 月 30 日

要能够做正确的事情

亲爱的孩子：

　　昨天在小区里，哥哥拿着小渔网很有兴致地去池塘边网鱼，弟弟像个跟屁虫一样紧随其后。当然，鱼儿不是随便就能网住的，但是爸爸发现哥哥居然很利索地用小渔网钩到了一个莲蓬，并迅速地摘了下来，还很慷慨地分享给了弟弟。弟弟自然很高兴地拿着胜利的果实，兴高采烈地上蹦下跳、跑来跑去。

　　爸爸要告诉你们的是，池塘里的荷花与莲蓬都是园艺师傅辛辛苦苦种植的，是让人观赏而非采摘的，它们的存在是为了美化我们小区的环境，我们应该爱护而不是破坏它们。如果人人都因为喜欢荷花与莲蓬而去采摘的话，那么小池塘就没有那么美丽了，鱼儿也会很伤心的。从这方面看，哥哥是"成功"地做了一件不正确的事情。

　　爸爸小时候也很淘气贪玩儿，经常和几个玩伴背着你们的爷爷奶奶，趁着中午偷偷去村边的池塘中戏水，结果被他们发现以后，屁股被打得红红的，眼睛也哭得红红的。还有就是拿几毛钱去买没有过滤嘴的绿叶香烟偷偷来抽，觉得学大人抽烟的样子酷酷的。爸爸和小时候的玩伴虽然"成功"地做了野泳和抽烟这两件事情，但是和哥哥摘莲蓬一样，这些都是不正确的行为。

　　亲爱的孩子，爱玩儿是人的天性，喜欢无拘无束地做事情也是人之常情。但是爸爸想告诉你们的是，这个社会是有规则的，不是一个人想干什么就可以干什么的。你们在成长的过程中，会碰到各种各样的事情，爸爸希望你们能够做正确的事，而非只是正确地做事。

　　你们在做一件事情的时候，首先要区分这件事情正确与否，如果事情正确，又在你们的能力范围之内，就可以去尝试；如果事情本身不正确，不管可行不可行，都要及时终止。

为什么要做正确的事？社会就像一个人的新陈代谢，有其自然的运行规则，不是由着个人性子就可以的。三国时期的蜀汉皇帝刘备有一句名言："勿以恶小而为之，勿以善小而不为。""善"就是正确的事情，"恶"就是不正确的事情。做正确的事情就是从善，不做错误的事情就是抑恶。《国语·周语》中讲："从善如登，从恶如崩。"一个人学"好"很难，需要付出很多；学"坏"很容易，就像滑滑梯一样，是一瞬间的事情。这也是家长要对孩子严加管教的原因。虽然有"浪子回头金不换"的说法，但是人生如棋，落子无悔。个人因走错路付出的代价将是巨大的，也不是每个人都有洗心革面、回归正途的机会。

你们要做正确的事，就是要学会讲文明、懂礼貌，该吃饭的时候好好吃饭，该学习的时候好好学习，玩耍的时候不争抢玩具，看动画片的时候要爱护眼睛，出去游玩的时候不能离开爸爸妈妈的视线，危险的事情更不能去做。还有些正确的事情，即使你们目前做起来有难度，也可以尝试去做。比如，主动帮助爸爸妈妈拿行李，帮助爸爸妈妈打扫卫生，虽然不一定能够做好，但也是不错的开始。

孩子，正确的是非观是你们健康成长的必备要素，会跟随你们一生，助推你前进成长；混淆的是非观会拖累你们，让你们做出错误的事情而不自知，降低你们的人生配置。因为有些事情即使你们能够做好，但由于这些事本身不正确，所以即使做得很好，结果也同样糟糕。

如前所说，爸爸小时候去村边池塘中游泳的事情就是这样。虽然爸爸成功地离开了你们爷爷奶奶的视线，也顺利地达到了去池塘里游玩的目的，但却是做了一件"坏事"，因为这件事充满了危险性。要知道，每年的暑假都有小朋友在河里或者池塘中游玩溺亡的事情发生，这给很多家庭带来了无法弥补的伤痛。关于暑假游泳的安全问题，老师和家长都一遍遍不厌其烦地告诫着，但遗憾的是，每年都有悲剧发生。无独有偶，有时候还会发生施救人同时丧生的事情，给丧生者家庭带来的损失更大，伤害更深，让人痛心不已。

我们不禁要问，为什么人们就不长记性呢？凡事总抱有侥幸心理，认为自己可以例外。墨菲定律也一再告诫我们，怕什么就有什么，只要有可能出错，就一定会发生。俗话说："小心驶得万年船。"无论做什么，低调审慎都是一个永远适用的准则，从这个意义上说，"做正确的事"与"正确地做事"孰轻孰重，就一目了然不言自明了。

人的生命是最宝贵的，当危难来临的时候，身外之物即使再贵重也不重要，没有比保护自己生命更重要的事情了。这也是爸爸小时候野游被发现后，一定会被揍的原因所在。爱之深责之切，你们的爷爷奶奶生怕我发生一丁点儿的意外。生命只有一次，且太脆弱，经不起折腾，失去了就再也不会回来。

更何况，生命也不只属于个人，它是家庭关系的集合。为了不让爱自己的人操心，不让自己所爱的人担心，我们一定要好好珍惜生命，断不可肆意妄为，更不能胡作非为。俗话说："一着不慎，满盘皆输。"青春很贵，我们挥霍不起，更浪费不得。

孩子，记住，做正确的事情远比正确地做事情重要。因为做正确的事情不会带来坏的结果，哪怕进度慢一点，而正确地做事情还要看事情本身正确与否。如果一件事情本身不正确，做成功了反而适得其反，带来坏的结果。

爱你们的爸爸

2020 年 7 月 6 日

第7封信

好习惯使人终身受益

亲爱的孩子:

记得网上有个笑话:"问:鱼儿什么时间睡觉? 答:如果不玩手机的话,应该是在晚上 12 点之前。"这说明了当下一个普遍现象,很多人都是在手机的陪伴下进入梦乡的。在今天,成语"机不可失"似乎有了新的"释义":"就是手机一时一刻也不能丢掉。"爸爸也有这样不好的习惯,总是不自觉地躺在床上看手机,有时候很晚才休息。当然,前一天休息太晚,会影响第二天的工作状态,使人无精打采、哈欠连天,这绝对不是一个好的现象。

还好,最近爸爸在调整作息,坚持每天晚上 11 点手机准时自动关机,第二天早上 6 点钟准时开机起床。在保证自己睡眠充足的同时,也戒掉了对手机的依赖,还能早起锻炼身体,真是一举多得。

亲爱的孩子,人生中养成一个好习惯很难,它需要日复一日地坚持。生活中,即使一件看似很小的事情,如果能坚持下去也是不简单的。比如,在有你们兄弟俩的日子里,爸爸曾经说每天都要给你们拍一张照片,用来记录你们的生活点滴,见证你们的一路成长,不承想没有坚持几天,就由于这样那样的原因放弃了。遗憾之余也常感叹,养成一个好习惯看似简单,其实不然,看来真是知易行难呀!

德国伟大的哲学家康德有一个好习惯,他每日里走路散步很准时,甚至精准到几点几分能走到哪个邻居家门口,而邻居们就是根据他每日散步路过自己家的时间来调整家里钟表的快慢。康德在好习惯养成方面确实厉害,是我们学习的榜样。

好习惯将使你们终身受益。譬如,哥哥学习时要保持正确的坐姿,这样才能有效保护自己的脊柱和眼睛;你们还要养成阅读的好习惯,这样才能在潜移默化中提升自己的文学素养；你们要好好吃饭，拒绝挑食偏食，这样才能保证营养均衡、茁壮成长。这些好的习惯都需要在生活中慢慢养成，它们也将伴随你们的一生，助推你们人生事业的前进。

在这方面，爸爸就做得不够好。由于工作繁忙，我失去了太多与你们相处的时间。好在爸爸已经深刻意识到陪伴你们的重要性，今后会争取腾出更多的时间，和你们一起去打篮球，一起去捉小鱼，一起去方特梦幻王国看熊大和熊二，一起去银基动物王国看海狮表演，在陪伴中见证你们的成长，在欢声笑语中守望你们的幸福。

坏习惯不仅会拉低你们的人生高度，而且很容易让你们沾染上。这是因为坏习惯能带给人直观的感官快乐，容易激活人性中的懒惰、自私、狭隘、嫉妒等惰性基因，让人沉迷其中，不能自拔，自甘堕落而不自知。很多人小时候很聪明，成绩也很好，可是由于后来沾染了坏习惯，过度贪玩，沉迷游戏，不能合理利用时间等，导致最终一事无成，庸庸碌碌。更有甚者，有的人长大后因为养成酗酒、赌博等恶习，行为渐渐偏离正常的社会规范，甚至走上了违法犯罪的道路。

正如爸爸不自觉地熬夜看手机一样，因为不够自律，无形中对身体健康造成了伤害，而且看似接受了很多知识，其实这些知识都是碎片化的、不完整的、零碎的。这些资讯又像空气一样虚无缥缈，无法证实真伪，有很大的迷惑性和鼓动性，会误导人们对事情的判断，严重的还会导致人们做出不理智的错误行为。从这个意义上讲，碎片化知识意味着肤浅与无知，当它们填满大脑的时候，也是人最危险的时候。所以，一个人能够"扔掉"手机，拒绝那些无用的碎片化知识，就是养成良好习惯的开始，也是遇事能独立思考的关键所在。他的身体只受自己大脑的控制，是自由轻盈的；他的大脑不会被别人所左右，是独立清醒的。

孩子，人的一生中，养成好习惯不易，这需要有极强的自律意识，绝不是轻而易举就能够做到的，坚持才能获取，努力才能拥有，而这又不是一朝一夕能做到的事情，需要多年如一日，持之以恒才行。人都有惰性，会不自觉地放松对自己的要求，就好像每天早上的闹钟报时一样，虽然定的早上6点叫早，但是人总习惯于躺一会儿再起来。因此，一个人有一些外在的压力，遇到一些挫折和困难，是适当且必要的，这样会让人警醒，激励人主动做出改变，变压力为动力，自立自强，养成好习惯。

正所谓"我见青山多妩媚，料青山见我应如是"，你们要下定决心和好习惯做个约定，做一辈子的好朋友，不离不弃、有始有终。

最后，爸爸还清楚记得每天出门上班时，弟弟总是对我说："爸爸，你别喝酒了，再喝酒不让进家门。"喝酒确实是一个不好的习惯，对身体有害不说，还容易耽误事儿。爸爸今后一定会少喝酒，多读书，改掉喝酒的坏习惯，养成读书的好习惯，在保证身体健康的前提下，用知识充盈自己的大脑，然后为你们授业解惑，不断丰富你们的小脑袋瓜儿。

爱你们的爸爸

2020 年 7 月 13 日

第8封信
运气是努力的副产品

亲爱的孩子：

每个人都希望自己有好运气，然而好运气不是每个人都有的，好比大家都梦想着可以用两元钱一张的彩票获得 500 万元的幸运大奖，可惜这只是一个小概率事件，绝大部分人一辈子也没有这样的好运气。那么好运气又是从哪里来的呢？

亲爱的孩子，你们要知道，好运气只是努力的副产品，是建立在个人不断努力的基础之上的。很多人努力一辈子，去追寻好运气。退一步讲，一个人不努力，即使好运气降临了，也会悄悄地溜走。

既然运气是建立在努力基础之上的，那么人生中努力的起点又在哪里呢？对于你们来说，就是从努力学习知识开始。学习知识十分重要，它是你们健康成长的开端。你们要通过学习知识来提升自己的能力，充实自己的内心，正确认识这个世界，树立起良好的人生观。这些，会与你们将来工作、与相爱的人组建家庭、养育自己的孩子等相伴相随。

每日里妈妈最头疼的事情，就是教哥哥学习知识了。尤其是一些数学、英语和语文题目说了很多次，而哥哥依然做不对；哥哥学习时坐姿不正确时，妈妈难免会发脾气，而哥哥也总是觉得委屈。

孩子，求知的道路和人生一样，没有谁能够单单凭借好运气取得成功，因为好运气不会从天而降，它是努力的副产品。学习是一个循序渐进的过程，静下心来，专心致志、持之以恒，才能有所收获、有所成就。努力学习的意义在于，在这个过程中人能让自己沉下心来，积累知识、掌握技能、增长见识、拥有智慧。古人云："非淡泊无以明志，非宁静无以致远。"孩子，记住，任何事情你只有静下心来，才能做好它。现代临床医学之父威廉·奥斯勒阐述过"沉稳是医生最重要的特质"的理念。在他看来，医生最重要的特质莫过于沉稳。因为，医生面对的是一个个鲜活的生命，不沉稳，就无法诊断清楚患者的病情；不沉稳，就无法专心致志地完成手术；不沉稳，就无法与患者进行有效的沟通。

爸爸希望将来你们兄弟中能有一个学习医学，成为一名悬壶济世的医生。至于将来，你们兄弟学不学医，主要还是看你们的个人意愿。

好运气来源于个人努力，这绝非偶然。爸爸妈妈都来自农村，我们就是通过学习，读了大学、研究生，才有了今天的工作平台，并在这个基础上通过努力工作，获得进一步提升的。如果爸爸妈妈不够努力，好运气则无从谈起，只能另谋出路，现在可能就过着完全不一样的人生。你们的妈妈是博士，目前是我们家中学历最高的同志，爸爸自称"博士后"，就是因为常常站在妈妈身后的缘故。不过爸爸也在努力学习，争取早日能读上博士，到那时候就可以在学历上和妈妈比肩看齐了。

一个人参加工作后，努力仍然重要，好运气不会主动跑过来。在一个良性竞争的有序社会中，很多人工作起点类同，多年后的发展境况却大不一样，有成就卓越的，也有庸庸碌碌的，这同样与个人是否努力息息相关。记住，好运气眷顾的永远是积极向上的人。当机会来临时，如果个人因为能力不足而抓不住，那就不能怪罪别人，只能怨自己不努力。

还有一点需要说明的是，虽然工作没有高低贵贱之别，但是每个人所从事的工作性质不同，努力的层次也就不一样。如果只是日复一日地重复劳作，一个人的工作能力就不会有质的提升，从这个层面讲，"努力就能带来好运气"是一个典型的伪命题。所以，一个人想要拥有好运气，就要好好学习，天天向上，要把自己努力的层次尽可能地提高。

总之，就像天上不会掉馅饼一样，好运气不会平白无故从天而降。选对人生的方向，设定一个切实可行的"小目标"，为之努力奋斗，持之以恒，做大做强自己，积极争取获得更多好运气。

亲爱的孩子，好好努力，好运明天见，好运天天见！

爱你们的爸爸

2020 年 7 月 21 日

第9封信
做与能力相匹配的事

亲爱的孩子：

今天爸爸要给你们谈的是，永远要做与自己能力相匹配的事情。

记得小时候爸爸学过一篇文言文《伤仲永》，是"唐宋八大家"之一的王安石所作。文中大意是，方仲永自幼通达聪慧，比一般的孩子要优秀得多。但由于父母将年幼的他作为赚钱的工具，致使他学业荒废，最终成为一个平凡的人，庸庸碌碌一生而无所成。

"小时了了，大未必佳。"一个人的人生起点不能决定终点，即使起点再好、平台再高，如果不好好加以利用，起点反而可能成为他人生路上的羁绊。《红楼梦》中的薛蟠就是这样一个典型人物，他是"贾史王薛"四大家族中的薛家后人，整日里游手好闲、花天酒地、称霸一方，为了争抢甄英莲，打死冯渊不说，还依靠家族裙带关系，逍遥法外，殊不知天网恢恢，疏而不漏。书中虽然没有明确交代其最终的结局，但肯定也好不到哪里去。从薛蟠后来娶了悍妇夏金桂为妻的姻缘来看，他的结局可想而知。

当今社会中也有很多人不好好利用自己既有的条件努力学习，荒废学业，最终一事无成，成为一个个现代版的"方仲永"。更为可怕的是，其中有很多人还如同薛蟠一样嚣张跋扈，惹出很多祸事来，最终受到法律的严惩。更有甚者，还害得父母受牵连。

无独有偶，最近全国各地出现了很多"学二代"神童的故事。一个小学生居然完成了原本要经过数十年高等医学教育才能完成的高难度实验，还拿了大奖。要知道，在美国高等教育中，学生淘汰率最高的学院就是医学院。学好医学可不是一件简单的事情，需要经年累月艰苦跋涉，还需要热爱医学且有很高的悟性才行。现代临床医学之父威廉·奥斯勒说："医学是一门不确定的科学和可能性的艺术。"不确定性与可能性的交织，就决定了学好医学的难度。在这件事中，爸爸和同事开玩笑说，看来你们医学博士也就是小学生水平而已。毋庸置疑，一个刚刚接触基础知识的小学生，不可能学懂这些"高深"的医学知识。而不可思议的是，居然是他学医的父母代替他完成了项目。最终这一"丑行"被人曝光。

孩子，这是一件非常糟糕的事情，将对一个人的成长起到非常坏的作用。一旦投机取巧成为一种习惯，这个人就会把不劳而获当成理所当然，再也不能踏踏实实沉下心来做事情，不再把好好学习当作成长的原动力，这样不仅能力得不到锻炼，不能承担重任，还会习惯于推诿塞责，久而久之就失去了人们的信任。

亲爱的孩子，你们虽然算是"学二代"，但在你们的成长过程中，爸爸妈妈绝不会帮着你们做出与你们能力不匹配的事情。在人生的每个阶段，你们做好该做的事情即可，要稳扎稳打、步步为营，不要想着一口吃成个胖子，须知"罗马"不是一天建成的。我们也不会过早地把你们暴露在聚光灯下，让你们参加那些没有意义的"童星"拉票活动，承受不该承受之重，虚荣地套上与能力不匹配的光环。因为那样做容易让你们过高估计自己的能力，沾沾自喜，迷失自我而不自知，久而久之会让你们丧失奋斗的动力和勇气，朝着通往平庸的道路狂奔而去。

孩子，请记住，凡事都要靠你们自己，不要总是幻想着不劳而获，别人也不会平白无故地帮助你们，能使自己变强大的只有你们自己。就像爸爸妈妈会在学习的方法上给你们指导，会在时间管理上给你们约束，会在生活问题上给你们帮助，但永远不会在此之外给你们提供"捷径"，更不会帮你们取巧，不会让你们滋生"等、靠、要"的惰性思想。

做与自己能力相匹配的事，就是要坚信天道酬勤，踏踏实实做好每一件事，不要老想着走捷径、占便宜、弯道超车等。还是以学习为例，爸爸可以原谅你们某一次的考试成绩平平，但绝不允许你们为了取得好成绩而失去原则。不能为了获取高分作弊，因为成绩只关乎能力问题，而作弊则涉及诚信问题。诚信是立身之本，是一个关乎人生大道的重要命题。从长远看，一个人没有诚信，终将失去一切。

孩子，在人生的征途中，要做与能力相匹配的事，就是不要妄自尊大，不要骄傲自满，要谦虚谨慎、审慎低调，知道自己的知识和理性是有限的，无知是无限的，欲望也是无限的，要能克制这种无知和欲望。今后，你们对于已知的领域要尽量做好，已知的未知领域要通过好好学习来掌握，未知的未知领域要始终保持敬畏，绝不盲目涉足，更不盲目地去做超出自己能力范围的事情。

爱你们的爸爸

2020 年 7 月 28 日

第10封信
要能搬开偏见这座大山

亲爱的孩子：

《哪吒之魔童降世》是一部非常优秀的国产动画电影，当时我和你们的妈妈还讨论要不要带你们去电影院观看。后来，还是被妈妈否定了，她觉得这部片子还不适合你们3—6岁的儿童观看，等你们年龄再大一些，爸爸妈妈陪同你们一起观看这部电影。

虽然没有去观影，爸爸还是想把影片的内容分享给你们。影片《哪吒之魔童降世》讲了一个叛逆小孩的故事，他不被期待、不被理解，人们对他充满了偏见。愈是这样，哪吒的逆反心理就越重，就更加叛逆，总想用离经叛道的荒诞行为引起人们的关注，掩盖内心的孤独。

影片内容非常诙谐幽默，用现代语言的对白颠覆了人们对传统神话中的这些人物形象的刻板印象。比如，哪吒的师傅太乙真人不再是一副仙风道骨的白胡子老头儿模样，而是胖嘟嘟的，特别可爱，会因喝酒耽误事情的那种。影片将人生中的大道理用特别诙谐的语言讲出来，在让人捧腹大笑的同时，有不一样的深刻思考。

影片中有一句非常经典的台词："人心中的成见是一座大山，任你怎么努力都休想搬动。"

现实中，一个人对某个人或者某件事的偏见确实很难改变，这与个人的成长环境、学习经历、工作实践、文化环境乃至地域差异都有很大的关系。

不过，爸爸认为偏见存在的最根本的原因是个人的无知，凡事以自我为中心，没有从事情本身出发，更没有换位思考，从不站在别人的立场上考虑问题。比如，影片中的哪吒被人认为是一个坏孩子，他做的所有事情都被设定为是恶意的、不好的，远离他是最安全的方法。这和现实中我们对某些不喜欢的人敬而远之的做法何其相似。偏见一旦形成，就很难更改，而且很多人也不愿意去思考、去改变，反倒是不断通过类似的正确信息，持续地来强化这种观点。

在成长中，你们要逐渐摒弃只有好与坏、黑与白的这种简单二分法，不然就会像影片中人们充满偏见地认为哪吒不好一样。将来爸爸会告诉你们，好与坏也不是截然分开的，这当中有大量的灰色地带存在，更多的时候是好中有坏，坏中有好。就像常说的"人一半是天使，一半是魔鬼"那样，每个人都是不完美的，如果条件允许的话，都有为非作歹的可能。因此，对社会而言，要用法律来规范社会秩序，防止个人作恶；对个人而言，要用理性战胜偏执，用善良战胜邪恶，用学习战胜无知，防止做出不理智的行为。

《哪吒之魔童降世》这部电影，也让我们在哪吒身上看到了打破这种偏见的可能性。

爸爸认为，解决偏见最好的办法就是学习，通过知识的不断积累，从而正确地认识这个世界，理性看待世上的人和事，只有这样才能改变自身先前错误的认知，打破偏见的牢笼。

孩子，学习也不是一成不变的，在此过程中，你们可能会形成正确认知，也有可能会形成错误认知。比如，大家都知道的三国人物曹操，他励精图治，统一了北方，是"治世之能臣，乱世之奸雄"，然而人们却深受小说《三国演义》中尊刘贬曹观点的影响。几百年来，"仁义"的刘玄德与"奸诈"的曹孟德的形象形成了鲜明的对比，一直都是大众心中"成型"的直觉印象，至于历史上真实的曹操是不是那样，已经变得不再重要，"我认为"才是最重要的。由此可以看出，偏见在人们心目中是一种何等根深蒂固的存在。

爸爸妈妈要帮你们做的就是：在你们学习成长的过程中，帮你们鉴别、筛选出正确的知识，灌输到你们的大脑当中；把错误的知识摒弃掉，免得毒害你们的小脑袋。

正确认知能让你们看待事物客观理性，内心变得强大自信，能够勇敢地面对挑战；能让你们在遭遇挫折时，首先从自身查找原因，而不是一味地从别人身上找理由。要知道，"这件事都怪别人"是一句极不负责任和充满了负能量的话，你们要坚决地把它从你们的生活中剔除掉。

错误认知则会让人变得狭隘固执，对人和事充满偏见。比如，相信人生病了不吃药就可以痊愈之类的"伪科学"，遵守规则是"笨人"才做的事情等。这些错误认知，会误导人们，给人带来很大的负面影响，进而让人做出错误的判断和行为。

人之所以要摒弃错误认知，是因为它会深深影响个人的思维，让人思考问题的角度变得片面、狭隘。成语"南辕北辙"很好地说明了，即使是在各种条件都具备的情况下，人的观念一旦错位，人生的方向就不可能正确，甚至会出现越努力越糟糕的情况。

当然，很多人在面对自己的不足时，不愿意承认自己的错误，更愿意从别人身上找原因，喜欢文过饰非、推诿塞责。正如很多人照镜子时，总觉得自己是世界上最漂亮的人一样，即使自己脸上有一颗痣，也愿意把它叫作"美人痣"，觉得怎么看都很漂亮。用成语"自欺欺人"来形容这种现象，真是恰当极了。自欺还有一个不好的后果，就是伪善。《论语》中说："乡愿，德之贼也。"说的就是伪善的问题。这个问题不是一两句话就能说清楚的，等你们长大后，爸爸再和你们讨论伪善的话题。

孩子，认识到偏见需要正确的人生观，需要完整的知识体系，需要严密的逻辑推理。打破个人偏见更需要极大的勇气，需要足够宽广的胸怀，需要持续不断的学习。"责人之心责己，恕己之心恕人。"就是说要严格要求自己，凡事从自身找原因，打破以自我为中心的执念，勇于承认自己的无知，以谦虚谨慎的态度对待他人和事物，才能搬开偏见这座大山，开启智慧的人生之路。

爱你们的爸爸

2020 年 8 月 3 日

第 11 封信

嫉妒是一把双刃剑

亲爱的孩子：

　　每次爸爸给你们买东西的时候，不管是玩具还是食物，妈妈总是不忘叮嘱几句，都要买双份才行。起初我并没有在意，后来发现有时候你们兄弟俩为了争抢一包奶酪都能闹得不愉快。"不患寡而患不均。"即使兄弟姐妹也不例外。其实，世间的很多事情公平与否多是个人的主观感觉，也来自于和身边人的比较。

　　从日常你们兄弟俩的举动来看，公平不是简单的一人一等份就好，而是哥哥多吃了弟弟的一口食物，弟弟多拿了哥哥一个小玩具，这样各自才觉得公平。由此可见，世间并无绝对的公平，都是相对而言的。如果一个人私心很重，那么对他来说多吃多占才叫公平；如果一个人公心比较强，他就更容易感到公平。

　　一个人能感到公平，源于付出和得到成正比，或者得到的超出了自己的心理预期，还有就是不付出就能得到才更好。当觉得不公平时，无非是觉得自己付出的多而得到的少，当一个人没有达到预期目标而身边的人却轻松实现时，就容易滋生人们常有的情绪——嫉妒。

　　我们常说，任何事物都有好有坏、有利有弊，或者说是一把双刃剑，那就要看从哪个角度来说。从这个意义上讲，嫉妒就不仅是一种负面情绪，它也有正向功能，关键看你怎么认知它、利用它了。对于嫉妒情绪的产生，要能够分析它产生的真正原因，而不能一味地怨天尤人。嫉妒就好比一只淘气的小动物，我们要能正确地认识它、掌控它、驯服它，化不利为有利，变被动为主动。

　　嫉妒一词之所以在很多人的眼中是一个贬义词，是因为字的产生会带来非常负面的情绪，比如，消极、愤怒、压抑、狂躁等，使人容易做出不理智的行为。嫉妒是是非的源头，历史上很多悲剧皆源于此。

战国时期的庞涓和孙膑是师兄弟，都是鬼谷子的学生，然而庞涓因为嫉妒孙膑的才华高于自己，先是将其哄骗到魏国，后又捏造莫须有的罪名陷害他，以致孙膑被处以膑刑（剔去膝盖骨）与黥刑（脸上刺字）。后孙膑识破庞涓的诡计，装疯卖傻逃到了齐国，多年以后在魏国攻打赵国时，孙膑瞅准时机，利用"围魏救赵"的计策，率领齐军在马陵设伏射杀庞涓，终于报了仇。与此相类似的事件，秦国丞相李斯因为嫉妒师弟韩非子的才华高于自己，害怕其被秦王嬴政重用，便与姚贾勾结，假借秦王的名义，用毒酒逼韩非子自尽。由此看来，嫉妒的危害真是巨大，能泯灭友情，即使是同窗也会因为嫉妒互相残害，用现在的话来说，就是"友谊的小船说翻就翻"。今天的大学校园也发生过类似事件，国内某高校同宿舍的同学因为嫉妒，给比自己优秀的同学投毒。手段恶劣，突破做人底线，超乎人们的想象。

这也告诉你们，人与人之间的交往还是保持一定距离的好，《增广贤文》中的"相逢好似初相识，到老终无怨恨心"讲的就是这个道理。同时，还要记得为人处世要尽量低调谦和，不显摆卖弄、不好为人师，这样便不容易招人嫉恨。切记，毫无保留地对一个人好，结果可能是一场悲剧。

负面的嫉妒情绪能使害人者做出令人不齿的龌龊行为，自己最终也不会有什么好结果。庞涓的错误在于没有通过学习来提高自己的能力，没有正当地追赶超越自己的师弟孙膑，而是通过不光彩的陷害手段来达到目的，最终也害了自己。李斯也是如此，在他害死同窗韩非子后，以为可以高枕无忧了，不承想后来又被比他更坏的宦官赵高杀害。

在这里，爸爸需要给你们强调的是，人生当中遇到小人时，在保护好自身的前提下，千万不要陷入无谓的人际纠纷中，更不能与小人相斗，那样会使得自己与坏人无异，拉低自己做人的水准。所以，在面对小人时，要做到不卑不亢，不主动接近，保持一定距离，有理有据有节，让其不敢轻易冒犯自己。记住，天道有轮回，苍天是不会饶过坏人的。

正面的嫉妒情绪能够唤醒人内心的耻辱感，激起其斗志，使人振作起来努力奋斗。"知耻而后勇，知弱而图强。"比如，在即将开始的学习生涯中，你们不可能每次考试都能考出好成绩，可能会有同学考试分数比你们高，你们也不可能每次都拿第一名。说到第一名，爸爸认为求知阶段不是为了拿第一才学习的，考试只是检验你们这一阶段学习的情况的手段，如果每次都要争当第一，爸爸倒会担心你们内心的承受力。当在学习中遇到比自己成绩好的同学时，你们想到的不应该是"羡慕嫉妒恨"，而应该正视差距，努力学习，争取追赶超越。爸爸想，当你们用自己的努力来提升自己时，这种嫉妒情绪就是正向的、积极的。

孩子，在人生征程中，你们会遇到许多比你们优秀的人，你们需要做的，是向比自己优秀的人学习，而非采用不正当的手段损害别人，来达到个人目的。须知损人利己是一件糟糕的事情。

请记住，嫉妒与生俱来，它不是让你们用来愤怒的，而是让你们知道自己的不足，奋力追赶、努力前行的。当一个人摒弃嫉妒的负面作用，只让它发挥正向的作用时，那么他的心胸一定是宽广的，性格一定是温和的。

亲爱的孩子，嫉妒是一把双刃剑，你们要杜绝嫉妒的消极方面，发挥利用它的积极方面，胸襟开阔，谦虚谨慎，勤奋好学，多向比自己优秀的人看齐，多与比自己优秀的人交往，用公平公正的方式赶超比自己优秀的人。

爱你们的爸爸

2020 年 8 月 11 日

失败不只是成功之母

亲爱的孩子：

你们兄弟两个经常跑到小区中央的池塘边捕鱼，虽然有时候已经非常努力，但还是一无所获。还有你们玩积木游戏，常常是费了很长时间也堆不好。每每这个时候，你们就会很生气，扔掉渔网或者推翻已经搭建好的积木。

孩子，就像捕鱼和堆积木不成功一样，在你们的一生中，不是每件事都能做得圆满成功，而是要经历多次的失败。如何学会正确面对失败、接受失败是人生当中一个重要命题。

今天爸爸要给你们讲的话题就是如何面对失败。

失败对于一个人来说，肯定不是一件好事情，它令人痛苦、沮丧。因此，正确认识失败很重要。成功不是轻而易举得来的，它背后必然有无数次失败的堆砌。可以说，不经历失败的人，不足以和他谈成功。失败并不可怕，如何降低失败带来的成本，让自己的内心变得强大，走出困境重获成功才是关键。同时，如何避免类似的失败，防止在同一个地方再次跌倒，也是失败带给我们的财富。

人们常常说，失败是成功之母。这句话本身没有问题，问题在于要弄清楚自己失败的原因是什么。

一是超出本身能力之外的事情，做不到不足为奇。比如，捕鱼这件事情，你们现在还小，还没有能力捉住喜欢的金鱼，等你们长大后，能力具备，自然就可以捉到，这种失败就不是失败。

二是在你们所处的人生阶段中，凭个人能力可以做好的事情，却没有做好，这种失败就值得反思。比如，堆积木，你们静下心来，多尝试几次是可以做好的。这时候"失败就是成功之母"，哪怕多失败几次也无所谓。

一个人面对失败，要有正确的态度。对意志坚定的人而言，失败是成功之母。而对意志薄弱的人来说，失败则是一场灾难，会让其精神萎靡、信心丧失，不敢再接受挑战，最终与成功无缘。

哥哥即将进入小学，学习中遇到不会做的题很正常，每个人都不是生而知之的。你要树立正确的学习态度，通过老师的课堂教授以及妈妈的日常辅导，运用正确的学习方法，熟练掌握这些知识。学习的过程是不断积累的过程，也是一个成长的过程，重要的是通过学习树立正确的人生观、价值观和世界观，做一个人格健全、敢于迎接挑战的男子汉。因此，不要害怕失败，考试只是为了检验阶段性学习成果。包括弟弟，你们目前的学习积累都是为了十几年后你们人生中的第一个重要转折点——高考做准备。

人生就是这样奇妙，即使你们能够在高考中取得不错的成绩，进入理想的名牌大学，顺利拿到毕业证，那也只是你们人生的又一起点而已，没有什么值得骄傲和自豪的。人生中的"大考"全部在高考之后，你们接下来将面临着社会上激烈的竞争和挑战，迎接你们的不都是鲜花和掌声，也可能是要随时咽下的失败苦果。

人生犹如一条河流，蜿蜒曲折，就像黄河，呈现出一个巨大的"几"字形。不管人生如何艰难，你们确定好人生目标，就要咬牙坚持下去，逢山开路、遇水搭桥，坦然面对失败、超越失败，一直勇敢前行。

任何人的一生都不是一帆风顺的，也不可能每件事情都做得尽善尽美。没有失败的人生只是理想状态，就好像人们生活在一个没有摩擦力的世界里一样，要么是静止状态，要么处于匀速直线运动的状态，这两种理想状态在现实中根本不存在。所以说，有摩擦力的世界，才是真实的世界；有失败的人生，才是丰富的人生。

亲爱的孩子，当你们轻而易举取得成功的时候，你们就要重新审视这件事情是否有意义，它是不是过于简单，或者是一件层次很低的事情。如果一个人只是日复一日做一些简单重复的事情，不思进取还沾沾自喜的话，这对他而言其实是灾难，因为最终这个人会成为一个可有可无的人，会在遭遇难题时失去应变的能力，在遭遇危机时失去生存的能力。

孩子，当你们长大成人，独立面对这个充满未知的多变的世界时，请一定记住，我们的生命中充满着不确定性，随时面临的是下一刻的未知。一个人去挑战未知，本身就意味着可能会失败。失败是一个人通往成功之路所要承担的必要成本，它本身也是一种财富，有助于你们积累经验，锻炼意志，培养你们坚韧不拔的毅力，淬炼你们卓尔不凡的品格。

你们一次次地战胜失败，这样的经历带给你们的不只是能力的提升，还有自信心的倍增。未来，当你们再次遇到难题时，内心就不会慌乱迷茫，不会手足无措，而是敢于迎难而上，将困难踩在脚下。

爱你们的爸爸

2020 年 8 月 17 日

第13封信
眼界的尽头是无尽局限

亲爱的孩子:

眼睛是心灵的窗户,你们可以通过它看到美丽的风景,认识文字、学习知识、增长见识,阅尽世间万物,看清各色各样的人。眼睛如此重要,所以你们在学习或者看电视的时候,爸爸妈妈总是提醒你们一定要保护好它。我就是在求学的过程中,用眼过度,结果戴上了眼镜,给生活带来了诸多不便,直至今日也未能把它摘掉。

人的眼睛虽然能看得很远,但也有看不到的风景。譬如,一幢高楼或一座大山就能遮蔽人的视线,使人看不到它们背后的东西。如果我们把目光所及当成真理,那就更是大错特错了。我们亲眼看到的高楼不是最高的,这座大山的风景也不是最美丽的,你们见过的大海也不是最广阔的。这个世界上比碎碎冰、奶酪好吃的食物还有很多,除了《猫和老鼠》之外还有很多好看的动画片。未知的领域非常多,如果你未曾亲眼见过,也未在书本知识中学习过,大脑之中一片空白,自然也无法想象眼界之外的任何事情。

眼界的尽头体现了个人认识的有限性,以及思考的局限性。可以说,眼界的尽头便是一个人无知的开始。

记得爸爸在厦门大学读书时,一次与同学曾秀芬聊天,她说长这么大还没有见过雪花。当时,爸爸还大大地"嘲笑"了秀芬一番。不过很快,爸爸就觉察到了自己的无知。在去厦门读书之前,由于各种条件的限制,爸爸只是在书籍、影视作品中见过大海,这与在南方长大的同学秀芬没有见过雪花是一样的。这也提醒我们,不能用自己已知的知识来评价别人。当一个人自信地认为,自己见过就是有见识,学过就是有学问,而别人没有见过就是浅薄,不知道就是无知时,才是肤浅的表现。因为"尺有所短,寸有所长",每个人知识结构不同，都有各自的知识盲区，求同存异，互相学习，取长补短才是正道。轻易嘲笑别人，恰恰会突显出自己的无知，自己尴尬不说，也"震惊"了别人。

庄子在《秋水》中讲："井蛙不可以语于海者，拘于虚也；夏虫不可以语于冰者，笃于时也；曲士不可以语于道者，束于教也。"意思是说，不可与井底之蛙谈论大海，因为它的眼界受狭小居处的局限；不可与夏天的虫子谈论冰，因为它受到时令的局限；不可与见识浅陋的乡野书生谈论大道理，因为他受到了礼教的束缚。

一个人的思维会深受眼界限制，如同井底之蛙一样，它是不可能想象到大海的辽阔的，反倒会因自己狭小的生活空间而沾沾自喜，自以为正确无比，对井沿的边儿就是世界的尽头深信不疑。

个人基于自己狭窄的认知而做出的判断极有可能是错误的、片面的、不客观的，要消除这些，就一定要开阔自己的眼界。现实中，人们认为正确无比的事情，极有可能是错误的，是没有经过严密逻辑推理和论证的"伪结论"。这都提醒我们，对事物的认知要从多个角度考虑，不要轻易地下结论，凡事三思而后行，因为还可能有另外一种情况的存在。

拓展眼界的最大好处就是可以提高自己对事物的认知水平。你们要知道地球不是宇宙的中心，太阳也不是宇宙的中心，同样，你们也不是这个世界的中心。试想一下，当有一种你们见识到的事物或者观点改变了你们多年来对某一事物的固定认知时，它带给你们心灵的冲击是何等的震撼。我的天哪！原来是这样的，原来还可以这样呀！我们在知道自己无知的同时，也会为自己曾经的肤浅羞愧，学习探求的兴趣就自然产生。这种改变是由内到外的，是主动而非被动的，是积极向上、充满力量的。

事情的大和小、好与坏、对与错都是相对的，不是一成不变的。比如，如果你们都没有吃过冰激凌，又怎么能够判断冰激凌的味道比小蛋糕要好呢？爸爸希望的是，你们在将来的学习过程中，尤其是在社会科学的领域，不要满脑子的标准答案，要多问几个为什么，要始终保持对事物的好奇心。

亲爱的孩子，如果你们将来不想做一个井底之蛙，就要尽可能地开阔眼界，增长见识。开阔眼界的主要途径有两个：一是读万卷书，二是行万里路。

世界很大，人们都想出去看看。孩子，你们是幸福和幸运的。爸爸在读大学之前，没有走出过家乡；在读研究生之前，只在省会郑州待过；到厦门读书的时候，才有幸见到了大海。如今，爸爸妈妈尽可能地利用节假日时间，带你们出去游玩，给你们创造了解世界、接触更多新鲜事物的机会。恭喜你们，在这一点上你们超越了爸爸妈妈，因为你们已经亲眼见过大海的宽广，见过高山的巍峨，见过沙漠的苍凉，见过草原的广袤。

问题在于，世界又太大，怎么看也看不完。我们不能把有限的时间投入到无限的看世界当中去。这时候，增长眼界最主要的方法就是读书。爸爸当年没有见过大海，却可以从地理书中了解大海，还可以哼唱两句张雨生的歌曲《大海》，这同样可以让爸爸感受到大海的辽阔与浩瀚，这就是读书的好处。知识就是力量，而且还是一种使人由内到外充满阳光自信的强大力量。

一个人的眼界决定了他的视野广度，决定了他是否能深度思考，也决定了他对人生未来的选择。当你思考问题多一个角度的时候，也就多一分力量，多一种解决途径。当别人看到成功的时候，你也许能看到危机；当别人看到危机的时候，你也许能看到转机。

努力吧，孩子！如果说眼睛是你们看真实世界的"窗户"，那么读书就是你们正确看待世界的另外一双"眼睛"。读书能让人看得更远，减少无知无趣，打破局限的枷锁，提高充满新奇的想象力和脑洞大开的创新力，让你们在展开无限联想的同时，更增添无限可能。读书能为你们插上奋飞的翅膀。

爱你们的爸爸

2020 年 8 月 24 日

第14封信
错误归因缘于认知不足

亲爱的孩子：

人一生当中，会面临很多次失败，避免不了犯一些错误，也不可能每件事都能做得尽善尽美。当你们面对失败时，要有正确的认知，找出问题产生的真正原因。

现实中，人们在对做错的事情进行反思的时候，理由往往是五花八门，归因不正确不说，大多还存在推卸责任的情况。比如，你们兄弟俩在看电视的时候，总是和爸爸妈妈讨价还价，争取要多看一会儿。当爸爸妈妈限定你们观看时间时，你们就会哭闹，甚至摔东西，摆出一副不达目的誓不罢休的架势。这件事你们的错误在于任性，爸爸妈妈是为了保护你们的眼睛不受伤害才做出这样的决定。切记，凡事都要有一个度，过犹不及。而你们却天真地认为电视节目可以一直看下去，不让看就是不正确的。这样的错误归因在你们今后的人生中还会多次出现。如果凡事以自我为中心，总以为自己正确而别人错误，那就不能客观理性地看待所碰到的人和事。

孩子，错误归因会导致一错再错，它可能会成为你们人生前进路上的绊脚石。

当然，这主要是因为个人认知水平有限，不能客观理性地分析事情。比如，一个人总是把做错事情或者失败归咎于别人或大环境不好。当你们某一次考试成绩不好时，可以归因于题目难度大，但是如果每次考试成绩都不好，都归咎于这个原因，那就太牵强了。你们要从自己的学习方法、学习态度上找原因了，比如，你们可爱的双喜叔叔高中物理考试曾取得过 2 分的"辉煌战绩"，这恐怕就不能用考试题难来掩饰了，大概率是学习态度不端正。在这次考试中，比较神奇的地方是 10 道判断对错题，双喜叔叔居然能把对的全部打上叉号，把错的全部打上对号，与正确答案完美地擦肩而过，要知道这需要相当"高"的水平才行。而更神奇的地方是，2分成绩的取得居然来自一道填空题，这也充分说明双喜叔叔是个诚实的人，宁肯要宝贵的2分，也绝不作弊，这一点值得表扬。

孩子，在你们未来的学习中，尤其是在语文、历史等科目的学习中，爸爸不希望你们满脑子的标准答案，人文学科最怕被框束。因为，某一事件的发生除了显而易见的原因，还可能有另外一个因素或者几个因素同时在起作用。如果你们很自信地认为只有这样单一的原因存在，那就会限定你们的思维，影响你们对事物的正确判断。比如，发生在公元前200年的著名历史事件"白登之围"，通常的解释是，汉高祖刘邦被匈奴单于困在白登山的时候，采用丞相陈平的计策，用金钱成功贿赂了冒顿大单于的夫人后，才让刘邦及其部队解了围。然而这是一个流传了2000多年的故事，带有极大的虚假臆想的成分。当你们仔细地研究历史后，就会发现事情的本来面目是，汉朝后续支援的大部队已经陆续到达白登山周围，冒顿大单于面临腹背受敌的窘境，没有把握打赢这场战争，所以就在勒索了丰厚的财物后，顺水推舟下令撤退。

在中国古代史的学习中，经常有一种肤浅的偏见性叙述，其实它是站不住脚的。比如，殷纣王宠爱妖艳的妲己导致江山被周朝取代，吴王夫差因美丽的西施而被越国灭国，董卓中了貂蝉的美人计被杀，唐玄宗宠幸杨贵妃导致"安史之乱"，吴三桂因陈圆圆"冲冠一怒为红颜"引清兵入关等，这些说法虽然能吊起人们的胃口，但并不真实，我们当故事听听还行。比如，在吴三桂降清之前，皇太极和多尔衮带领八旗铁骑已先后6次绕过喜峰口、大安口、墙子岭等地的长城薄弱处入关。因此，山海关并不是唯一的入关地。退一步讲，即使吴三桂不因陈圆圆投降清朝，李自成集团的治理能力也是远低于清朝统治集团的。他目光短浅，治国方略杂乱，根本无法长期固守京城。

孩子，错误归因其实是可以避免的，于事情本身而言，就是要减少主观情绪的干扰，弄清事情的来龙去脉，尽可能客观理性地看待；于个人而言，就是多学习正确的知识，凡事多从自己身上找原因。比如，爸爸在准备研究生考试的时候，总觉得难度太大考不上，心烦意乱，曾经几度想要放弃。迷茫过、彷徨过、犹豫过、无助过，怎一个"烦"字了得。后来静下心来，仔细分析原因，爸爸先是解决了信心的问题，尤其是克服对自己的弱势科目——

英语的恐惧，多动笔头，多背诵经典英文句子，大幅度提高了英语的应试技能；剔除了杂念，专心致志地学习，并在复习资料的扉页写下了"消极避退不如积极进取，与其坐以待毙，不如背水一战"的励志誓言。经过几个月的紧张复习，一战功成考上了心仪的厦门大学。孩子，那种豁出去的感觉真是棒极了，只有经历过才能真切地感受到。

　　这也告诉我自己，今后人生中遇到什么难事都要有一种倔强精神，咬牙坚持，对症治疗；还要有坚韧不拔的毅力，凡事忍一忍、熬一熬，不放弃、不抱怨、不认输，难关总能攻克，光明就在眼前。

　　因此，你们在学习过程中，要完善个人的知识结构，正确认识自己的不足。当然，这绝非一朝一夕可以达到的，需要你们经年累月地学习。对于解决问题，你们要建立起"是什么—为什么—怎么办"的逻辑框架，因为问题的解决方法往往在问题本身之外，我们还要看看它的产生背景、发展趋势、最终结果。在这个基础上，你们自然会明了错误发生的原因，明白下一步该如何正确解决这些难题。

爱你们的爸爸

2020 年 8 月 31 日

第15封信
小聪明不能解决大问题

亲爱的孩子：

爸爸妈妈有时候带着你们在楼下玩耍，碰到一些认识的叔叔阿姨，他们总免不了夸你们兄弟两句，比如，"这两个小家伙长得好帅""这俩孩子好聪明"之类。当你们在学校正确地回答出老师的问题时，也会被夸"聪明"。由此看来，聪明真是一个奇妙的词语，用处多多呀！

今天，爸爸要跟你们谈的就是关于"聪明"的话题。人们夸奖一个小孩子聪明，通常是指他机灵、学习好、善于表达等，是一个褒义词。但聪明一词还有另外一重意思，就是"小聪明"，此时，这个词就由褒义变成了贬义。

孩子，一个人聪明可以，小聪明却要不得，这是为什么呢？

比如，有一次哥哥在和弟弟玩"石头剪刀布"的游戏时，哥哥居然说："你是弟弟，你先出。"这让我们笑得前仰后合，哥哥大弟弟三岁，就是不一样，这分明是在耍小聪明。再如，有时候你们兄弟俩想要吃好的东西的时候，就会找各种各样好听的理由讲给我们，其实爸爸妈妈一眼就看穿了你们的小心思。我们是看着你们一天天长大的，你们内心有什么想法，有什么情绪变化，爸爸妈妈很容易就觉察到了，因为这只是你们的小聪明而已。

当一个人觉得自己比别人聪明时，就是小聪明了。其实，很多事情不是同事们不知道，只不过是不说出来而已。对于管理者而言，更是洞若观火，看得清清楚楚。那么，为什么很多人知道一个人在耍小聪明却不说出来呢？就像爸爸妈妈没有拆穿你们兄弟俩的小聪明一样，看透不说透，才是好朋友。如果非要把真相说出来的话，你们会觉得没有面子，我们也觉得尴尬，显得不太友好；而且咱们"抬头不见低头见"，爸爸妈妈还想和你们做好朋友呢！

孩子，请记住，当大家都知道一个人在耍"小聪明"，这其实是一个糟糕透顶的信号，会给他带来极其负面的影响。小聪明只能得一时之利，从长远看，小聪明会使这个人在做人做事方面损失很多，好机遇也会从他身边悄悄地溜走。从这个层面讲，这个人又是不聪明的。

孩子，小聪明之所以不能要，是因为它不是大智慧，也不能解决人生中的大问题。譬如，在考试中，你可以偷偷瞄一下同学的试卷而多得几分，但是这样做并无太大意义，最关键的是没有学会知识。况且，不是每次考试都有机会做"小动作"，当没有机会作弊时，虚假无处遁形，真实的成绩就会浮出水面。

在工作中也是如此，有的人习惯于靠察言观色来做一些事情，一旦单位把有难度或者技术壁垒高的工作交给这个人，他真实的工作能力就会显现出来，不能承担重任或者独当一面。机会来了又怎么能够抓得住？只有小聪明又有什么用呢？在重要的事情和节点面前，小聪明是只有害处没有益处的。

孩子，工作像学习一样，有付出就有收获，回报绝对公正，这也是千百年来社会良性运转的基石。踏入社会后，你们会面临无数次的抉择和挑战，而化解这些问题，需要的是个人良好的品格、坚韧不拔的毅力和一以贯之的学习能力。

一个人的成功小胜靠智，大胜靠德。做小事情可以靠聪明，做大事情必须靠智慧。与"聪明"相对应的词语"守拙""木讷"反倒是智慧的象征，很多名人对此也颇为认同，却没有人把"聪明"当成人生圭臬，即使一个聪明人也是这样。成语"大智若愚"也说明，"智"与"愚"是如此接近，智慧有时候需要"愚钝"来做掩饰。"装糊涂"也是一种人生境界，一种策略方法，能隐藏个人实力，有效保护自己，必要时还能实现以守为攻、以退为进的目的。从这个层面讲，一个人聪明外露，才是最大的不聪明。

因此，学习和工作能力的提升需要踏踏实实学习、老老实实做人，需要辛勤、汗水和天赋的叠加。要"小聪明"只能取得一时之巧，绝不能解决人生中的大问题。

爸爸的很多同事都是有真本事的，他们大都是各个专科领域的优秀医生。孩子，医生这个职业专业技术含量非常高，数十年地辛苦学习、努力实践才能成为一名专家。记住，仅仅靠小聪明做不了一名好医生，因为治病救人、做手术靠的是真功夫。还有最为重要的一点，要想成为一名好医生，除了要有精湛的医术，还要有极高的品德修为，"德不近佛者不可为医"，医学学科既是科学的也是人文的，是科学中最人文的，也是人文中最科学的。

　　顺便说一句，在小说《水浒传》一百零八条好汉中，结局最好的是神医安道全，他被招安后在太医院做了御医，官封"金紫医官"，翻译成现代话应该是知名医院的大内科主任，外加"国家二级教授、主任医师、博士生导师、国家杰出青年、优秀青年"之类的荣誉称号。在后来征方腊的过程中，朝廷根本就没有让安道全参加，结果很多梁山好汉受重伤后，没有得到医生及时治疗，都白白死掉了。在小说的大结局，宋江、卢俊义、吴用、花荣等这些重量级的好汉，下场都很惨，不是被敌人杀死，就是被朝廷毒死，要么就是自杀。

　　古人云："不为良相，便为良医。"你们兄弟俩将来有一个能学习医学，成为一名优秀的医生，也是爸爸妈妈的美好心愿之一，不过需要铭记的是学医忌巧，仅仅靠小聪明是学不好医学，也做不了一名优秀的医生的。

爱你们的爸爸

2020 年 9 月 3 日

第16封信
专注是好好学习的前提

亲爱的孩子：

哥哥上小学已经一周了，我们最关注的还是他上课能认真听讲多久的问题。刚刚与你们的妈妈通电话，果不其然，说的就是哥哥上课不能专心听讲的事情。哥哥过于活泼好动的性格在课堂上显得格格不入，还需要一段时间去好好适应，这期间自然免不了被多次说教。显然，专注时间过短无法有效掌握老师课堂讲授的知识，从长期看，肯定是不利于学习的。

这也充分说明，人生中很多的好习惯都不易养成，专注也不例外，需要兴趣和毅力有机结合。学习之所以不能让你长时间精神专注，是因为知识的学习是一个对未知领域的全新探索，这本身就充满了不确定性，会让人产生畏惧心理。知识的学习，就像一个人进入到一座陌生的房子里，只有精神专注，才能看清房屋内部的构造和布局，反之就可能发生磕碰或者摔倒。

爸爸也知道，目前最能让你们专注的事情就是看电视、手机和平板电脑，或者去游乐场游玩等。孩子，这种专注对你们的人生而言不是全无益处，偶尔看看动画片、打打游戏，可以开阔你们的眼界，拓宽你们的视野，但长时间观看则会让你们沉溺其中，玩物丧志，影响你们的学习成绩。

孩子，你们当前获取知识的主要渠道是课堂上老师们的言传身教。知识的学习其实就是一个模仿的过程，就像书法学习首先要临摹一样，你们学习语言、学习知识、学习轮滑，都要从模仿开始。

之所以说专注是好好学习的前提，是因为一个人如果不专注的话，就不能集中注意力全身心地投入学习。只有专注，人才能心无旁骛、专心致志地学习。当一个人安静下来时，就会发现专注是一件非常美妙的事情，自己将走入自己的内心，倾听自己心跳的声音，学到兴奋时，会情不自禁地手舞足蹈，那种积极向上的力量是由内而外自然迸发的，会让整个世界为之让路。

爸爸从小学、中学直到大学和研究生毕业，每每学业成绩进步快时，都是学习特别专注的时候，内心特别安静，学习效率出奇地高，学习效果也特别好。当学习进入状态的时候，整个人步伐都是轻盈的，内心也充满了自信。工作中，爸爸写许多重要文稿，往往都是在夜深人静的时候，大脑高度集中，精神特别专注，成文也特别快，很多好文章就是这样一夜一夜地"熬"出来的。经过这样日复一日的高强度工作锻炼，爸爸的写作水平也提高了不少。

孩子，你们将来能否成才，我们不起决定作用，主要还是取决于你们自己的努力程度。一个人只有刻苦学习，学业才能有所成就，人生才能起好步。曾国藩曾讲过："不特习字，凡事皆有极困极难之时，打得通的，便是好汉。"意思是说，不只是练习书法，做任何事情都有特别困难的时候，专注做好每一件事，咬牙坚持下去，就能够赢得胜利，就是好汉。

孩子，当你们将来有所成就的时候，一定会感谢那个曾经特别专注的自己。

孩子，不只是学习，做任何事情都要专注才行，能够支撑你做下去的一定是内在的兴趣爱好，而不单单是外在的压力。一辈子能够专注做好一件事情，已经非常了不起了。比如，我国的首位诺贝尔生理学或医学奖获得者屠呦呦教授，突出贡献就是在"创制新型抗疟药青蒿素和双氢青蒿素"领域取得非凡成就，成就的取得与屠教授及其团队多年如一日，在该领域的专注研究密不可分。

与此相类似的是，爸爸有很多医生同事，他们在擅长诊治的疾病方面，都有自己专注的研究领域。正所谓"一招鲜，吃遍天"，或者说是"胸怀锦绣不如薄技在身"，无论社会怎么变迁，有一门技术傍身，到哪里都能保证有口饭吃。在社会中，拥有一技之长非常重要，它将是你们安身立命之本，虽然不能保证你们过得最好，但可以确保你们不会变得最差。

孩子，你们要想拥有一技之长，那就要好好学习，找到自己的兴趣点，专注地做好它。专注看似是一件不起眼的小事情，然而把这件小事情做好并不简单。你们如果不想过白开水一样的人生，那就要专注起来，持之以恒、水滴石穿，让自己变得不简单、不平凡。等到将来，你们在自己感兴趣的某一领域取得卓越成绩，成为这方面的优秀人物，登上更高层次的平台时，看到的风景自然不一样，见识也会高人一筹，能力自然也会出类拔萃。

爱你们的爸爸

2020 年 9 月 8 日

第17封信

受不得屈，做不得事

亲爱的孩子：

上周五，我们一家人参加了康平姐姐的婚礼。结婚是人生中的头等大事，也是人生中非常重要的一次选择。那是你们姐姐一生中最重要的时刻，我们一起给她送上最美好的祝福吧！哥哥刚上小学，原计划不参加姐姐的婚礼，只是由于感冒无法上课才得以同行。人生病了，自然要问医吃药。哥哥一听说要去医院就诊，内心非常抵触，表现得十分委屈。

当然，除了生病之外，平日里你们不管是学习还是玩耍，都总是由着自己的性子来。当爸爸妈妈约束你们的时候，你们内心就会充满委屈。在你们的眼中委屈无处不在，比如，你们一次想吃两块糖果，结果却只吃到一块。爸爸妈妈总是批评你们这也不对、那也不好，如果不服气，试图稍加反抗，就会引来更为严厉的惩罚，那你们就更加觉得委屈了。

你们为什么总是会感到委屈，总觉得"受伤的总是我"？孩子，你们之所以会觉得委屈，主要是因为目的没有达到，或者想做的事情被爸爸妈妈制止了，还可能是由于淘气的举动受到了惩罚。这时候你们就会感到委屈，觉得大人不能换位思考，觉得你们的世界大人不懂，做个小孩子太难了。

亲爱的孩子，委屈就像一个比你们还淘气的孩子，随时会出现在你们的情绪当中。人的一生中会遇到各种各样的委屈，它们不只是爸爸妈妈不给你们吃糖果那么简单，总是伴随着不被人理解和同情。

其实，在这个世界上，最能理解你们的就是爸爸妈妈，因为是我们把你们抚养成人，让你们健康成长。爸爸妈妈给你们带来的委屈，是建立在理解和同情你们的基础之上的，是正向的，是有利于你们健康成长的。

现在想来，缺点能被人说出来，犯了错误能被人指正，这绝对是一件很幸福、很幸运的事情。可惜除了爸爸妈妈，能这样对待你们的人少之又少，因为你们的成长与他们无关，彼此只是平行的人生，走不进各自的世界中来。要知道，一个人有缺点或者犯错误时不被指出来，这才是最危险、最可悲的事情。

在成长过程中，你们还会经受各种委屈。比如，不是因为你做错了什么事而受委屈，而是由于不公正、不公平你不得不受委屈，而你无能为力改变现状，又不得不承受，这时你就会感受到挫败感。

你们将来终究要独自面对很多人和事，当遭受到挫折或者困难的时候，即使再大的委屈也只能自己默默承受，悄悄自愈。委屈本身就是人生的一部分。

有时候，我和你们的妈妈会感叹，你们现在的生活条件比我们小时候好太多，几乎不用为什么事发愁。爸爸妈妈的担心在于，你们现在好比温室里的花朵，没有受过委屈，如果将来碰到大的暴风雨，不知你们柔弱的肩膀能不能扛住打击。

"宝剑锋从磨砺出，梅花香自苦寒来。"社会是一个真正的大熔炉，它会锻炼出真金，也会淘汰渣滓。你们要在遵守规则（包括法律和道德）的前提下，做好自己，努力奋斗。当你们的行为触碰到炉子的边缘，被烫而感到痛的时候，就要及时调整自己，审视自己，看是不是哪里做错了，是不是方式方法不对，而不是一味地怨天尤人，更不要期望让别人改变来适应自己。

孩子，你们将来在干事创业的时候，能承受多大的委屈，就能变得多坚强，就能取得多大的成就。爸爸相信，经历过委屈的淬炼，你们将会变得更加强大，在做事情的过程中，会目标坚定，稳步向前。

孩子，从来没有什么一帆风顺的人生，只有经历惊涛骇浪，才能体现出生命的价值。不经历风雨，怎么能见到美丽的彩虹？你们向往高山，就不要在乎脚下沙砾的羁绊；你们选择远方，便要能忍受路途上的饥渴和艰辛；你们要奔向成功的终点，便要无所畏惧，只顾风雨兼程。

人的心胸都是委屈撑大的，要在隐忍、宽容他人，甚至在煎熬中成长和壮大，用学习来开阔自己的视野，用实践来提升自己的能力，用困难来磨砺自己的意志，用见识来迎接未知的挑战。

爱你们的爸爸
2020 年 9 月 16 日

第 18 封信

没有规矩，不成方圆

亲爱的孩子：

上一封信爸爸给你们谈了关于"委屈"的话题，你们为什么会常常感到委屈呢？是因为你们触碰到了规矩，它就像通电的网格一样，人触碰到就会觉得痛。当你们想突破规矩限制的时候，爸爸妈妈就会及时阻止你们那些不当的行为。

今天爸爸要和你们谈谈人为什么要遵守规矩。

人们常常说，"没有规矩，不成方圆"。就好比用圆规画圆圈一样，只有固定好圆心不动，才能转动一周画出一个完美的圆。如果圆心固定不好，那么就画不好这个圆。这就是规矩的力量，它能够保证你们做正确的事情。

在现实生活中，规矩无处不在。在你们成长的过程中，同样会有各种各样的规矩要遵守。你们学习规矩、遵守规矩的过程，也是不断成长成熟的过程。比如，妈妈经常教你们在经过十字路口的时候，要牢记"红灯停、绿灯行、黄灯亮了等一等"的口诀，这是最基本的交通规则。当有人不遵守的时候，就有可能发生交通事故。又如，爸爸妈妈要求你们吃饭的时候，不能端着饭碗跑到沙发上去；要求你们在学习的时候，不吃零食、不左顾右盼；要求你们在玩耍的时候，不做危险的动作，时刻注意保护好自己。

孩子，一个人遵守规矩，具有良好的规矩意识，能够最大限度地保护自己，也体现了这个人良好的素质。比如，遵守交通规则，可以最大限度地保证自己的出行安全；遵守课堂纪律，能够保证自己的学习效果，也不会影响其他同学学习；遵守作息规律，能够让自己养成良好的生活习惯，健康苗壮地成长。

无论你们是学习还是玩耍，抑或是将来长大后从事任何工作，只有遵守各种规矩，才能享受真正的自由。体育运动中的各种规则，是为了保证比赛的公正公平。比如，在篮球运动中，规定运动员要三步上篮，那就不能抱着篮球跑着把球送进篮圈。在足球运动中规定不能手球、越位等，目的是保证比赛公平公正和保护运动员不受伤害。在遵守规则的前提下，通过公平比赛赢得胜利的运动员会受到包括对手在内的人们的尊重，赢得的奖牌与荣誉也是干干净净的，能真实地体现个人价值。

记得妈妈在墙上贴了哥哥写的遵守规矩的保证书：不准挑食、不准闹情绪、不准打弟弟、学习时不准三心二意等。如果违反了这些规矩，就要受到相应的惩罚。妈妈给你们的惩罚措施，就是不遵守规矩要付出的代价。

孩子，无论是在学习中还是在工作中，不遵守规矩带给你们的后果，可不是妈妈给你们列的惩罚措施那么简单。比如，在学习中，一个学生想在考试中取得好成绩，要通过个人努力而不是作弊，一旦被发现作弊，轻则被纪律处分，重则被开除，学业前途就此毁于一旦。工作中，当一个人想通过不遵守规矩获取利益时，也许能够获得一时的好处，但长期看肯定是要付出代价的，有时甚至会触碰到法律的底线，受到更为严厉的惩罚。这也说明了一个普遍存在的现象：人的理性有限、知识有限、生命有限，而人的欲望无限、无知无限、愚昧无限。因此，要想控制欲望，摒弃无知和愚昧，就要明白时时刻刻小心谨慎的重要性，知道凡事还是不逾矩、懂敬畏的好。一个人遵守规矩最大的好处，就是能受到规矩的保护；破坏规矩最大的坏处，就是迟早会遭到规矩的惩罚。

法国杰出的启蒙思想家卢梭说："人人生而自由，却无往不在枷锁之中。"自由是一定规矩内的自由，而不是漫无边界、随心所欲的自由。人生最好的状态，不是想做什么就做什么，而是不想做什么就不做什么。一个没有规矩的社会是无序和混乱的，同样一个不遵守规矩的人必然是不自由的，迟早他会明白，遵守规矩有多么重要。

一个人不遵守规矩的代价，就是个人信用的破产，那样他不仅会受到道德的谴责，可能还会受到法律的严惩。朋友之间的交往，是一个长期的过程。一个人不遵守规矩就会失去信用，说话没有人相信，做事情也会让人觉得不靠谱，良好的合作关系无法构建，再好的朋友也会离心离德、渐行渐远，毕竟谁都不愿意与不遵守规矩的人交往合作。

孩子，在你们成长的道路上，不要因为遵守规矩而觉得走得慢，殊不知这是一条最稳当、最宽广、最便捷的人生正道。毛泽东同志在《七律·人民解放军占领南京》中有言："天若有情天亦老，人间正道是沧桑。"意思是说，世间的事物是不断向前发展的，是不断更新变化的，这是世界的必然规律。所以，不论什么时候，人一定要走正道。

现在人们常常说一个词，叫"弯道超车"。殊不知弯道超车不是谁都能娴熟运用的驾驶技术，因为弯道加速最容易翻车，所以对驾驶员的技术要求非常高。你们知道吗？在交通事故中，最常见的碰撞事故多是由于驾驶员不遵守交通规则，变道超车引起的。从这个意义上讲，遵守规矩是对规矩的最大敬畏，也是对自己最大限度的保护。

爱你们的爸爸

2020 年 9 月 21 日

第19封信
要勇敢地向校园霸凌说"不"

亲爱的孩子：

昨天由于中秋节调休，我在家里休息。恰巧，康平姐姐和丁军锋哥哥刚刚旅游结婚回来，爸爸就在家准备了丰盛的午餐，欢迎他们顺利回家。

中午哥哥放学回来对我说："我可生气了，学校里有人欺负我。"当我询问是怎么回事儿时，哥哥又不吭声了。我没有很在意，以为只是小孩子之间一般的玩耍打闹而已。下午放学的时候，哥哥回家第一句话又说学校里面同学欺负他了，再问又不吭声了。直到晚上休息，妈妈在床上问哥哥的时候，他才一五一十地给妈妈说出来，说那个女同桌这几天总是恶意地欺负他。

这时候你们的妈妈才意识到问题的严重性，我们也及时地向班主任老师反映了这件事情，一定要调查清楚事情的来龙去脉和严重程度，保障哥哥的安全，坚决制止出现二次伤害。这件事也提醒爸爸妈妈，要第一时间关注你们在学校的情绪变化，不能麻痹大意。还好，今天经过哥哥老师的调查询问，爸爸妈妈和哥哥老师的及时沟通，了解清楚了事情的来龙去脉。哥哥和那个女同学之间的误会也得以消除，那个女同学也正式给哥哥道了歉。

因为这件事情，爸爸不得不和你们谈一个比较沉重的话题，就是校园霸凌。每个人在学生阶段，都曾经或多或少地被校园霸凌伤害过，造成的心灵创伤也会伴人一生。与同学之间一般的打闹玩耍不同，校园霸凌的种类非常多，包括肢体霸凌、语言霸凌、心理霸凌、性霸凌等。无论哪一种校园霸凌，都是一种恶意的伤害行为，会给孩子的身心造成严重的伤害。

当前，校园霸凌的现象屡禁不止，从小学、中学乃至大学都不同程度存在，最为严重的一般在中学阶段。校园霸凌的危害不容小觑，这与每个学生都息息相关，是一个一直伴随你们学习生涯的重要话题，必须认真对待。现实中，有些学生由于青春年少，性格叛逆，崇尚暴力，极具攻击性；有的是个体施暴，有的是群体作案。当前，媒体能够报道出来的校园霸凌案例只是冰山一角。更令人难以置信的是，女学生实施校园霸凌的比例在逐渐上升，这是一个非常糟糕的信号。

孩子，你们的学校生活才刚刚开始，对于校园霸凌，不要害怕，也不要担心，要有清醒的认知，要能掌握好应对方法，最大限度地保护好自己。

人生之路漫漫，你们在努力获取知识、积极向上攀爬的同时，也会遇到各种荆棘。我们常说，"失败是成功之母""挫折是一笔财富"。然而，校园霸凌带来的只是伤害，不是什么人生财富，绝对不能轻描淡写地说成是人生挫折那么简单。有句话说得非常好，"幸运的人一生都在被童年治愈，不幸的人一生都在治愈童年"。不管哪一种校园霸凌，很容易就能撞碎一个孩子美好的童年。那些受到伤害的同学，轻则将会留下一辈子的心理阴影，重则学业尽毁，更有甚者付出了生命的代价。

校园里，有的孩子具有暴力倾向，仗着自己身高体重的优势，会故意欺负比自己瘦小的同学。他们以此为乐，迷信暴力，沉迷于哥们儿义气，迷恋于武侠剧中的打打杀杀。对于这种攻击性强的孩子，你们要做的就是尽可能远离他们，避免与他们产生交集。

孩子，当面对突如其来的校园霸凌时，记住不要害怕，不要用言语去刺激他们，要沉着冷静应对，必要时说个软话也不丢人。你们要知道那不是懦弱，大丈夫能屈能伸，关键是要尽最大可能保护好自己。如果校园伤害发生的地点比较隐蔽，当施暴者恐吓你们不要声张时，千万不要胆小怕事，要及时向老师、同学们求助，或者大声地喊出来，引起大家尤其是老师的注意，避免自己受到伤害。

记住，无论遭遇到哪一种校园霸凌，都不要有惧怕心理，要知道退让只会让施暴者更加嚣张跋扈。你们要做的是第一时间向老师报告，回到家中更要及时地向爸爸妈妈说明情况，绝不能隐瞒。爸爸妈妈不会责怪你们，一定会替你们出头，会运用包括法律在内的一切手段保护好你们，帮你们讨回公道。

当然，校园霸凌的施暴者注定不会有好的下场。虽然当前法律在未成年保护方面还亟待完善，但是这些施暴者一般品性都比较差，等他们进入社会后，就会发现所谓的"江湖"并不像想象中那样美好。他们如果继续不知敬畏、不知收敛、恣意妄为的话，终将会脱离正常的社会秩序，大概率被社会边缘化，或被更强的施暴者反噬，抑或是受到法律的严厉制裁。

　　记住，孩子，远离校园霸凌的伤害，就是要有清醒的认识，要有应对的措施和心理准备。爸爸妈妈永远是你们最坚实、最强大、最有力和最温暖的靠山。

爱你们的爸爸

2020 年 9 月 28 日

第20封信

语言是扇窗户，也是堵墙

亲爱的孩子：

语言是我们之间信息交流的主要工具，也是爸爸妈妈了解你们内心世界的主要渠道。

语言是心灵的一扇窗户。语言沟通效果好，就能拉近彼此之间的距离，增进家人间的亲情，加深朋友间的友谊，加强同事间的友好合作。当心灵的窗户被打开之后，爸爸妈妈就能洞悉你们的内心世界，帮助和引导你们健康成长。

实际上，无论你们是幼时牙牙学语，还是现在背唐诗、学英语、嬉闹玩耍，都是从语言交流开始的。记得去年我们一家人在西安，哥哥说了一句话让爸爸特别高兴和意外。当时，哥哥指着天空中飞过的飞机和飘着的白云说："飞机是个大画家，蓝天里的白云都是他画的。"哥哥的想象力竟然用语言表达了出来。这灵光乍现的瞬间，恰恰是你们人生中最需要的，也是最重要的闪光点。有时候一篇好的文章，有一两句特别精彩的句子就够了。如果文章通篇都讲究词句华丽、对仗工整，那就像电脑打出来的艺术字一样，反倒没有了神韵，失去了味道。

在你们今后的学习生涯中，爸爸考虑更多的是，你们如何成长为独立的个人，这是一个远比成绩更重要的大命题。对于成绩，爸爸之所以没有要求你们每次都要考第一名，是因为爸爸上学时就没有做到，不能也不想给你们太多的压力。你们把基础打扎实，不掉队即可。不过，到一定的学习阶段，该开足马力时，你们也要动力十足，大踏步向前进，争取后来者居上。因为学习就像一场马拉松比赛，是一个厚积薄发的过程，你们要有足够的耐力，才能坚持到最后。爸爸不希望你们过"高开低走"的人生，不希望你们逐渐麻木，最终走向平庸，一生一事无成。

在学校里，你们也要和老师、同学们多交流，通过语言良性互动，赢得大家的好感，营造好的学习氛围。可以说，良好的语言沟通能力能够让你们在学习和社交中取得意想不到的收获。

记住，孩子，会说话的人永远比不会说话或者内向的人更受欢迎。当然，会说话并不意味着刻意去讨好谁，也不是违背自己的内心去说谎，而是有条理、有逻辑地展示自己内心的想法，表达自己的观点。比如，学习中有不懂的地方，就要正确地表达出来，多提问、勤思考。当然，那些可能会导致尴尬的话题或者想法，那些难以启齿的话，你们可以先藏在小肚子里，回家后偷偷地告诉妈妈即可。

俗话说："酒逢知己千杯少，话不投机半句多。"当沟通不畅时，语言就可能会变成一堵墙，关闭双方的交流大门，这样亲情会变淡，朋友关系会疏远，同事之间会出现隔阂。

当人与人之间无法用语言沟通交流时，彼此之间的联系也就断了。有趣的是，小孩子之间不说话一般会有一个明确的约定，如"咱们几个从今天起都不和谁说话了，如有违背，就是小狗"。成年人的疏离往往是彼此心照不宣的，由无话不谈到相对无言，一声不响地悄悄远离，自觉开启静音模式。

孩子，记住，无论什么时候，好好说话都是一个人高素质的表现。一个人言语尖酸刻薄，出口伤人，绝不能用"刀子嘴豆腐心"来搪塞，他这样是素质不高、心胸狭窄的表现。更多的时候是他们情急之下说了真话而已，这样的人，内心一定是阴暗无光的，也是令人讨厌的，更是不受欢迎的。

平日里，妈妈总是埋怨在家庭教育这方面，爸爸缺位太多，与你们交流太少。前几天妈妈让我辅导哥哥的拼音，哥哥立刻表现出很排斥的情绪，无论怎么说，就是不肯学习，一直说让妈妈教他。还有昨天晚上，妈妈为了让哥哥先睡觉，就让弟弟和我在床上先玩一会儿，弟弟就一直哭嚷着："妈妈什么时候来，我要妈妈，我不要和爸爸睡觉。"此情此景，我由衷地感觉到在家庭教育中，妈妈永远是不可或缺的，而爸爸则是可有可无的存在。

联系这几天哥哥上学以来的种种表现，我明白，我和你们兄弟俩之间的主要问题就是沟通不到位，陪伴不够。陪伴是最长情的告白，今后爸爸无论多忙，也要把更多时间放在家庭上，陪伴你们一起成长。咱们一家四口好好说话，好好沟通，其乐融融，一起快乐度过每一天。

孩子，语言是扇窗户，也可能是堵墙，关键是看你如何运用它。语言运用得好，就可以让人们打开彼此心灵的窗户，倾听彼此心跳的声音；用得不好，彼此就如同站立在一堵墙面前，行同路人，渐行渐远。这也说明，在语言交流中准确表述的重要性，即使是同一件事，语言叙述不同，就存在意思相反或相悖的情况。比如，说一个人办事总是"三思而后行"，反话就是患得患失、犹豫不决、举棋不定。这时候，就需要我们培养良好的逻辑判断能力和独立思考能力，对语言表述的事情有清醒的认知。只有这样语言交流才有效，否则就会出现沟通不在一个"频道"的情况。

还有一种情况就是，语言沟通的情景非常重要。有时候语言交流的效果好坏，内容只占30%，场景却能占到70%。当一个人心情好时，一般会秉持开放包容的态度，即使是批评性建议，也能欣然接受；当一个人心情不好时，即使对他说的是甜言蜜语，也会出现一概被排斥拒绝的情况。这也是人们有时候要察言观色的原因所在。在错误的情景中讲正确的话，不一定会有好的效果；只有在正确的情景中讲正确的话，才能拆除语言沟通中的墙，打开语言沟通的窗户。

总之，学会好好说话是人一辈子的修行。所谓高情商就是好好说话，高素质也是好好说话。在与人交流中，要能推倒语言交流中无形的墙，打开这扇窗户，敞开心扉，仔细倾听，沟通无限，在良性互动中不断完善自我、发展自我、提升自我。

爱你们的爸爸
2020 年 9 月 29 日

第 21 封信
天下没有免费的午餐

亲爱的孩子：

今年的国庆节和中秋节是同一天，假期因此由 7 天增加至 8 天。爸爸妈妈带着你们兄弟两个一起回新乡看望爷爷奶奶，谁承想由于堵车，原本一个小时多的路程，足足让爸爸开了两个半小时。不管如何，回到老家还是让人兴奋不已的，要知道老家是最具乡音与亲情的地方，是我们的根。

"父母在，不远游，游必有方。"爷爷奶奶见到你们比见到爸爸妈妈还要开心，隔辈亲的重要意义在于，这是一种生命的延续，更是一种爱的传承。

人生就犹如中秋节的这场旅行，要想到达目的地，不仅要耐住性子，忍受旅程中的堵车煎熬，还要有乐观精神，万不可急功近利，操之过急的结果往往是事倍功半，欲速则不达。

经济学常常讲"天下没有免费的午餐"。比如，你们想要吃到饕餮大餐，就要先去购买或采摘新鲜的食材，准备好各种厨具，然后经过厨师一番精心的煎炒烹炸。果然，在我们赶回老家的同时，你们的伯伯与伯母一大早就起来准备午餐了。正是有他们辛苦劳动，咱们一家人才能坐在一起吃上这顿丰盛的团圆饭。这是一件多么幸福的事情啊！

"天下没有免费的午餐"是一个非常形象的比喻，它告诉我们，一个人做任何事情都是有成本的，而不是无代价的。俗话说："台上一分钟，台下十年功。"一个演员想要在舞台上获得掌声，就要数十年如一日，在台下付出十倍努力去刻苦训练。孩子，记住，没有谁能够随随便便成功，每一个成功人士的背后都有不为人知的艰辛付出。

下午伯伯带着你们兄弟俩去地里刨的红薯，是经过种植、除草、浇水、施肥等几个月的辛勤劳动，才结出的。可喜的是，经过一下午的劳动，终于收获了满满的两大袋红薯，够我们回家吃上好一阵子了。

孩子，在一生当中，你们能够免费得到的东西，也大都是其他小朋友可以得到的，比如，新鲜的空气，旅途中美丽的山川大河。但是，当你们要实现人生奋斗目标，要赋予自身有别于他人的价值时，那就要付出一番辛苦、几多努力。比如，你们要想在考试中取得好成绩，就要努力学习，上课仔细听讲，认真做读书笔记，不懂不会的题多向老师请教；你们要想前进，就要离开原地，这意味着要放弃当前安逸的生活，准备迎接明天未知的挑战；你们要想获得别人的尊重，就要努力使自己变得更有价值。

天下没有免费的午餐，也没有不劳而获的幸福。不要总是幻想着没有付出就有回报的好事情发生，那是一个非常糟糕的心理暗示，会让人心存侥幸。不走"寻常路"的结果，往往是事与愿违，甚至将付出更大的代价。

孩子，这世上没有无缘无故的爱，也没有无缘无故的恨。不要相信好事情总能发生在自己身上，那只是小概率事件。如果一个人一出生就万事顺遂，想要什么就有什么，想干什么就成什么，那么奋斗将失去意义，努力也将黯然失色。要知道，人性中既有美好善良的一面，也有丑陋阴暗的一面，美与丑的交织才是真实的人生。同理，与辛勤劳作、省吃俭用、踏踏实实相对应，好逸恶劳、铺张浪费、投机取巧，也是人性的组成部分，我们无法剔除它们，但要"压制"它们，不能让其占据主导地位。孩子，不要总是幻想着免费的午餐，太容易得到的东西，人们往往不会珍惜，也不符合现实，吃多了反而会"消化不良"。

人类社会由战争掠夺等形式过渡到市场交易行为，标志着人类从弱肉强食的"丛林社会"中走出来，这是人类文明的一大进步。市场交易把人类从野蛮的战争掠夺中解脱出来，逐渐形成了维护市场秩序基石的契约精神、法治精神和产权保护制度。当今世界，但凡经济发达的国家和地区，也是在上述三个基本原则方面做得最好的。如今，再有哪个国家还迷信"丛林法则"，想通过战争的方式侵略别的主权国家，妄想掠夺资源和占有土地，肯定会遭到全世界正义国家的一致反对，它们会联合起来通过各种形式的援助，帮助被侵略国打败侵略者。侵略者必将"多行不义必自毙"，为自己的野蛮行径付出惨痛的代价。

在现代社会中，各种形式的交换行为无时无刻不在进行着，小到个人、企业，大到社会乃至国家。交易行为在不同的领域有不同的表现形式，个人更多的是互相帮助，经济领域更多的是贸易互惠，文化领域更多的是文明的传播分享等。

"天下没有免费的午餐"这个比喻真是棒极了，付出才有回报，如何让自己变得更有用，是伴随你们一生的永恒话题。当前阶段，你们要做的是树立正确的人生观、价值观和世界观，要能通过学习使自己变得独立自信。这样，等长大后掌握一技之长，赋予自己不一样的价值，你们才能让自己拥有更多与别人对话的资本，才能赢得别人的尊重和嘉许，才能体会到努力获得丰厚回报的喜悦心情。

亲爱的孩子，你们要记住，午餐虽然不免费，但当一个人拥有更多交换筹码的时候，就能吃到美味可口的午餐。那可不仅仅是加一个鸡腿那么简单，也许还有更多你们想象不到的珍馐美味摆在面前呢！

爱你们的爸爸
2020 年 10 月 4 日

第 22 封信

君子不立于危墙之下

亲爱的孩子：

时间过得真是飞快，每日里看着你们健康长大，是爸爸妈妈最开心的事情啦！

孩子，大人们对你们的爱不是空洞的口号，而是体现在日常的琐事当中。在哥哥上小学将近一个月后，弟弟也正式开启了幼儿园的生活。虽然你们所上的幼儿园和小学仅一路之隔，也离家很近，但是妈妈和姥姥每日里接送你们上下学却是"必修课"。你们要记住，越是看似简单的一件事情，越不容易，要日复一日地坚持，还需要有耐心、爱心和奉献精神。妈妈和姥姥接送你们上下学，就是这样一件看似简单却非常辛苦的事情，既要准时准点，还要时刻注意保证你们安全。你们长大后，一定要记住妈妈和姥姥的辛勤付出，好好地报答。

人一出生就要面临各种可能发生的意外风险，一次看似不严重的跌倒，一次看似不经意的闯红灯，都可能造成悲剧发生。因此，凡事要小心谨慎，遵守各种规则，不说狂言妄语，不随便挑衅别人，不随意打闹嬉闹，不做危险动作，这些是保护自己的最好方法。

今天，爸爸给你们讲的是关于安全的话题。"君子不立于危墙之下"，这句话是说，君子要远离危险的地方。这中间包括两方面内容：一是先知先觉，当预先觉察到潜在的危险时，要及时采取防范措施，防患于未然；二是及时止损，一旦发现自己处于危险境地，就及时离开，避免受到更大的伤害。

因为你们年纪还小，抗风险能力太弱，所以更要增强自我保护意识。比如，每日里接送你们，爸爸妈妈最担心的就是你们的安全问题，反复叮嘱你们在过十字路口的时候一定要遵守交通规则，要牢牢记住"绿灯行、红灯停、黄灯等一等"。在学校里，不管是体育课，还是课间和同学们做游戏，都不要做超出能力范围之外的事情。还要注意远离那些性格偏执、盛气凌人、攻击性强的同学，不要与其发生语言或肢体上的冲突。记住，远离他们不是懦弱，而是保护自己的明智之举。

当面对外在的突发情况时，首先要做的就是自我保护。每年都有中小学生溺水丧生的悲剧发生，相伴的同学往往不顾自身安危，贸然下水救援，结果又导致了更大的悲剧出现。实际上，这时候同伴的正确做法应当是大声地呼喊，让人来救援，及时寻找足够长的竹竿或木棍，而不是置自己的生命于不顾。还有就是，每年都有游客因在海边观看潮水而被卷走的报道，这种悲剧原本是可以避免的，奈何后人哀之而不鉴之，不汲取前人教训，将自己置于"危墙"之下。

孩子，不要觉得"危墙"很远，它往往隐藏在你不易觉察的地方。即使是成年人，在很多突发的危险面前也是无力抗拒，来不及反应和应变的。爸爸之所以强调这些，是想要你们牢牢记住，人的生命很脆弱。也许危险就在身边，只不过我们自己没有觉察到而已。

人生充满了意外，唯一确定的就是不确定的人生。当一个人知道意外无处不在，而自己又不能精准地预测下一秒发生的事情时，不管做什么事情，他都不会冒冒失失，不敢粗心大意，不再满不在乎，因为他知道凡事都要小心谨慎的重要性。

古人云："一失足成千古恨，再回首已是百年身。"时光不可逆转，生命失去不会再来。在危险到来的时候，其他的一切都是身外之物，保护好自己的生命比什么都重要。记住，留得青山在，不怕没柴烧。

"君子不立于危墙之下"还告诉我们，与人交往一定要慎重，一定要多与正直、善良、诚信的人交往，他们会带给你们力量和自信，在人生前进道路上会助你们一臂之力。切忌与不诚实守信的人交往，万不可与之为伍。人生中的很多悲剧都是交友不慎引起的，对那些虚伪造作的人要能认清其本质，因为这些人就是"危墙"，远离他们能够使自己远离伤害。

现在有个比较时髦的说法，叫"净化朋友圈"，是指减少无效的社交和应酬，不结交三观不合的朋友。"见贤思齐，见不贤而内自省也。"就是说人要多与比自己强的人交往，反思自己的不足，向他学习并向他看齐。"孟母三迁"

的故事则告诉我们择邻而居的重要性。与优秀自信的人在一起，能让人变得积极向上；与喜好赌博的人在一起，就有可能让人倾家荡产；与酒肉朋友在一起，往往会让人一事无成；与充满怨气和戾气的人在一起，就可能做出违法乱纪的事情，严重的也许会毁掉自己的一生。其实，人生中最可悲的事情，就是把自己活成了"危墙"的人，奈何很多人不自知、不自制、不自律，自甘堕落地过了一生。

最后，人生中的很多"捷径"也是"危墙"，这就告诉我们人生中走大道、走正路的重要性，哪怕是走得慢一点也要走正道。那些总是幻想着不劳而获和投机取巧的人，或许能得一时之利，但那终究是无源之水、无本之木；又好比沙滩上盖起来的房子，基础不牢，风雨或浪潮一来就坍塌了。

爱你们的爸爸

2020 年 10 月 13 日

第23封信
事情的对错与利弊权衡

亲爱的孩子：

　　今天爸爸下班回家，妈妈正在书房教哥哥写数学作业。当哥哥做错一道题的时候，妈妈就会及时纠正，告诉他做错的原因所在，以避免他再次犯同样的错误。当哥哥对做题出现不耐烦情绪的时候，妈妈就会批评哥哥，直到他"虚心"接受为止。

　　睡觉前，爸爸陪你们在床上嬉闹的时候，居然发现弟弟主动攻击的次数多一些，结果自然是弟弟倒下的次数更多。这个时候，弟弟就一脸委屈的样子，用无辜的眼神看着我说："哥哥又打我了，哥哥又打我了，怎么办呀？呜呜、呜呜……"这时候，爸爸就会及时制止哥哥，并让哥哥给弟弟道歉，甚至佯装打哥哥几下，当然爸爸同样也会批评弟弟一番。

　　孩子，在这两件事情当中，爸爸妈妈对待事情的态度是明显不一样的，为什么会出现这种情况呢？

　　在第一件事情当中，哥哥犯的错误为什么必须被纠正？这是因为学习容不得半点马虎。学习知识是一个循序渐进、日积月累的过程，要认认真真才行；学习知识也是一个在不断纠错中积累和升华的过程，只有达到一定量的积累，才能"博观而约取，厚积而薄发"；学习知识还是一个求真向善、融会贯通的过程，其最重要的是认真，不认真就无法求真向善、无法融会贯通。当你马马虎虎学习知识的时候，知识回报你的也将是"马马虎虎的成绩"。孩子，记住，今后但凡涉及人品、道德、学业、成绩等方面的内容，对就是对，错就是错，有错就改，善莫大焉。爸爸妈妈会给你们明确地指出错在哪里，此外，纠错也要严格认真，永远不能敷衍了事。

　　在第二件事情当中，明明是弟弟犯错，为什么道歉的却是哥哥，两人又都要挨批评呢？这就是今天爸爸要给你们讲的关于事情的对错与利弊权衡的问题。

你们是血浓于水的亲兄弟，与弟弟相比，哥哥身高、体力都占优势，当然要爱护弟弟，不能欺负弟弟。这并不是偏袒弟弟，而是因为终有一天爸爸妈妈会老去，你们兄弟也将组建各自的小家庭，到时候你们要能守望相助，团结做事。

在家庭生活中，不管是爸爸妈妈还是你们兄弟之间，很多事情不是像数学题1+1=2那么简单，也不是像对就是对错就是错那样泾渭分明。你们要学会包容、忍耐与妥协。我们常常说爱一个人就是要看到对方的优点，殊不知真正地爱一个人恰恰是要包容对方的缺点。现实生活中，一家人在一起生活总会有磕磕碰碰，毕竟人是感情动物，会受外界因素的影响，而当家人就某些事情发生摩擦碰撞时，正确的做法是要学会忍让和妥协。

在成年人的世界里，往往很多事情的对错也不是最主要的。按照中国式管理学大师曾仕强教授的观点，就是"对没有用，错绝对不可以"。比如，医生在坐诊时碰到一个性格乖张的患者，虽然自己诊断正确，但是由于沟通问题，患者还是要到有关部门投诉。这时候"对"就显得没有什么用，关键是能用良好的沟通艺术安抚好患者的情绪。为什么又说"错"绝对不可以呢？如果这名医生在诊疗过程中，出现用药错误、手术做错的情况，那就是严重的医疗事故，是绝对不能被原谅的。

胡适先生说："容忍比自由更重要。"现实中我们看到一个人的优点很容易，但要容忍一个人的缺点则需要很宽广的心胸，这在经营家庭关系中显得特别重要，对错有时候反倒是居其次的因素。胡适先生性格温和，作为民国时期的"男神"，因倡导白话文名满天下，结果是谤亦随之，一生被骂无数。胡适先生胸襟博大，对这些非议也都不予回应、不记恨在心，反而还在骂他的人落难时施以援手。胡适先生首倡的白话文，使得读书不再是有钱人的专利。文言文因其晦涩难学，终被时代洪流所抛弃，白话文的普及使得中国的文盲率大幅度下降。我们今天的所写所用皆是白话文，胡先生在这方面真的是居功至伟。既然讲到这里了，咱们顺便学习一下他老人家的一首现代诗《希望》。全诗60个字，没有一个生僻字，浅显易懂。即使一个世纪过去了，读起来依然朗朗上口，清新如初。其文学魅力之大，可见一斑！

我从山中来，
带着兰花草。
种在小园中，
希望开花好。

一日望三回，
望到花时过。
急坏看花人，
苞也无一个。

眼见秋天到，
移花供在家。
明年春风回，
祝汝满盆花！

这首诗后被台湾的陈贤德和张弼二人修改并配上曲子，同时改名为《兰花草》，多年来广为传唱。

言归正传，在这个世界上，能够真正包容你们缺点的是爸爸妈妈，因为你们是我们生命的延续，是我们生命中不可分割的一部分，是我们人生中全部的希望寄托。教育你们成人是我们的责任，更是义务。我们也有足够的耐心去纠正你们的缺点，帮助你们提高。

总之，事情的对错有明确的判断标准，而事情的利弊权衡则是综合考虑的结果。今后，凡是涉及你们的学习、文明礼貌、品行道德方面，绝不容半点马虎；在涉及亲情、友情乃至爱情方面，不会只是简单地区分对错。爸爸妈妈会更多地去权衡这些事情：如何给你们讲清楚道理；如何去实践才能达到最优的效果；怎样才会对你们的成长最有利，让你们身心更健康、思路更清楚。

爱你们的爸爸
2020 年 10 月 20 日

读懂唐诗背后的故事（一）

亲爱的孩子：

　　今天爸爸给你们聊聊关于唐诗的话题。爸爸小时候学习唐诗大都停留在背诵层面，没有注重对诗人背景及关系的详细了解。现在看来，如果当时能知道这些背景，把诗人的关系串联起来，了解更多诗词背后的故事，对理解诗词会大有帮助。奈何当时获取知识的渠道单一，无法实现知识点的有效连接，导致学习诗词出现碎片化，把李白的归李白，杜甫的归杜甫，殊不知他们还是一对非常要好的朋友。

　　唐朝是诗的王国，盛唐气象在诗词中有最好的体现。唐朝这段历史，好比是黄河中游，虽然泥沙俱下，但也不失大气磅礴，气度非凡。对于一个中国人来说，学习语言从诗词开始是最常用的方法之一，诗词是大多数中国儿童学习的起点。孩子自牙牙学语开始，总是要先背几首唐诗的。比如，李绅所作的《悯农》（二首）中的一首，乃是你们学习唐诗经典的必选佳作。

> 锄禾日当午，汗滴禾下土。
>
> 谁知盘中餐，粒粒皆辛苦。

　　中秋节的时候，爸爸和妈妈教你们背诵了另一首唐诗，就是唐代著名诗人和政治家张九龄的《望月怀远》。

> 海上生明月，天涯共此时。
>
> 情人怨遥夜，竟夕起相思。
>
> 灭烛怜光满，披衣觉露滋。
>
> 不堪盈手赠，还寝梦佳期。

　　爸爸很高兴地看到，本来只是让哥哥背的一首诗，弟弟也学会背诵了，张口就是"海上生明月，天涯共此时"。俗话说："学会唐诗三百首，不会作诗也会吟。"学习诗词对一个人语文素养的提升是潜移默化、润物细无声的。

当然，如今很多人只是知道"海上生明月，天涯共此时"这两句。所以，文学作品能否传世，靠的是质而非量。同样，好的诗句不在多而在于精，精品永不过时。顺便说句题外话，我国历史上写诗最多的诗人是乾隆皇帝，一生大概写了4万多首诗，但由于水平一般，一句经典诗句也没有流传下来。由此可见，群众的眼睛是雪亮的，不会因作者官职大小、地位高低、财富多寡来定性诗的好坏。

《望月怀远》的作者张九龄，他不只是诗人，还是政治家。"九"在我国传统文化中有极数的意思，就是最大的数目。张九龄，字子寿，看来能活很多很多年的人，因为长寿是很多人的愿望。张九龄还是一个"气质男神"，后来重臣向唐玄宗引荐公卿，玄宗总会问一句："风度得如九龄否？"意思是，这个人和张九龄相比，才华和气质如何呀？须知唐玄宗是中国历史上难得的多才多艺的皇帝，也是梨园的祖师爷，能得到他这样的评价已经是难得了。

自古以来，选取人才的标准就包括才貌双全，既要长得好看，又要有才华，两者兼备当然是最好的，实在不行也要占其中的一样。在小说《三国演义》中，诸葛亮和庞统都有经国安邦之才，"伏龙凤雏得一可安天下"的评价是相当高的，但是伏龙诸葛孔明长得好，是大帅哥一枚，被"三顾茅庐"才出山辅佐刘备，成为座上宾，人生真是"高开高走"；凤雏庞统则不然，长得丑就不那么受人待见，即使满腹经纶，上门求职还是碰壁，险些被埋没，是典型的"高开低走"。

言归正传，唐朝还有许多著名的大诗人，其中最著名的诗人就是李白。他的名诗《静夜思》大家也都耳熟能详，张口就能背诵。

床前明月光，疑是地上霜。

举头望明月，低头思故乡。

李白号称"诗仙"，名气大，粉丝众多，其中最著名的一个粉丝就是"诗圣"杜甫。杜甫对李白非常崇拜，一生写了不少赞美李白的诗，而李白回复的却很少，因为当时李白的名气比杜甫大多了。杜甫当时只是一个小跟班，只能用崇拜的眼神看着李白。

李白的朋友很多，其中有一个很著名的就是孟浩然。孟浩然的《春晓》你们都背诵过。

春眠不觉晓，处处闻啼鸟。

夜来风雨声，花落知多少。

爸爸上中学的时候，因夏天蚊虫叮咬特别厉害，于是很多同学就改编了这首诗："春眠不觉晓，处处蚊子咬。夜来起大包，医生治不好。"你们看了，在哈哈一笑的同时，也可以从侧面看出爸爸彼时求学的艰辛与不易。

李白还写过一首《黄鹤楼送孟浩然之广陵》，也是千古流传。

故人西辞黄鹤楼，烟花三月下扬州。

孤帆远影碧空尽，唯见长江天际流。

孟浩然的朋友也很多，王昌龄便是其中之一。王昌龄曾遭贬官，路过襄阳时，拜访老朋友孟浩然，两人相见甚欢。孟浩然背上长了毒疮，虽然快好了，但仍要忌口不能吃鱼鲜。因遇故友，加之孟浩然又是一个"吃货"，他也顾不上医嘱，大吃大喝了一场，后发病而亡。这也算是历史上"舍生忘死"招待好朋友的典型案例。

说起王昌龄，那也是诗坛大腕儿、著名的边塞诗人，留下诸多名篇。让我们来欣赏《出塞二首》的其中一篇吧！

秦时明月汉时关，万里长征人未还。

但使龙城飞将在，不教胡马度阴山。

孟浩然和王昌龄又都与另一名诗人交好，那就是王维。令人奇怪的是，李白和王维关系好像很一般，他们两个一生都没有交集，具体原因我们有机会再探究。

王维，字摩诘，是唐朝的状元郎。大家对他的诗句最为熟知的是"红豆生南国，春来发几枝。愿君多采撷，此物最相思"。王维号称"诗佛"，这是为什么呢？因为王维是一个信仰佛教的大诗人，还是一个大画家，典型的才貌双全的复合型人才。他的诗号称"诗中有画、画中有诗"，意境很高。你们会背诵的《鸟鸣涧》，就是这样的一首诗。

人闲桂花落，夜静春山空。

月出惊山鸟，时鸣春涧中。

另外还有一则逸事，王维由于写诗，还成功保住了一条命。在"安史之乱"中，安禄山攻陷长安，王维被胁迫为其服务，还被封了官职。有一次，安禄山在原属皇家的凝碧宫宴请手下文武百官。宴会中负责奏乐的都是原来玄宗宫内的梨园弟子、教坊乐工。王维听着他们弹奏的乐曲悲从中来，背地里写了一首《凝碧诗》，表达了对安史之乱祸国殃民的愤恨、对唐天子归朝的期待、对安禄山团伙的不屑。

> 万户伤心生野烟，
> 百官何日再朝天？
> 秋槐叶落空宫里，
> 凝碧池头奏管弦。

这首诗表明了诗人"身在曹营心在汉"的心迹。后来，唐军收复长安清理内奸的时候，王维因这首诗，被弟弟王缙成功解救。唐肃宗原谅了王维，后来王维经历数次调任，又有所晋升。王维的运气不错，靠这首诗，既保了命，又升了官。一个读书人历经了官场的波谲云诡、尔虞我诈后，就会变得坦然，处世态度也发生由儒家的"有为"到道家的"无为"，再到佛家的"修心"的转变。寓情于山水之间，也是传统中国文人的归宿之一。

亲爱的孩子，唐诗是中华文化的瑰宝，关于唐朝诗人的有趣故事还很多，今天咱们只是管中窥豹。你们在今后学习的过程中，不仅要会背诵，更要能理解诗中蕴含的意义。更多地了解作者创作的背景和诗人之间的关系，对你们理解唐诗、学习唐诗大有裨益。今后，爸爸会多给你们讲一讲唐朝诗人的有趣故事，让你们学习起唐诗来就像和诗人对话一样，共情忘我，从而学好博大精深的诗词文化。

爱你们的爸爸
2020 年 10 月 26 日

第25封信
读懂唐诗背后的故事(二)

亲爱的孩子:

在上一封信中,爸爸为你们简单地讲了张九龄、李白、杜甫、孟浩然、王维等这几个唐朝诗人的故事。你们要知道,唐诗是一个大宝藏,在唐朝这289年(公元618—907年)的历史长河中,涌现了众多的著名诗人,留下了数不尽的千古佳句。如果我们出生在盛唐时期,被众多优美的诗句围绕,该是一件多么幸福的事情呀!

今天爸爸要给你们讲几个少年时期就名满天下的诗人的故事。记得弟弟上幼儿园后,学到的第一首诗是"初唐四杰"之一的骆宾王7岁时写的《咏鹅》。

鹅,鹅,鹅,曲项向天歌。

白毛浮绿水,红掌拨清波。

1000多年过去了,一个7岁小孩写的诗现在的3岁小孩仍在学习,你们说神奇不神奇。遗憾的是,当前绝大多数七八岁的孩子,都无法写出如此有神韵和意味的诗句,即便你们比古人见多识广,会玩儿平板电脑,能看动漫,善打游戏等。

"初唐四杰"分别是王勃、杨炯、卢照邻、骆宾王。这四个人无论怎么排序,王勃都是排在第一位的。王勃曾经为江西南昌一个有名的场所——滕王阁,写下了千古名篇《滕王阁序》,滕王阁也因此成为江南四大名楼之一。在这篇序中有太多脍炙人口的名言佳句,如"落霞与孤鹜齐飞,秋水共长天一色""老当益壮,宁移白首之心?穷且益坚,不坠青云之志"等。

由此可见,我国的名胜古迹大都和文学密不可分,景色也许一般,但诗词却增添了它的神韵。比如,鹳雀楼因唐朝诗人王之涣的《登鹳雀楼》而四海皆知，黄鹤楼因唐朝诗人崔颢的《黄鹤楼》而闻名天下。说起崔颢的《黄鹤楼》这首诗，也是妇孺皆知。

> 昔人已乘黄鹤去，此地空余黄鹤楼。
>
> 黄鹤一去不复返，白云千载空悠悠。
>
> 晴川历历汉阳树，芳草萋萋鹦鹉洲。
>
> 日暮乡关何处是？烟波江上使人愁。

这首诗是吊古怀乡之佳作。传说李白登此楼，目睹此诗也很佩服，说道："眼前有景道不得，崔颢题诗在上头。"能让狂放不羁的一代"诗仙"李白如此称赞的人还真不多见，足见此诗的魅力之大。

我们今天在送别好友的时候，最常用到的就是"海内存知己，天涯若比邻"。这是王勃为好友杜少府送行时写下的《送杜少府之任蜀州》中的诗句。

> 城阙辅三秦，风烟望五津。
>
> 与君离别意，同是宦游人。
>
> 海内存知己，天涯若比邻。
>
> 无为在歧路，儿女共沾巾。

这个姓杜的官员叫什么已不好考证，也有一种说法是杜审言，就是唐朝著名的"文章四友"之一。杜审言为人狂妄，自恋得不得了。他曾经说："吾文章当得屈、宋作衙官，吾笔当得王羲之之北面。"成语"衙官屈宋"由此流传开来。

杜审言有一次生病，宋之问、武平几个好朋友去看他，他居然说："只要我活着一天，你们在诗坛上就出不了头，我觉得很对不住你们哟！如今，我快要死了，只是遗憾找不到继承我的人啊！"几个好朋友无言以对，只能尴尬地赔着笑脸。在杜审言这几个好朋友中，宋之问也是才华横溢，但是人品不好，甚至有传闻说他为了争夺两句诗害死了自己的亲外甥刘希夷，那两句诗就是著名的"年年岁岁花相似，岁岁年年人不同"。所以，人们常说"文如其人"，其实也不尽然。宋之问还有一首比较有名的诗《渡汉江》：

> 岭外音书断，经冬复历春。
>
> 近乡情更怯，不敢问来人。

我们只有在了解其所作所为后，才知道这首诗中有宋之问对家人的愧疚，只是不知道他有没有对自身行恶几十载的忏悔之意。最后，在官场上苦心钻营、两面三刀、卖友求荣的他，被唐明皇李隆基赐死于流放之地，结束了不光彩的一生。

言归正传，杜审言虽然人很狂妄，但还是有才华的。他是唐诗五律的奠基人，他那首《和晋陵陆丞早春游望》确实水平很高。

> 独有宦游人，偏惊物候新。
>
> 云霞出海曙，梅柳渡江春。
>
> 淑气催黄鸟，晴光转绿蘋。
>
> 忽闻歌古调，归思欲沾巾。

不过，从后人的角度看，杜审言的最大成就不在做官，也不在作诗，而在于他有一个好孙子，就是大名鼎鼎的"诗圣"杜甫。

杜甫的诗写得好，人也是挺狂的，这一点倒是继承了他爷爷的基因。他有一句诗是"诗是吾家事"，意思是说写诗是他们自己家的事，你们都要靠边站。

杜甫经历了盛唐和安史之乱，一生颠沛流离，最后穷困而死。国学大师钱穆先生在《谈诗》一文中，就主张读诗应该读某个诗人的全集，然后再将每首诗放进诗人的年谱中去读。比如，杜甫的诗就可以这样去读，这样能体会到诗人一生心境的变化。

杜甫的诗在苦难之中被锤炼得炉火纯青、臻于完美，"三吏""三别"等名篇更是广为流传，他也因此得了"诗圣"的称号。他的许多诗句，如"射人先射马，擒贼先擒王""国破山河在，城春草木深""朱门酒肉臭，路有冻死骨"等，均脍炙人口，耳熟能详。

在杜甫去世的若干年，其声望终于追上了他崇拜的"诗仙"李白，使得他和李白合称"李杜"。他的诗《登高》更是被称为"古今七律第一"。

> 风急天高猿啸哀，渚清沙白鸟飞回。
>
> 无边落木萧萧下，不尽长江滚滚来。
>
> 万里悲秋常作客，百年多病独登台。
>
> 艰难苦恨繁霜鬓，潦倒新停浊酒杯。

中晚唐的著名诗人韩愈写下了"李杜文章在，光焰万丈长"的诗句，来称赞他们二人在诗坛的巨大成就。

李白和杜甫是中国诗歌史上两个最具代表性的人物，犹如星空中最耀眼的两颗星星，别人无法遮盖他们的光芒。在这两颗星星周围，镶嵌着无数颗闪亮的星星，它们时明时暗，共同构成了灿若星河的"唐代诗人谱"。

爱你们的爸爸

2020 年 10 月 30 日

读懂唐诗背后的故事（三）

亲爱的孩子：

上封信爸爸讲到唐朝诗人犹如灿烂的星星，他们熠熠生辉、明亮悦目。其中最著名的诗人当属"诗仙"李白、"诗圣"杜甫以及"诗王"白居易，他们各有佳作流传，又各有特点。比如，李白的名诗《将进酒》。

君不见黄河之水天上来，奔流到海不复回。

君不见高堂明镜悲白发，朝如青丝暮成雪。

人生得意须尽欢，莫使金樽空对月。

天生我材必有用，千金散尽还复来。

烹羊宰牛且为乐，会须一饮三百杯。

岑夫子，丹丘生，将进酒，杯莫停。

与君歌一曲，请君为我倾耳听。

钟鼓馔玉不足贵，但愿长醉不愿醒。

古来圣贤皆寂寞，惟有饮者留其名。

陈王昔时宴平乐，斗酒十千恣欢谑。

主人何为言少钱，径须沽取对君酌。

五花马、千金裘，呼儿将出换美酒，与尔同销万古愁。

这首诗很长，其中最为人们熟知的是"天生我材必有用，千金散尽还复来"，将李白洒脱不羁、奔放豪爽的性格展现得淋漓尽致。

在唐代，有的诗人虽然作品很少，但也不失光彩。张若虚流传下来的诗作极少，但《春江花月夜》一首足以千秋扬名。现代著名学者闻一多说《春江花月夜》是"诗中的诗，顶峰上的顶峰"，足以"孤篇盖全唐"。

此外，唐朝诗人王之涣仅有少量诗作流传于世，但每一首都是经典。比如，你们最早背诵的《登鹳雀楼》。

> 白日依山尽，黄河入海流。
>
> 欲穷千里目，更上一层楼。

鹳雀楼也因此和滕王阁一样，因为诗人的名篇佳作而名闻天下。

王之涣还有一首著名的《凉州词》。

> 黄河远上白云间，一片孤城万仞山，
>
> 羌笛何须怨杨柳，春风不度玉门关。

亲爱的孩子，凉州词又称凉州曲，是达官显贵、宗室名流为凉州歌所填唱词，是唐代流行的一种曲调名。名为凉州词的诗词很多，与王之涣这首《凉州词》齐名的是王翰的《凉州词》，也极负盛名。我们一起来学习一下吧！

> 葡萄美酒夜光杯，欲饮琵琶马上催。
>
> 醉卧沙场君莫笑，古来征战几人回？

读这些优美的诗句，让我们仿佛身临其境，感受到大唐文化的繁荣，回味悠长。

在学习唐诗的过程中，你们还会发现一个有趣的现象，就是唐朝的诗人喜欢"组团"，他们因为诗作内容、风格相近或者相同的身份而被世人并称。如，"初唐四杰"是指王勃、杨炯、卢照邻、骆宾王四位诗人。"文章四友"是初唐诗人李峤、苏味道、崔融、杜审言的并称，其中苏味道号称"苏模棱"，官最大，他在波谲云诡的官场中，从不说囫囵话，也不乱表态，凡事都是"中中中，好好好"，尽量少得罪人。"四大边塞诗人"是指高适、王昌龄、岑参、王之涣。"饮中八仙"是指李白、贺知章、李适之、汝阳王李琎、崔宗之、苏晋、张旭、焦遂。"小李杜"是指晚唐诗人李商隐和杜牧。"柳白"是指诗人柳宗元和白居易。"刘柳"是指诗人刘禹锡和柳宗元。

这些"组团"的诗人关系大都很好，其中刘禹锡和柳宗元是莫逆之交。"以柳易播"的故事更是千古流传。刘柳两位因为政坛失意，不是被贬，就是在被贬的路上。"以柳易播"讲的是一次外放，因为刘禹锡有老母亲需要照顾，柳宗元出于友情，就想用自己柳州刺史的位置替换刘禹锡出任更为偏远的播州刺史的故事。刘禹锡与柳宗元两人虽然名气都很大，但是性格迥异，相较而言，刘的性格更豪放大度，而柳的气量相对较小。所以，刘禹锡又称"诗豪"。虽然两人仕途都不顺利，但柳宗元胸襟小，有事总往心里搁。

我们从柳宗元的名诗《江雪》中可以窥见一斑。

千山鸟飞绝，万径人踪灭。

孤舟蓑笠翁，独钓寒江雪。

这首诗是孩子必学的启蒙诗之一，也是首藏头诗，每句诗的第一个字连起来，就是"千万孤独"，足见诗人的心情是多么惆怅。

由此可见，为人要胸襟开阔，大气大度，不能在困难和挫折面前一蹶不振，要能从逆境中看到希望，凡事多往好处想。正所谓"失之东隅，收之桑榆"。而且，很多诗人如果没有这么曲折的经历，也就不会写出这么多的佳句。因此，当你们人生中遇到挫折和逆境时，一定要乐观向上，相信困难只是暂时的，就像刘禹锡与好友白居易和诗的名句"沉舟侧畔千帆过，病树前头万木春"所写的那样。黑暗终将过去，乌云遮不住太阳。人生没有过不去的坎儿，活得久才是硬道理。很多时候就在一个"熬"字上，熬得住出众，熬不住出局。

刘禹锡性格豪爽，我们来欣赏一下他的《秋词》（其一）：

自古逢秋悲寂寥，我言秋日胜春朝。

晴空一鹤排云上，便引诗情到碧霄。

李绅就是写下《悯农》的诗人，这首诗是组诗，之前你们学习的是其二，其一是：

春种一粒粟，秋收万颗子。

四海无闲田，农夫犹饿死。

这首诗极具悲悯情怀，体现了诗人对农民稼穑的深切同情。

白居易，字乐天，号香山居士，是个有名的乐天派，是个该吃吃、该喝喝，有事不往心里搁的主儿。我们一家去洛阳龙门石窟游玩的时候，宾阳三洞对面就是香山，那里有香山寺，还有他老人家的墓地——白园。传说，白居易年轻时到长安参加科举考试，拜会当时的文坛大家顾况，顾况看到诗稿上白居易的名字说："京城的米价正贵，居住也并不容易。"翻译成现代话就是"首都的物价很高，想做个'北漂'可不容易"。但翻开诗稿看到白居易的一首诗后，顾况不由得赞叹道："能写出这样的诗句，居天下亦不难。"意思是说，"小伙子，以你的才华，想住哪里都行，想住多久就住多久"。这首诗就是著名的《赋得古原草送别》，也是孩子们必学的启蒙诗之一。

离离原上草，一岁一枯荣。

野火烧不尽，春风吹又生。

远芳侵古道，晴翠接荒城。

又送王孙去，萋萋满别情。

白居易的诗作浅显易懂，读起来朗朗上口，如《卖炭翁》《长恨歌》《琵琶行》《忆江南》等佳作，流传甚广。日本人也特别尊崇白居易的诗文，研究白居易诗作的人格外多。因此，白居易也算是中日友好交流的"形象大使"之一。优秀文化是全人类共同的宝贵财富，白居易不自觉地作出了杰出贡献。

孩子，诗人的逸闻趣事特别多，了解这些故事不但有利于你们学习古诗，还有助于了解诗歌创作的历史背景。历史与文化密不可分，诗是历史的"叙事"，历史是诗的"场景"，它们结合起来才是"活"的诗词。读懂诗词，你们可与诗人直接对话，抒发人生中的喜怒哀乐，书写出绚丽的锦绣文章。

爱你们的爸爸

2020 年 11 月 4 日

第27封信
安静的力量是无穷的

亲爱的孩子:

最近,妈妈给我谈了几次哥哥上课时注意力不集中、喜欢做小动作的问题,我们也和班主任进行了深入细致的沟通,希望哥哥能在今后的学习中有所改进。须知浮躁是学习的大敌,会让人浮在表面,似懂非懂。基础打得不扎实,做题时也总会出错。当然,哥哥相比从前已经有了很大的进步,但仍然有很大的提升空间,希望随着年龄的增长,哥哥能够改掉身上的这些小毛病。

学习是一个"逆水行舟,不进则退"的过程。小学是你们学习的起始阶段,知识相对简单。在这个阶段,你们主要是掌握正确的学习方法,养成良好的学习习惯。

亲爱的孩子,儿童时期是人一生当中最快乐的阶段。活泼好动是你们这个阶段的特点,你们最喜欢做的事情是无拘无束地玩耍,无节制地吃小零食,无限制地看喜欢的动漫。如果说有什么不开心的事情,那就是爸爸妈妈和老师们总是限制你们玩耍的时间,总是不厌其烦地要求你们好好学习、专心听讲,总是一遍遍叮嘱你们要注意安全,不要淘气打闹,不要做出格的事情。

其实,爸爸妈妈不仅不会限制你们正常的游乐玩耍,还会创造尽可能多的条件来培养你们的兴趣。譬如,哥哥说喜欢轮滑鞋,我们就给你们兄弟俩每人买了一双。弟弟喜欢踢球,爸爸就陪着你们一起踢。你们喜欢奥特曼打小怪兽的游戏,爸爸就可以扮演小怪兽。但是,学习的过程并不像奥特曼打小怪兽那么好玩,且三天打鱼两天晒网的学习态度是不可取的。

《菜根谭》中有句话是"学者要收拾精神,并归一路",意思是说真正做学问的人要能把各种涣散的精神集中起来,专心致志地研究学问,讲的也是学习时要安安静静集中精神的重要性。《呻吟语》中也讲道:"主静之力大于千牛,勇于十虎。"意思是说，一个人能够静下来的话，比千头牛的力量还要大，比十只老虎还要勇猛。

安静的力量是无穷的，它的重要性不只是体现在学习上，你们将来要想取得任何一项事业上的成就，都需要先静下来。

人的一生当中充满了各种意外，糟糕的事情会让你们失望沮丧、心灰意冷，无法安静下来，无法认清形势和自己，觉得整个世界都是灰色的，心中充满忧郁，萎靡不振。我们要做到"不以物喜，不以己悲"，即不因外物之优和个人之得而喜，也不因外物之劣和个人之失而悲，时刻保持一种淡然平静的心态，做到泰山崩于前而不变色。

孩子，安静的力量是无穷的，当你们安静下来做一件事情的时候，能深刻体会到学习的快乐、奋斗的美好。那种浑身充满力量的感觉是强大的，也是自信的，更是从容的。

爸爸在回顾自己的学习生涯时发现，每每在心无旁骛的时候，学习成绩就会上升，反之则下降。爸爸第一次高考失败后，选择了复读，起初也是静不下心来，烦躁不已，几度想放弃；后痛定思痛，仔细反思了上一年高考的失利，发现主要还是水平不够，加上心浮气躁导致。自己的内心安静下来以后，爸爸首先解决了信心问题，发现爸爸与成绩好的同学相比差距不是很大。有不懂的知识多向老师和同学们请教。最后，也是最重要、最关键的一点，就是自己沉下心来，踏踏实实地学习。经过十个月大量的模拟考试、训练，功夫不负有心人，爸爸终于考上了一所重点大学。

迄今，那段时间的学习经历，爸爸仍然记忆犹新，那种安静的力量让人如虎添翼，不可战胜，信心自然随之而来。

从那至今，爸爸无论遇到什么样的难题，碰到多大的困难，即使遭受天大的委屈，也都能咬牙坚持，一一克服。其间，即使有暂时的迷茫困顿和沮丧失意也不要紧，人不是一下子成熟的，都是在社会的一遍遍"拷打"下，慢慢变得成熟的。记住，不要逢人就诉说自己的不幸，懂你的人不必说，不懂你的人说也没用，人家一是不关心，二是还可能有看笑话的心态。最要紧的是，要能让自己的心尽快平静下来，在痛定思痛后抓紧走出来，找准方向，定好目标，继续前行。

记住，孩子，安静的力量是无穷的，这体现在少说多做上。人们常常说沉默是金，就是说要把精力多放在行动上，而不是夸夸其谈。要知道，对自己最好的奖赏，就是脚踏实地、稳扎稳打、步步为营，通过努力证明自己，实现人生既定的目标。

爱你们的爸爸

2020 年 11 月 12 日

不要用错误掩盖错误

亲爱的孩子：

近来，爸爸欣喜地看到了你们兄弟俩的成长和进步，真心为你们高兴。学习是日有所学、月有所获、年有所成的过程，急不得，慢不得，也快不得。坚持日积月累，孜孜以求，才能学有所成。当然，学习过程也是一个不断自我革新、改掉自身毛病的过程。

今天，妈妈给我说了一个现象，就是哥哥在学习的过程中经常会犯一些不应该犯的小错误。比如，在写作业时会漏掉一些会做的题；做题时注意力不集中，导致题没有做完。妈妈在事后询问这些情况的时候，哥哥又想找各种理由来为自己开脱。

孩子，人在一生当中，总会犯这样那样的错误。既然错误无法避免，那么在错误发生以后，我们应该怎么做出正确的选择呢？

今天，爸爸要跟你们谈的就是，如何正确对待错误的话题。"人非圣贤，孰能无过？过而能改，善莫大焉。"意思是说，大家都不是圣人和贤人，怎能不犯错？错了能够改正，没有比这更好的了。

当一个人犯了错误后，错误的做法是推卸责任，为自己开脱。这种人常常挂在嘴边的话是："这都是别人的错，不是我的错，我本来以为……"当然，这不是一种合理的解释。人们常说："一个谎言，需要无数个谎言去掩盖。"用错误掩盖错误也是如此，殊不知这样做不仅于事无补，更是错上加错，结果会使事情更加糟糕，变得不可收拾。

因此，哥哥不能以"我没有看到这道题"为由而不做这道题，因为在规定的时间内，是能够看到所有题的。显然，这是由于哥哥自己不够专心才导致的错误。

当一个人犯了错误后，要先从自身找原因，然后再找客观原因。因为在人们犯错误时，如果从自己身上找原因，往往一找一个准，而从外部找原因，那是多得找也找不完。

　　要分析错误为什么会发生。如果错误是由自身问题引起的，一定要正视自己的不足；如果错误的发生是由客观情况导致，下次做事情的时候要尽可能地改善外部环境，避免错误再次发生。比如，学习的时候，是由于自己分神而导致无效率，还是窗户外声音嘈杂导致无效率。虽然从结果上看都是学习无效率，却是不同的原因导致的相同结果。这就好比不同的人发烧，表现症状一样，病因却不相同，有的可能是感冒引起，有的则是感染引起，用药自然不一样。医生水平的高低主要体现在对"适应症"的把握上，对症下药才能药到病除，否则只能是头痛医头，脚痛医脚，好像找对了原因，结果却是大相径庭。

　　要找到解决问题的正确方法。只有这样才能改正提高，避免类似的错误再次发生。比如，学习效率不高，如果是自身精神不集中造成的，那就要集中精力学习；如果是因为窗外声音嘈杂造成的，那就要换一个安静的环境来学习。

　　德国诗人海涅说过："反省是一面镜子，它能将我们的错误清清楚楚地照出来，使我们有改正的机会。"一个人做事情要想成功，必须为自己犯过的错误找对改正的方法，而失败者只会为错误找借口。

　　孩子，爸爸想告诉你们的是，犯错误并不可怕，推诿责任才不能被原谅。一个敢于承认自己错误的人，一定是一个勇于负责、敢于担当的人。

　　今后，无论是在学习还是日常生活中，当错误发生的时候，你们永远不要说"我以为……""我本来想是……""我猜……"。你们要能够大胆地说出来："爸爸，我犯了一个错。""爸爸，这都是我的错。""爸爸，请原谅我犯的错误。"这才是小小男子汉应该有的样子。

　　爸爸能够原谅你们犯错误，但绝不会原谅你们推诿塞责，因为那是懦弱无能的表现。当你们参加工作后，如果还是这样的话，在团队内不仅不能承担大任，还会威信尽失，难以服众。在团队与团队的协作中也是如此，互相推诿就无法建立信任，结果肯定是一拍两散。

　　记住，孩子，在客观条件具备的情况下，凡事多从自身找原因，永远不为错误找借口，永远不为失败找托词。唯有如此，你们才能做一个有担当、有责任心的男子汉，在将来开创事业时才能担当大任，带好团队，让人心服口服，具备成就一番事业的基础进而走向成功。

爱你们的爸爸

2020 年 11 月 19 日

第29封信
一寸光阴一寸金

亲爱的孩子：

古人云："一寸光阴一寸金，寸金难买寸光阴。"就是说时间如同黄金一样珍贵，而黄金却买不到逝去的光阴。

人生最美是少年。小时候总是盼着长大，等长大了就再也变不回曾经的少年。古人说："枯木逢春犹再发，人无两度再少年。"就是要告诉所有的小朋友，时间是一条单行线，一旦过去，就永远不会再来，因此要加倍珍惜这黄金一般的美好时光，尤其是对于刚刚进入学习阶段的你们来说，更是如此。

唐代《金缕衣》这首诗讲得特别好：

> 劝君莫惜金缕衣，劝君惜取少年时。
>
> 花开堪折直须折，莫待无花空折枝。

意思是说，我劝你不要顾惜华贵的金缕衣，而一定要珍惜青春少年的宝贵时间。在鲜花盛开宜折的时候就抓紧去折，不要等到花朵凋谢的时候只折了空枝。

亲爱的孩子，时光就像大江东去一样，只有流去无流回。你们一定要珍惜时间，不负青春年少，不虚度年华。当你们长大后，发现由于能力不足而无法担负起肩上的责任和重担时，就悔之晚矣。

人们常常说，一个阶段做好一个阶段的事情，在该学习的年纪就要好好学习。妈妈每日里都在督促哥哥学习，监督哥哥完成作业，付出了极多的精力和爱。当哥哥有不耐烦情绪的时候，妈妈就会告诫哥哥："今日事今日毕，万万不可拖延到明天。"

孩子，你们一定要明白，要你们珍惜时光，让你们好好学习，不只是为了取得好成绩。学习的重要意义在于，通过学习来树立正确的人生观、价值观和世界观，通过学习来掌握知识、提升素养，通过学习来提高对事物的正确认知能力。人不是机器，人是有情绪的，是不完美的，是有缺点的；人的理性也是有限的，甚至有时候人是无知的。

你们要记住的是，在释放天性的童年时期，偶尔的放松不是对青春年少的辜负，恰恰是你们成长道路中必然的经历，也是美好人生的一部分。

每天早上起床时，我们都能看到你们兄弟俩拖延。孩子，这是人与生俱来的惰性。在你们渐渐长大的过程中，要改掉这些贪图安逸的坏习惯。你们要想前进，就要离开原地；你们要想飞翔，就要奋力展翅；你们要想拥有果实，就要辛勤劳动。

有人在总结自己一生的时候说过，要牢记"不害怕，不后悔"这六个字。

前半生"不害怕"。孩子，你们正处于美好的童年，好好加油努力，即使跌倒也不可怕，关键是能爬起来继续前行，因为年轻没有什么不可以。正如当年爸爸毕业找工作一样，可以选择去深圳，也可以选择留在上海，或者回郑州，都各有优劣，但只能选择一个，没有什么好患得患失的。爸爸的同学在工作后，有选择考博继续深造的，也有跳槽另谋高就的。年轻是你最大的资本，它允许人们试错，能承担失败带来的成本。你们有时间来调整自己的人生方向，能在改正错误的过程中东山再起，在挫折中不断修正自我、提高自我、充实自我、完善自我、实现自我。

后半生"不后悔"。人生很短暂，如白驹过隙，转瞬即逝，很多人的遗憾在于还没有好好努力，时间就已流逝。很多人会为自己没有做好事情而懊恼。其实这大可不必，过去的事情已经过去，重点是要把握好当下，过好每一天。从上大学至今已经二十多年了，爸爸不知不觉从二十多岁到了不惑之年，内心还很不适应，总是在想，时间怎么过得这么快，总觉得青春就在昨天，怎么突然就到了中年。于是也下定决心，再也不虚度光阴，要抓紧时间读书学习，删繁就简，减少无效社交和无效应酬，做人生中最关键、最紧要的事情，那就是不断提升自己。

人有时候之所以觉得人生很漫长，那是百无聊赖、无所事事、人生太闲的缘故。加之对于很多事情准备不好，办不好也做不到，由于未来不可知、不可控，对未来充满了畏惧，又不愿通过学习来改变提升自己，主动选择了"躺平"，然后在无聊的等待中徘徊，没有勇气去挑战，白白地浪费着时间，无谓地消耗着生命。

一个人如果不想虚度光阴的话,那就让自己忙起来,通过学习来充实人生。

珍爱时间吧!孩子,要像珍爱自己生命一样珍爱它,尽可能好好利用它,绝不能让它从指缝中轻易溜走;要紧紧地抓住它,和它一起学习、一起散步、一起聊天、一起睡觉,总之要和它做一辈子的好朋友。

时间最公平也最无私,无论什么人拥有的时间都是一样的,区别就在于怎么利用它。你虚度光阴,时间就回报你虚无;你勤奋努力,时间就回报你成绩。

爱你们的爸爸

2020 年 11 月 26 日

第30封信
接受批评是人生常态

亲爱的孩子：

平日里，你们兄弟俩会因为做错事情被爸爸妈妈批评。比如，哥哥在做作业的时候，经常会因为粗心大意、坐姿不正确被批评。弟弟则是在哥哥学习的时候，经常去捣乱，也捎带着被批评。有时候你们会觉得很委屈，以哭泣来表示抗议，反而可能遭到更严厉的批评。虚心接受批评，认识到自己的错误并加以改进，才是解决问题的正确方法。

其实，你们兄弟没有必要为此觉得委屈，每个人都是在批评中长大的。在一个人成长的过程中，接受别人的批评是常态，不管内心乐意还是不乐意。

你们犹如正在成长的小树苗，要想成为笔直的参天大树，就需要修剪掉不经意间长出的枝权，尽管作为小树，被修剪枝权的过程是痛苦的。这就好比我们对你们日常学习和生活中的不当行为进行批评指正一样，是你们成长路上必须忍受的，只有这样你们才能认识到自身的问题所在，从而改正错误，提高自己，成为社会的有用之才。

在家里，爸爸妈妈批评你们最多，因为你们是我们生命中不可分割的一部分，对你们的批评更多的是基于爱，是希望你们能健康快乐成长，将来有能力独立解决更多的难题。在学校，你们受老师的批评最多，那是因为学校是你们人生成长的重要起点，是你们社会化的必经之路。老师批评你们是责任所在，也是老师爱你们的表现。爸爸妈妈在和老师沟通的时候，生怕老师对你们的教育过于宽松，总是要求对你们严厉些、再严厉些，只有这样，你们才能养成好的学习习惯，改掉身上的坏习性，修炼品格，立德立行，增长智慧。

人在成长过程中，接受批评是必不可少的一环，它能使人认识到自己的不足，反省错误，不断提高自己。正如丘吉尔所说："批评让人不痛快，但却是必须的。批评就像是人身体上的疼痛，它引人关注不健康的状态。"当然，爸爸妈妈会讲究批评的方式方法，尽量不伤及你们的自尊，不让你们产生抵触心理。毕竟人都是要面子的，哪怕是小朋友。

"玉不琢，不成器。人不学，不知道。"意思是说，玉石不经雕琢，就不能变成好器物；人不经过学习，就不会明白道理。一个孩子就算是一块好材料，也要好好地接受打磨才行，不经过刻苦学习，是不能取得学业上的优秀成绩的，也不能考上一所好的大学。一个人要想出类拔萃，就必须在背后付出异于常人的艰辛努力。一个人的成长，只靠自己的自律是远远不够的，因为个人很容易降低对自己的要求，滋生安逸享乐的想法。从这个意义上说，外在压力对一个人的重要性自不待言。

爸爸知道，你们还处于释放天性的阶段，犯小错误在所难免，批评是为了让你们在学习中掌握知识，在生活中学会知规守矩，树立起正确的人生观、价值观和世界观。孩子，不要害怕批评，接受批评本身就是人生的一部分，更没有什么值得大惊小怪的。将来等你们长大后，一定会感谢曾经给予你们真诚批评的爸爸妈妈。"子不教，父之过。"爸爸为了你们能更好地成长，自然要严加管教，批评就像菜肴里的作料一样，必不可少。

人长大后，都会在社会上找到属于自己的位置，只不过是基于个人天赋、努力、机遇等因素的不同，个人从事的行业会有差别，有的会从事脑力劳动，有的则从事体力劳动。不管从事哪种职业，都要一步一步来，踏踏实实地从小事做起，一丝不苟地做好业务，勤勤恳恳地练就一技之长。同时，在待人接物方面不断"修炼"，逐渐成为单位的骨干力量，具备独当一面的能力。

《增广贤文》中讲道："道吾好者是吾贼，道吾恶者是吾师。"孩子，除父母之外，你们一定要感谢那个真诚指出你缺点的人，他将是你们为数不多的真正的好朋友，是宝贵的人生财富。《论语》中讲："益者三友，损者三友。友直，友谅，友多闻，益矣。友便辟，友善柔，友便佞，损矣。"大意是说，有益的交友有三种，有害的交友有三种。同正直的人交朋友，同诚信的人交朋友，同见闻广博的人交朋友，这是有益的。同惯于走邪道的人交朋友，同善于阿谀奉承的人交朋友，同惯于花言巧语的人交朋友，这是有害的。你们一定要谨记先贤们提出的这些交友基本原则。

你们知道吗？一个人最大的悲哀就在于长大后再也没有人批评他了。因为只有最亲近的人才会说出他的缺点和不足，而这些错误和路人没有任何关系，他们只会说："好，好，好。"更有甚者，在这个人犯明显的错误时，他们依然漠然置之，事不关己，高高挂起；有的还会推波助澜，给他"挖坑"的同时照样叫好，以看笑话的心态戏谑捉弄人。在这时候，一个人如果没有清醒的认知和足够的知识支撑，就会错上加错，把自己陷于非常危险的境地，付出较为沉痛的人生代价。

　　终身学习的重要性在于，能让你们清醒地反省和认知自己，能区分出哪些批评是善意的、真诚的、有用的，哪些批评是恶意的、虚伪的、无用的。

　　爸爸将在下一封信中给你们讲为什么要"远离一味否定你的人"，须知区分好坏、善恶，甄别真诚、虚假，需要健全完善的人格和独立思考的能力，需要具有批判性思维，需要具有相当程度的知识。而有些人浑浑噩噩的，是非不明，只会人云亦云，随波逐流，过着白开水一样的人生而不自知，这才是最可悲，也是最无助的事情。

爱你们的爸爸

2020 年 12 月 3 日

第31封信

远离一味否定你的人

亲爱的孩子：

上一封信，爸爸给你们讲了要接受批评的话题。今天爸爸给你们谈的内容表面上看与批评相似，实质上却相去甚远，那就是——否定。

你们要知道，一个人能够认识到自己的错误，需要的是知识和胸怀，能够接受别人的批评则需要更多的认知和勇气，因为很多人都习惯肯定自己否定别人。把犯错误归咎于外部环境或其他人是一件容易的事情，而要做到凡事从自身找原因就比较困难。一个人只有拥有丰富的知识，才能认识到自己的不足；只有拥有博大的胸怀，才敢于面对真实的自我。

爸爸当然知道，有时候批评你们，你们只是因为抵抗不过才口头上说对不起，内心满是抵触和不情愿，其实并没有真正认识到自己的错误。比如，到了该休息的时间，你们还在兴致勃勃地玩游戏，爸爸妈妈强制你们上床休息时，你们就会耍各种各样的小聪明来拖延。

昨天晚上弟弟就受到了惩罚，因为他在床上吐口水，结果被爸爸拉到客厅并要求道歉，不然就不能上床睡觉。倔强的弟弟哭着就是不道歉，僵持了很长时间后，发现哭没有用，才违心地说了句"对不起"。爸爸当然知道弟弟是不愿意说这声"对不起"的。

亲爱的孩子，不管你们内心愿意不愿意，都是要经常面对批评的，就像爸爸在上一封信中说的"接受批评是人生常态"。

当然，你们也要知道批评是有善意和恶意之分的。如果批评者从事情本身出发，指出你们犯错误的原因，为你们找出解决问题的正确办法，避免类似错误再次发生，这就是善意的批评。对此，你们不但要虚心接受，更要感激给你们指出不足的人，他们一定是你们人生中的良师净友。

如果批评者不是从事情本身出发，而是借着这件事情上纲上线，上升到道德的层面对人进行攻讦乃至进行全盘的否定，这就脱离了事情本身，就是恶意的否定。对此，你们一定要保持清醒的认知，远离这种"垃圾人"，更不要在意这种评价，因为它本身就是不正确的，是毫无价值和意义的。因为有时候一个人犯错误可能是无意的，原本想把事情做好，只是由于能力或客观情况没有达到目标。在这种情况下，只要加以正确引导，这个人改正错误后成功的概率就很大。如果不问青红皂白，为了批评而批评，那就是批评的异化，是一味的否定，是为了否定而否定，就是恶意的丑陋的无耻行为。

　　孩子，任何人都没有权利去轻易否定一个人，哪怕他是这个人的至亲，哪怕他是某方面的所谓权威。现实中，如果发现有人一味地否定自己，通过否定打击人的自信心，并进行道德和人格的攻击，就要坚定不移地远离这种人。因为这种否定是一种隐蔽的精神控制，会给个人精神上造成很大的压力和冲击，只能给人带来负面的情绪，破坏正常的精神生活。性格柔弱的人面对这种恶意的否定，还会产生错觉，进而不断地自我贬低、自我否定，认为真的是自己的问题，精神上缴械投降，彻底放弃抵抗，陷入自责和内疚之中，严重的能让一个人处于精神崩溃的边缘，有的还会做出伤害自己的傻事蠢事来。

　　现实中，一个人随口的一句恶语，就可能会给别人造成终身的伤害。俗话说，"利刃割体痕易合，恶语伤人恨难消""伤人一语，利如刀割""良言一句三冬暖，恶语伤人六月寒"，可见出口伤人的严重性。确切地说，能随口而出否定别人的人，一定是认知肤浅的、心胸狭隘的、内心阴暗无光的，这种情况多出现在职场的上下级关系中。所以，一定要心胸开阔，因为工作只是生活的一部分，除此之外，还有家庭，还有自己喜欢的很多事情可以做，万不可把思想执拗在一个地方，放开眼界天地宽。"大肚能容，容天下难容之事；笑口常开，笑天下可笑之人。"把心胸打开之后，就没有什么事情能难住你们。

　　要知道，每个人都是平等的，即使有职业的不同、职位的高低，但在人格上都是平等的。人生际遇不同，位置也不一样，向上看总有人需要仰视，向下看总有人可以俯视，唯有平等看人才能看到真实的自己。每个人也都有所长，将来无论成就大小，都会在社会中找到自己的位置。"人之患在好为人师。"一个人最大的缺点是拿自己的长处和别人的短处比较，就好比让一个优秀的篮球运动员去和一个乒乓球运动员打乒乓球比赛一样，胜负根本说明不了任何问题。如果就此因篮球运动员输掉乒乓球比赛而否定他打篮球的水平，那就太荒诞可笑了。

记住，孩子，当遇到一味否定你们的人时，大可不必在意，不能让其打乱自己的思绪，影响自己的判断。要分析问题症结所在，是小人构陷，还是自己言语不慎所致。做到对症下药、适当远离、及时止损即可。同时，一定要锻造出强大的内心，有明确的是非判断标准和价值观，有独立思考的能力，情绪不受控制，行为不受羁绊，还要能通过读书学习调整状态、提升能力、开阔胸襟。因为壮大自己就是对小人的最好答复，也是对敌人最大的蔑视。

总之，要像郑板桥《竹石》中的竹子一样，坚不可摧，屹立不倒。孩子们，我们顺便来学习一下板桥先生的这首好诗吧。

咬定青山不放松，立根原在破岩中。

千磨万击还坚劲，任尔东西南北风。

亲爱的孩子，当你们冲破认知的藩篱，对这种恶意的否定有清醒的认知时，一定会蜕变成一个强大的、不一样的自己，从而看到不一样的风景。

爱你们的爸爸

2020 年 12 月 8 日

第32封信
学习是一个渐大的圆圈

亲爱的孩子：

昨天回家，哥哥很是自豪地告诉爸爸："我数学考了100分。"爸爸在送上称赞的同时，也告诫哥哥要戒骄戒躁、谦虚谨慎。一次考试取得好成绩说明不了什么，万不可沾沾自喜，因为你们未来要面临的考验还很多。"胜不骄，败不馁"，才是人生应有的态度。

孩子，考试中取得100分的成绩固然可喜，但是你们要知道学习的目的不只是取得高分，而是指导实践与应用于实践。

你们呱呱坠地的时候，好比是一个圆点，面临的是一个完全陌生和未知的世界，对世间所有的事物都是好奇的。随着你们渐渐长大，学习走路，学习语言，学习唐诗宋词，学习数学英语，你们变得越来越聪明，越来越懂事了。小圆点渐渐地变成了小圆圈。随着年龄的增长，你们这个圆圈在渐渐地变大，接触外面未知领域的面积越来越大。

学习的过程就是一个从"无知"到"有知"的过程，持续扩大自己"有知"的面积，再认识到自己更多的"无知"。当然，爸爸要告诉你们的是，你们现在掌握的只是很少的一部分知识而已，要想成为一个博学多闻的人，就要保持终身学习的能力，要活到老学到老。

亲爱的孩子，这就存在一个非常有趣的现象，随着一个人年龄的增长、学识的增多，在从"无知"到"有知"的转变过程中，由于最初接触未知领域的面积小，反而觉得自己什么都懂，哪怕是错误的认知也可能觉得是对的。比如，在你们眼中，猫和老鼠是可以成为好朋友的；地球可以是球形的，也可以是方形的；玩枪战游戏时，使用威力巨大的原子弹是可以像投掷手榴弹一样简单的。

人们常说"无知者无畏"，就是说在一个人的知识不足以让他正确认识事物的阶段，他往往坚信自己是正确的，犯了错误还不自知。德国哲学家黑格尔说过："无知者是最不自由的，因为他要面对的是一个完全黑暗的世界。"这句话很有哲理，等你们将来明白的时候，说明你们已经有一定程度的认知了，只是希望那时候爸爸还不是很老哟！

当然，随着一个人知识积累的增多，所接触的未知领域越来越多，在他获得更多智慧、拥有更多理性的时候，反而会发觉自己的知识越来越单薄、越来越不够用了，也许先前认为无比正确的事情，现在却发现是完全错误的。

现实中，人们思考问题不能只从一个角度出发，要多换几个角度才能看得更全面。一个人看问题的角度不同、立场不同，同样的事情甚至会得出完全相反的结论。在这种情况下，人们对很多事情也就不敢再轻易武断地下结论。这时候，随着不知道的领域越来越多，也就越来越能感觉到自己的"无知"。这主要是因为，随着圆圈的变大，个人的知识结构渐渐完善，对事物的认识就会由肤浅变得深刻，对问题的看法也就能更加客观理性，不再那么片面狭隘甚至偏激偏执，也就不敢那么主观武断了。爸爸在想，到那时，如果爸爸再告诉你们地球是方形，想来你们会毫不犹豫地给爸爸这个结论打上一个大大的叉号。

亲爱的孩子，"无知—有知—无知"的三个阶段是每个人在求知过程中都要经历的，是学习阶段的不断跨越和提升。遗憾的是，有些人在第一和第二阶段就掉队，停滞不前了。第一阶段的人最可怜，会因为无知而自信。第二阶段的人相对好些，缺点是在思想上不能再突破，在对关键点的见识和判断上无法更上一层楼。其实，人生最可怕的就是思想的僵化，破解的唯一方法就是学习。学习的人就像流淌的河水永不停歇，学习的人爱思考，学习的人最轻盈，学习的人最强大，学习的人永远年轻。

最后，爸爸要告诉你们的是，正如在第 13 封信中讲到的"眼界的尽头是无尽局限"一样，这个世界是如此丰富多彩，宇宙是那么浩瀚广阔，千万不可把自己的认知边界当作世界的边界。人的认知总是有限的，理性也是有限的。自己认知的局限性决定了凡事一定要低调审慎，万不可恣意妄为，任何虚骄自大的后果，无一不是被当头棒喝。

孩子，你们要记住，即使是同样的事物，在不同的人眼中都是不一样的，有人认为好，就有人认为不好，对于个人而言，立场决定了观点。至于究竟是好是坏，真相究竟是什么，要依靠严密的逻辑判断和推理，不是靠主观想象就可以的，敏锐的洞察力要靠学识与见识的有机结合。科学之所以是科学，就是因为它剔除了人类的非理性和错误认知的部分，是经过实践检验的可重复验证的知识。当然，现实中做人做事是不可能完全依靠理性的，那样人们会觉得这个人机械无趣、精于算计；也不能完全靠感情用事，那样会有不讲道理、胡搅蛮缠的弊端；而是要建立在基于理性基础上综合情感因素来选择，既坚持原则又有人情味。

在今后的人生中，你们一是要秉持一种开放包容的人生态度，因为每个人都是不同的，求同存异是一种常态；二是要通过学习，跨越自己的"无知之幕"。当你们能够清楚认识到自己的无知时，就已经超越了很多人，这表明你们人生中的知识圆圈还会继续扩大，到那时你们就已具备了做很多不凡事情的潜质。

爱你们的爸爸

2020 年 12 月 18 日

第33封信
不要做温室中的花朵

亲爱的孩子：

　　你们经常在室内见到一些盛开的花朵，它们鲜艳美丽，娇艳欲滴。美中不足的是，这些花朵虽然外表华丽，却禁不起风雨，如果把它们放在室外，很容易枯萎凋零。而野外的参天大树，历经风吹日晒，却能茁壮成长，巍然挺立，成为栋梁之材。

　　孩子，今天爸爸要给你们谈的话题是"不要做温室中的花朵"。就好比，有的孩子从小被爸爸妈妈保护得很好，被赞美的声音和优越的物质条件包围，没有经历过坎坷，不知道社会竞争中残酷的一面，一旦碰到挫折，由于抗压能力弱，首先自家阵脚乱了不说，还会精神萎靡、一蹶不振，轻易就被困难击垮。

　　有很多孩子成长环境过于优越，往往会由于一个小小的困难，或是考试成绩不理想，或是贪玩被制止，抑或是买不到心仪的礼物，就使性子、无理取闹，不达目的誓不罢休。久而久之，这样的孩子就会养成自私自利的性格，凡事以自我为中心，从不顾及他人感受。长大后，当他遇到感情纠葛、家庭矛盾和事业中的棘手问题的时候，也不能承受委屈，一时冲动之下就可能做出极端的事情，造成很坏的结果。

　　亲爱的孩子，人生就像一场旅行，经历风雨才能见彩虹。父母只是引路人，终有一天我们将驻足相望，看着你们独立地去面对人生。

　　有时候，我和妈妈感慨，你们兄弟俩的生活条件比我们小时候好得太多，这应该是你们健康成长的推动器，而不应该是绊脚石。因为物质条件能对一个孩子幼小的心灵产生极大的心理暗示。爸爸经历过求学时经济的困顿、找人借钱时的窘迫，由此产生了自卑心理，那时畏葸不前、小心谨慎，迄今仍历历在目，不能忘却。贫穷是一副蒙尘的眼镜，能蒙蔽人的双眼，让人看不到远方；贫穷是一壶凛冽的酒，苦涩到难以下咽，无法聊慰风尘。所以不要把贫穷描绘成一笔财富，贫穷就是贫穷，它更多的是一种无法逃避的命运。也正是贫穷，催生了爸爸发奋读书、改变命运的决心。虽然那时内心脆弱敏感，但最终爸爸还是要感谢没有被压垮的自己，而绝不是贫穷本身。要知道"有钱难买少年穷"本身就是一个经不起推敲的伪命题。

当然，你们不用为"钱"发愁，但这不是主动"躺平"的理由，而是要把好的物质条件当成接受良好教育、培养健全人格、开阔胸襟见识、敢于担当的更好的台阶。成语"拾阶而上"很好地说明了这个问题，希望你们顺着阶梯一步一步往上走。

正因为如此，在为你们提供好的生活条件和读书环境的同时，如何帮助你们树立正确的人生观、价值观和世界观，培养正常的心智模式，让你们知道遇到挫折和困难时应该怎样面对和克服，一直是爸爸妈妈考虑的主要问题。小时候遇到风雨，爸爸妈妈会给你们撑起雨伞；长大后遇到风雨，只能靠你们自己来给自己遮风挡雨。

孩子，不要做温室中的花朵！顺利的人生固然美好，但终究不是人生的全部。你们所经历的社会是复杂多变、五彩斑斓的，你们终将要面对人性中的丑陋和不堪。你们需要有清晰的辨别力去甄别真伪，认清什么是好，什么是坏。人生中有阳光也有风雨，有胜利也有失败，有惊喜也有悲伤，有美丽也有丑恶，有"奥特曼"也有"小怪兽"。你们不能只享受生活中好的一面，还要能扛得住生活中坏的一面。人生中，既然挫折无法避免，那就要勇敢面对，要能在逆境中爆发出巨大的潜能，培养坚毅的品格，提升克难的本领，跨过沟沟坎坎，负重向前行进。

社会不同于家庭和学校，你们会遇到各色各样的人，会碰到很多看似无解的难题，会面临挫折和困难的考验。只有经历过并克服这些，你们的人生才算完美，你们才会成长成熟，增加才干，历练心智，心态平和，从容达观。到那时你们才会发现不一样的自己，才能看到不一样的风景。这就好比能够经受风雨的大树一样，扎根大地，积极向上，既能绽放美丽的花朵，也能看见美丽的彩虹，还能结出丰硕的果实。

爸爸妈妈希望你们坚强，希望你们有韧劲儿，希望你们有强大的内心，希望你们遇到不平不公时能用平和的心态来应对，而这些品质也不是与生俱来的，是在你们经历诸多的苦难挑战后才能增添的本领。不经历相当多的压力，不与形形色色的人打交道，不承受生活带来的压力，能力就不能得到提高，心态就不可能平和。到那时你们就会明白，凡事都不是那么简单，要时刻小心谨慎，才能达到设定的目标，取得相应的成就，这对任何人都适用。

孩子，不要做温室中的花朵，要做一棵参天大树，腰板挺直、健康乐观、顶天立地，能经历风雨的考验，能勇敢地向困难说"不"，最后成长为社会的有用之才，找到一片属于自己的蔚蓝天空。

爱你们的爸爸

2020 年 12 月 23 日

第34封信
学习是人前进的
动力和源泉

亲爱的孩子：

"好好学习，天天向上"是毛泽东同志的一句名言，也是爸爸妈妈、老师和叔叔阿姨们教育你们时经常挂在嘴边的一句话。学习是人前进的动力和源泉，学习使人永远年轻。学习明天见，学习天天见，要与学习不见不散。

现实中，说"好好学习"容易，做到却不容易。那是因为学习是一个漫长的自我革新的过程，是痛苦的而非快乐的。学习之所以让人们觉得不快乐，是因为知识不是轻而易举就能学会的。你们觉得吃美味的食物、看奥特曼打小怪兽使人快乐，因为这些不需要动脑筋，只是低级的感官快乐。这也说明，人生中很多看似快乐的事情，是带有迷惑性的，是容易使人堕落、懈怠、懒散的。而那些真正能赋予你们力量的知识，是需要踏踏实实、专心致志、刻苦攻读才能掌握的，绝不是轻轻松松就可以得到的。拥有它，才能拥有真正的精神上的快乐。

学习是一个艰苦的自我升华的过程，是一个离开原地向上行进的过程，就像爬山一样，不仅需要付出辛勤的汗水，还要有持之以恒的毅力。而向下的人生则是不需要努力就能实现的，就像自由落体运动一样，由于重力的作用，下落速度很快，当然摔得也最重。

学习对于每个人的重要性不言而喻，学习是你们社会化的起点，也是贯穿你们一生的重要支撑。学习还是一个"授之以鱼不如授之以渔"的过程，让你们掌握的是钓鱼的方法，而不只是单单为了给你们一条鱼。正如你们看到"赤橙黄绿青蓝紫"这些五彩斑斓的颜色一样，每个人的人生各不相同，有的人长大后当画家，有的人做工程师，有的人当教师，有的人成长为优秀的运动员……每个人从事的职业不同，固然和各自的兴趣、爱好、家庭环境、机遇有很大关系，但更多的是与后天的努力学习息息相关。当你们在工作中遇到从未涉足的领域时，持续的学习能力可以填补你们这方面的空白，让你们不畏困难、勇往直前、活学活用、融会贯通，解决一个又一个难题。

学习使人睿智、明辨是非，会让你们在人生的重要节点明确该做什么、不该做什么，如何取舍，如何做出选择。比如，在你们的校园学习告一段落，参加工作后，并不意味着学习的终止，反而是另一个新的学习起点的开始。人生不是一片坦途，而是充满了坎坷和曲折，当你们遇到人际关系中解不开的结或是能力不足以承担工作中的重担时，当迷茫、彷徨、失落这些负面情绪萦绕着你们时，你们就会发现，知识内存已不够，该"充电"提升自己了。

学习是改变人生命运最重要、最便捷、最有效的路径，是人前进的动力和源泉。一个人只有通过学习才能掌握知识，才能明白事理，才能掌握一技之长，才能在社会上立足，才能为社会作贡献。一定要铭记，在这个世界上没有躺赢的人生，每个成功者的背后都有你看不见的辛勤付出。当然，每个人的起点不同，我们不能想当然地以为，家境好的人天生不会好好学习，这是大错特错的。事实上，他们眼界格局打开得早，更知道学习的重要性，掌握的资源多，在学习方面具有优势，更容易占得人生先机。学习对一般家庭的人的重要意义在于，提供了一条实现人生逆袭和阶层跨越的通道。

学习的人生是快乐的、是积极的、是豁达的、是明媚的、是阳光的、是充满力量的，不学习的人生是灰色的、是迷茫的、是彷徨的、是黯淡无光的。学习能让人时刻保持清醒，保持谦虚，即使将来你们通过学习取得了一点点的成绩，也要知道山外有山、天外有天，自己永远不是最优秀的那个人。当遇到挫折和困难时，你们可以通过学习找出失败的原因，洞悉事物的本质，找到解决问题的方法，排解压力，开阔胸襟，克服困难，实现能力提升。一次小小的失败与整个人生相比，只是一段小插曲而已，困难只是暂时的，终将过去。这世上没有比脚更长的路，没有比人更高的山。

当你们遇人不淑的时候，通过学习，就能看清人际关系的本质在于价值交换，但也要明白世间除名利之外，还有"情义"二字。碰到坏人绕开走不是软弱。远离他们，避免无谓的消耗，才是明智的选择。记住，孩子，永远不要在不值得的人身上花费感情和精力，尤其是遇到"垃圾人"时，就像嗑瓜子吃到坏瓜子仁一样，把它吐出去漱下口就完事了。无视就是对他们最大的轻蔑，远离就是对他们最好的回答，沉默就是对他们最高级的报复。

　　学习也是最讲公平的。在学习过程中，你努力付出了，认真听课记笔记了，成绩就能上升；你三心二意，成绩就会下滑。当你认真对待知识的时候，知识也会给你回报；当你敷衍了事的时候，低分数会告诉你不努力的后果是什么。要活到老，学到老。学习使人永葆青春，胸襟豁达，理性客观。不管一个人年龄有多大，只要能一直坚持学习，就表明他的思想一直在更新，知识结构在不断完善，有一股不竭的力量在支撑着他持续前进。

爱你们的爸爸

2020 年 12 月 29 日

第35封信

什么才是好的起跑线

亲爱的孩子：

"不要输在起跑线上"，这是一句几乎中国所有家长都耳熟能详的话，这句话让千百万中国家长费尽心机地创造好的教育条件和生活环境给自己的孩子。

"不要输在起跑线上"的前提是要能站在起跑线上。虽然城市与农村、富裕家庭与贫穷家庭、重点中小学与普通中小学的学习条件和环境差别很大，但还是存在一条相对公平的"起跑线"。其间，最关键的是不能"掉线"。比如，在该学习的年龄，有的孩子过早地结束了学习生活，辍学出去打工，这就不只是输在起跑线的问题了，"掉线"的结果大概率是输掉整个人生，陷入"放羊，娶媳妇，生娃，再放羊"的循环怪圈。

爸爸最近一直在思考：什么才是好的起跑线？是你们一直能够取得第一名的好成绩，还是让你们多参加各种课外辅导班，或者是让你们多学习音乐、书画等，做一个全能型的人才，又或者是为了各式各样的评选，给你们在网上拉票，过早地把你们曝光在聚光灯下呢？总之，能够让你们一直比别人优秀，获得更多的好机会，是不是很多人理解的赢在起跑线的意义呢？

望子成龙、望女成凤是每一个中国家长的心结，或者说因为大多数人一辈子活得太平庸太窝囊了，便把自己未能实现的人生梦想不自觉地强加在了自己孩子的身上。"你们要力争上游""你们要永争第一""你们要考上好的大学""你们要找一份好工作"……殊不知这也是中国式家长的悲哀，自己都不优秀，却过多地要求孩子，让孩子承担了本不该承担的生命之重。

有时候，爸爸会看到一些报道，一个成绩很优秀的学生，在一次考试成绩不好或一次比赛没有取得理想的成绩之后，就萎靡不振，大哭大闹，更有甚者做出偏激的极端行为，造成了严重的不良后果，给自己和家人带来难以抹平的伤痛。这些都是因为让孩子承担了过多的压力，孩子又不能正确地舒缓压力，最后精神崩溃。殊不知这些悲剧原本是可以避免的，造成这样的结果，中国式家长也难辞其咎，他们一味地给孩子加压加码，明明自己也是一只爬行的菜鸟，却非要让孩子飞得更高。

人生好比一场马拉松比赛，而非短跑比赛，要在马拉松比赛中取得好的成绩，需要体力、耐力、好的心态、环境等多种因素的结合，不是只拥有好的起跑线就可以的。短跑比赛则不然，更多强调的是爆发力，因此在短跑比赛中起跑时占得先机还是有很大优势的。在一次考试中取得好成绩，并不能决定你能考上好的大学，它只是证明了你这一段时间的学习效果不错而已。如果能在每一次考试中都取得不错的成绩，就说明这个学生成绩比较稳定，心理素质也过硬，将来在学业上取得优秀成绩的概率也会大大增加。

孩子，人生的起跑线固然重要，但绝非人生中的决定因素。可能也有人调侃自己就生在"罗马"，但这种情况只是少数，绝大多数人还是一直走在通往奋斗目标的路上。这告诉我们一个残酷的现实，有些人的人生起点就是其他人奋斗的终点。当然，我们也不必为此气馁，原生家庭是不能选择的，我们需要做的是通过努力赋予自身不一样的价值，使自己将来拥有更多选择的权利。

不输在起跑线上，关键还是要靠你们自己。它不在于爸爸妈妈给你们提供好的物质条件，不在于爸爸妈妈对你们苦口婆心的说教，而在于你们自己的认知，在于你们自己的努力，在于你们的自律自强。爸爸也见过很多起点优秀的孩子，最终也是一事无成；爸爸见过更多家境一般的孩子，他们优秀、刻苦、勤勉，人格健全，在学习上取得了优异的成绩，通过努力干成了一番非凡的事业。所以，凡事无绝对，你们只管努力，其他的不必强求。

平日里，爸爸和妈妈关心你们的学习成绩，主要是希望这能为将来你们的学习生活打下良好基础。但你们需要记住的是，单纯为了考试第一而去学习，就背离了学习的本意；单纯为了考级而弹琴唱歌，也背离了音乐的本意；学习是为了完善你们的知识结构，提升你们的能力，塑造你们的品德品格，深化你们对整个世界的认识，让你们树立正确的人生观、价值观和世界观，做到理性而不肤浅，宽宏而不狭隘，坚强而不软弱。只有这样，你们才能苦壮成长，才能正确地面对人生中的挫折和困难，才能成长为社会的有用之才，而不只是做一个好看的花瓶，华而不实，腹内空空，装点门面还可以，一碰到金刚钻就原形毕露了。

亲爱的孩子，好的起跑线固然重要，它能让人先行一步，但不能决定一个人的终点。每个人都是世上独一无二的存在，目标各不相同，没必要进行对比。按照自己设定的目标，调整好节奏，坚定地走下去即可。

总之，人生好的起跑线不是外在的学区房、名牌衣服、一流的中小学、各类辅导班等，而是内化的精神力量、持续的学习能力、积极向上的乐观心态、坚韧不拔的意志和永不服输的信心与决心。

爱你们的爸爸

2021 年 1 月 5 日

第 36 封信

挫折是人生的一剂良药

亲爱的孩子：

今天爸爸想和你们谈论的主题是"挫折"。在人的一生当中，挫折总是如影随形，每个人都会碰见，早知道早预防，不是什么坏事情。有一句话说得很好，在人生中你无法选择顺境还是逆境，但是你可以选择对待生活的态度。虽然有时候挫折无法避免，但是你可以选择以正确的方式方法来对待它。

如何克服挫折，是一个人在将来很多关口面前都要面对的一个重大议题。

最近，爸爸看到了很多关于中学生、大学生，甚至职场中很优秀的人因经受不住挫折的打击而自寻短见的报道。他们从小就很优秀，无论是在重点中学还是在名牌大学，成绩都名列前茅，那些职场人士从事的也是令人羡慕的体面工作。但是他们仍然不爱惜自己的生命，做出跳楼、跳河自杀等极端行为，丝毫不顾及家人的感受，给关爱他们的人造成难以抹平的伤痛。他们之所以会这样，其中一个重要的缘由就是很多人受不了挫折带来的挫败感，无法正确认识挫折，不能及时舒压，久而久之，失去了活下去的勇气，做出不珍惜生命的傻事蠢事。

亲爱的孩子，一个人不管遇到多么大的挫折，都不能自寻短见。自寻短见是不爱惜生命的愚蠢行为，是自私怯懦的表现，会造成不可逆转的人生悲剧。因为，生命只有一次，失去了就永远不会再来。一个人只有活着，坚强地活着，才有在困难中逆袭的可能，才有走向成功的可能，即使不能成功，也要有与失败握手言和的儒雅与风度。

每个人都希望自己有一帆风顺的人生，但这只是人生的一种理想状态。即使一个人学习成绩再好，家境再富有，家族地位再显赫，在一生当中，也会遇到这样那样的挫折。孩子，没有经历过挫折的人生是苍白的，是无力的，更是有缺陷的。

挫折是如何形成的？简单来说，爸爸把它理解为一种由于主观方面努力无效或者努力不够，以及客观条件不具备、亦可能是客观条件发生变化或恶化强加给个人的，没有达到预期目的的一种不理想状态。比如，哥哥在某一次考试中虽然已经很努力了，但考试成绩还是不理想，这可能是有的考试题目不会做导致的，也可能是考试时不够专心造成的。再如，一个学生在学习生涯中成绩一直是优秀的，但在大学期间碰到考试以外的事情时，他的弱点就暴露了，这说明他在某些方面的能力是欠缺的，需要多加历练才能提高，也告诉人们学习知识和考试成绩固然重要，但绝非人生中的全部。人生中有很多事情不是考试成绩能决定的，在书面知识之外，还存在很多"空白"，需要通过学习提高能力来填补。

挫折是人生的一剂良药。人承受挫折是为了摆脱困境，寻找出路，如果只能困坐愁城终老，那就是不可也不应承受的了。从古至今，很多伟大的人物都在挫折中完成了人生的蜕变，性格变得更坚韧，能力变得更强，最重要的是练就了一颗无比强大的内心，在困难面前能咬紧牙关，无论多难也能坚持下去，吞得下委屈，咽得下痛苦，把心胸撑大，把格局打开。

从这方面讲，美国的林肯总统是我们的励志典范，他简直是一个"挫折专业户"，一生经历了无数次的失败。林肯23岁竞选州议员失败，45岁竞选参议员失败，49岁再次竞选参议员失败，但他百折不回、百般努力，终于在51岁那年当上了美国总统。孩子，林肯的一生是光荣的一生，是战斗的一生，是逆袭的一生，是永不言败的一生。他承受那么多次失败，一般人想都不敢想，战胜这些失败需要极强的抗压能力，更需要坚韧不拔的毅力和决心。林肯通过屡败屡战所展现出来的精神品格，是我们一辈子要学习的。

亲爱的孩子，诚如林肯总统的经历一样，遇到挫折固然不是一件值得高兴的事情，但也不是绝对的坏事，挫折是可以克服的，也是可以成为成功的养料的。

在挫折中，一个人能看清楚自己，也能认清身边哪些朋友是真诚的，哪些朋友是虚伪的。自己会在反思的过程中反复推演复盘，认真思考遇到挫折的原因是主观努力不够，还是客观条件不成熟。从主观上说，如果是自己急功近利了，那就要调整心态，积极地改正缺点，持续提升能力，做大做强自己；

从客观上讲，要正视外部环境的变化，积蓄力量，以待时机，化被动为主动，扭转不利局面。

　　一个人经过挫折的洗礼，就会变得成熟稳重、处变不惊、心态平和。一个人见识过丑陋，就知道美丽的可贵；面对过邪恶，就懂得善良的重要；经历过生死，就知道当下的珍贵。他就不会轻易被情绪左右，活得坦然和通透，不会动不动就哭哭啼啼，更不会做出不爱惜生命的不理智行为。

爱你们的爸爸

2021 年 1 月 14 日

第37封信
投机取巧终将贻害无穷

亲爱的孩子：

昨天爸爸下班回家，弟弟悄悄地对我说："爸爸，你知道吗？妈妈最喜欢的人就是你啦！我们都知道的，只不过没有告诉你，你一定要好好地爱妈妈呀！"这是爸爸这辈子听到的最贴心、最温暖、最动听的话，它就像一股暖流，直达爸爸的心底，美美的、甜甜的。

亲爱的孩子，看着你们兄弟俩一天天长大，是爸爸妈妈最开心最快乐的事情。因为有你们，爸爸妈妈才能忘却生活中的一切烦恼；因为有你们，爸爸妈妈才坚信爱是力量的源头活水；因为有你们，爸爸妈妈才深晓生命延续的真正意义。

孩子，在人性当中有很多闪光点存在，如勤奋勇敢、善良正直、公平正义、富有同情心等，拥有这些，人会踏踏实实走一条努力奋斗的道路。当然人性中也有一些根深蒂固的劣根性存在，如贪吃贪睡、好逸恶劳、不思进取、不劳而获等，不克服这些，人会走上投机取巧的道路。这两类品性作为一对矛盾体可以同时存在于一个人的身上，在人生的不同阶段还会出现相互打架的情况。一个人将来取得成就的大小，很大程度上取决于哪类品性占据优势。因为人的思维会支配人的行为，个人的努力程度很大概率上决定了行为的结果是好是坏。

在竞争领域，书面考试相对来说是最公平的，它最大限度地剔除了人为干扰因素。当然，在两个智力差不多的人之间，努力与否是决定学习成绩好与坏的最大影响因素。

著名作家刘震云在一次对大学毕业生的演讲中曾说过："大家开始在另外

一个大学（社会）起步的时候，有两句话你千万不要相信。一个是'世界上的事是不可以投机的'，千万别信，世界上的事是可以投机的；另外一句话，'世界上是没有近路可走的'，这句话不成立，世界上是有近路可走的。投机分子走近路，因此成功的人起码占80%。"

孩子，这听起来很残酷，却是社会现实。问题在于，如果社会上的人大部分都在投机，那么踏踏实实、诚实守信、正直善良这些优秀的品质还有没有用呢？当然有用，我们的答案是肯定的。投机取巧是一种非常不好的行为，短期看，投机者也许能获取一些小利；长期看，它绝对无助于个人的成长和进步，只会是一块大大的绊脚石。

因为当一个人习惯于通过投机取巧走捷径的时候，他的心思大半都用在如何投机上了，不会用到踏踏实实做人做事上来，久而久之，当他的能力撑不住自己的野心时，就会原形毕露，丑态百出。当前很多人，由于学历造假、学术造假、能力造假等问题被曝光，出现了"社会性死亡"的糟糕情况，致使自己的大好前途被阻，事业毁于一旦，这就是投机取巧带来的恶果。

还是以考试为例，一个人也许能在一次考试中通过作弊手段获得好成绩，然而他并没有真正掌握这些知识。况且，他也不能保证自己每次作弊都有不被老师发现的好运气，加上现代科技手段的进步，一个人通过作弊手段来取得好成绩的可能性越来越小。长此以往，吃亏的还是投机者自己。这也是爸爸妈妈经常给你们强调的，可以原谅你们考题不会做，可以原谅你们考分不高，但是坚决不能原谅你们作弊等投机取巧的行为，因为前者只是涉及能力问题，后者却关乎人品道德。

纵向看人的一生，无论是学习还是工作或者生活，都要有一颗平常心，凡事不抱有任何侥幸心理，而是踏踏实实地走好每一步。当一个人花尽心思去迎合别人，讨好别人，也就失去了自我，就算达到目的，也会遭人鄙视。况且，一个人说违心话，做违心事，就容易犯错误，在人生关键的节点上栽跟头的概率也会大大增加。

亲爱的孩子，要记住爸爸说的话，勇敢地向投机取巧说"不"，要做一个坦坦荡荡、堂堂正正的男子汉，正确地取舍，切记有所为有所不为，要敢于做一个"笨人"，哪怕是将来人生路走得慢一些，也要坚信走这样的道路是正途，坚持走下去才能走得更稳健，更安全，前途也更加光明。

爱你们的爸爸

2021 年 1 月 21 日

第38封信

诚信是人的立身之本

亲爱的孩子：

在《伊索寓言》中有一个非常有名的故事《狼来了》，讲的是一个放羊娃撒谎的故事，他第一次谎称狼来了，农民伯伯们急忙拿着锄头和镰刀来救他和他的羊群，当发现被欺骗以后非常生气地走了。第二次，这个放羊娃又故技重施，农民伯伯们再次赶来救他，发现被骗后更加生气。结果第三次当狼真的来了的时候，他再次大呼："狼来了，狼来了。"大家都认为他又在撒谎，没有一个人来帮助他，结果放羊娃的很多羊都被狼咬死了。

这个故事告诉我们，诚信是人的立身之本，说谎是一种非常不好的欺骗行为，它既不尊重事实，也不尊重别人，更会使大家失去对说谎者的信任。

我国历史上"烽火戏诸侯"的故事和《狼来了》的故事有非常相似的地方。它讲的是西周时，周幽王为了博得自己心爱的妃子褒姒一笑，命令守兵点燃了烽火，戏弄了诸侯。褒姒看到诸侯带兵赶来解救周天子的忙乱的样子后，果然哈哈大笑。周幽王很高兴，因而又多次命令守兵点燃烽火，渐渐地，诸侯们都不相信了，也不来了。后来犬戎入侵，攻打镐京，周幽王急忙命令点燃烽火的时候，却再也没有诸侯前来救援，周幽王也被杀死，西周就这么灭亡了。后来，周幽王的儿子周平王继位，于公元前 770 年迁都洛邑，史称东周，即春秋时期的开端。

孩子，这是一个因为丧失诚信而导致亡国的惨痛教训，虽然它可能只是一个传说，但人们都愿意相信它是真实存在的。

今天爸爸要告诉你们的是，撒谎可能会给自己带来一时的好处，但到头来终将害人害己，使小到工作和家庭，大到国家社会，都遭到损害，对自己和别人都没有好处。

诚信和撒谎是一对天然的矛盾，要拥有诚信，就不能撒谎。惯于撒谎的人从不具备诚信的品格，这种人不能长期交往，也不会交到真心朋友。

孩子，诚信对一个人是至关重要的，是他在社会上的立身之本。在你们的求学、工作和生活中，拥有良好的诚信，赢得大家对你们的信任，会对你们的人生起到至关重要的推动作用。

在求学过程中，你们认真地读书学习，认真地复习考试，不作弊，不取巧，这就是具备诚信品质的表现之一。

在工作过程中，你们认真地做好每一件事，诚心地对待朋友和同事，大家觉得你们办事可靠、做人靠谱，才会把重要的事情交给你们承担，才会在有重要的机会时想到你们，这就是诚信的巨大好处。

在生活中，要能诚实地面对爸爸妈妈，有一说一，让我们知道你们在做什么、干什么，了解到你们的真实状况，这样我们才会放心、安心。

孩子，诚信是一个人应当具备的良好品格。现实中，诚信也不是让你们必须把真话讲出来，真话的禁区很多，讲真话是需要勇气的，有时也会伤人，是要付出代价的。历史上，由于社会环境不允许，因为讲真话掉脑袋的案例比比皆是，商朝丞相比干、明朝嘉靖年间的杨继盛等，都是直言犯上引来杀身之祸的典型。这说明诚信所包含的真诚与信任，必须包括对现实环境的判断。诚如徐贲教授所言，在现实社会里，诚信并不是任何情况下都必须、都合宜或合理的。有时候，真诚不仅不合适，而且很危险。对心术不正的危险者敞开心胸是会招来灾祸的。对不能信任的人付出真诚是不必要的，不符合人必须自我保护的原则。这也是现实中为什么人总是免不了"逢人只讲三句话，未可全抛一片心"，说些"言不由衷"的话的原因所在，这是一种自我保护机制，告诉我们认人识人的重要性。

你们要明白，相较于讲假话、做不诚实的事情来说，宁肯沉默，也不要去撒谎，不要去做不诚实的事情。无论在工作还是生活中，一个人如果能够做到"真话不全说，假话全不说"，就已经非常了不起了。

在人的一生当中，我们和很多人并不只是打一次交道，往往是多次合作、反复博弈，这时候诚信的力量就会显现出来，虚伪就会无处藏身。因为无论是谁，都不喜欢和不讲诚信的人交往共事。

从博弈论的角度来说，为什么火车站附近的店铺，相对来说骗子多一些，就是因为旅客到车站中转，消费大都是"一次性买卖"。反之，百年老字号企业大都以诚信著称，对产品的质量把关十分严格，在消费者群体中的信誉度高，无形资产的价值巨大。当然，企业缺失诚信的杀伤力是巨大的，一次失信就会让企业多年积累的形象一落千丈，毁于一旦，比如，发生在2008年的三鹿集团在奶粉中添加三聚氰胺的事件，导致社会上出现大量"大头娃娃"，多达30万儿童受到伤害，经媒体曝光后，举国哗然，直接导致三鹿集团倒闭，法人锒铛入狱。这也是为什么越是知名企业越重视诚信建设的原因所在。

亲爱的孩子，童年的生活天真烂漫，爸爸现在给你们讲诚信的重要，就是要告诉你们生活不像动画片中描绘的那样简单美好。人生中有美丽就有丑恶，有真实就有虚假，有真相就有骗局。你们的成长就是一个不断甄别美丽与丑恶、真相和骗局的过程，而诚信就是最好的识别器和通行证，它会让你们走上康庄大道，路越走越宽，越来越通畅。

总之，人无诚信不立，家无诚信不和，业无诚信不兴，国无诚信不宁。诚信于个人而言，具体表现为表里如一；于社会和国家而言，具体表现为一种契约精神，要言而有信，说到做到。随着你们年龄和学识的增长，一定会体会到爸爸今天讲的诚信对一个人的重要性，讲诚信会带来回报，不讲诚信必将受到惩罚。

爱你们的爸爸

2021年1月27日

第39封信
认清自己是一生的难题

亲爱的孩子：

弟弟小果有时候喜欢重复爸爸说的话，我说"你好"，小果就重复一句"你好"。但当说到"小果长得好丑呀"，小果却说"爸爸才长得丑，我长得可漂亮了"。哈哈，看来，爱美之心人皆有之，即使是小孩子也不例外。

大多数人早晨起床都会照镜子，并且都希望镜子中的自己是最美丽的。童话《白雪公主》中就有这样一面魔镜，它能发现谁是这世界上最美丽的人。爱慕虚荣、贪恋美貌的王后总是爱问镜子："魔镜魔镜，谁是这个世界上最美的女人？"当镜子说是她自己时，她就非常高兴。当魔镜说白雪公主最美丽时，王后就因嫉妒想置白雪公主于死地，于是在派猎人杀害白雪公主不成功后，她伪装成巫婆，骗白雪公主吃下了毒苹果。吃下毒苹果的白雪公主被七个小矮人和王子救下。经过一番斗智斗勇，大家终于战胜了邪恶的王后，王子和白雪公主幸福地生活在了一起。

孩子，《白雪公主》的故事告诉我们一个道理：在照镜子的过程中，每个人都希望自己是最美丽最漂亮的那个人。然而，理想很丰满，现实却很骨感。

这就引申出一个话题，我们应当如何看待自己。拿最简单最容易看到的外表来说，很多人不愿意承认自己是不漂亮不美丽的。这说明，每个人的自我认知都是有偏差的，容易高估自己的容颜，容易高估自己的能力，容易高估自己在别人心中的地位，更不要说涉及思维层面等更深层次的问题。

遗憾的是，很多人一辈子都没有认清自己，糊糊涂涂地过了一生。

孔子说："德薄而位尊，知小而谋大，力小而任重，鲜不及矣。"意思是说，一个人德行浅薄却占据高位，智慧有限却要自作聪明地谋划大事，能力有限却不自量力地承担重任，这三种情况很少有不招致灾祸的。战国时期纸上谈兵的赵括，三国时期言过其实的马谡，太平天国运动中狂妄自大的杨秀清，"戊戌变法"中的顽固守旧大臣徐桐、刚毅等，都是没有清醒的自我认知，于国于家于己造成灾难后果的代表性人物。

为什么人会认不清自己，总是高估自己的容貌，高估自己的能力，高估自己的认知，高估自己在别人心中的地位呢？这主要是因为我们凡事以自己为中心，认知水平、学识水平不够。

正如照镜子时，每个人主观上都会不自觉地降低对自己的要求，降低审美的标准，严格要求别人，宽待自己。再比如，在学习中，有的学生总觉得自己已经学会了，满足于一知半解，殊不知并没有真正地掌握所学知识，就会在考试中出现这样那样的低级错误，考不出好的成绩。在这次期末考试中，哥哥在语文和数学考试中犯的一些小错误，原本是可以避免的，然而由于粗心大意还是出错了。

《道德经》中讲："知人者智，自知者明。胜人者有力，自胜者强。"意思是说，一个能了解他人的人是聪明的，一个能了解自己的人是智慧的，能战胜别人的人是有力量的，能战胜自己的人是强大不可战胜的。

认清自己需要极大的勇气，它需要人们敢于面对自己的不足和缺点，不断改进、提高和完善自我；认清自己需要有宽广的胸怀，敢于承认别人的优点与长处，而不是视而不见、听而不闻；认清自己需要有谦虚的品格，它需要人们敢于向比自己强的人学习；认清自己需要不断刻苦地学习，它需要人们多年如一日地通过积累来沉淀自己；认清自己需要勇于自我革新，以严于律己的心态严格要求自己，改变以自我为中心的思维模式；认清自己要能不畏惧困难挫折，它需要人们有坚韧不拔的毅力，在经受困难的考验磨炼中认清自己，"看轻"自己，"看重"别人。

正所谓"不识庐山真面目，只缘身在此山中"。想要认清自己，还需要站在他人的角度来看自己。要知道当你在岸上、天空中、水面上看鱼儿的时候，对它们的认识是不一样的。

孩子，能清醒地自我认知，是一个人一生中都要面对的大问题。一个人只有在不断的前进、磨砺、学习、积累中，才能清醒地认识自己。

清醒的自我认知，会给个人带来明晰的人生定位，认人知道人生是一个

"有所为有所不为"的不断取舍的过程，明白什么事情能做，什么事情不能做，不会盲目地去挑起自己承担不了的重担，不会盲目谋划超过自己能力的难事，不会盲目定下不切实际的目标，更不会逾越道德底线做出出格的事情。

爱你们的爸爸

2021 年 2 月 1 日

第 40 封信
人生不是一道计算题

亲爱的孩子：

　　哥哥在做数学题的时候，妈妈总不忘问一下弟弟："小果，1 加 1 等于几呀？""我不知道。"弟弟故意一脸自豪地回答道。

　　亲爱的孩子，数学是一切科学的基础，1+1=2 是学习数学的起点。数学学习对人的一生影响很大，因为它无处不在。有时候爸爸下班回家，妈妈会让哥哥拿着小黑板给爸爸出一道加减法的题目让爸爸做，还问爸爸会不会做，爸爸也总是很"惊讶"地表示不懂，让哥哥教自己怎样才能算出正确答案。

　　应该说，经过第一个学期的学习，哥哥取得了不错的数学成绩，但还存在粗心的毛病，在期末考试中出现的许多错误原本是可以避免的，这些错误需要在今后的学习中改正，这也充分说明了养成好的学习习惯的重要性。人们常常说"兴趣是最好的老师"，那是因为一个人的爱好会变成个人的习惯，习惯会影响大脑的思维，大脑的思维又决定了个人的行动，个人行为的努力与否又很大程度上影响着结果好坏。人生真是奇妙，一环套一环，外表看似杂乱无章，内部却紧密相连，很多看似没有联系的现象和不可思议的结果，其实都具有一定的内在逻辑关系。

　　一般来说，数学与语文、英语等课程不同，数学题做不出就是做不出，语文、英语题不太会，起码还可以写上一部分，数学不好的学生甚至得到一个大"鸭蛋"也是常有的事情。爸爸在上中学的时候，数学不是强项，线性代数学得一塌糊涂，立体几何倒是学得挺棒，这说明爸爸的空间思维能力还可以。其实，学习数学有一个小窍门，就是大量做题，通过做题来强化掌握所学的知识。毕竟，中考也好，高考也罢，数学难题只占其中的一小部分，大多考的也都是基础性知识，学生是可以通过刻苦学习来提高数学成绩的。

在众多的考试科目中,数学是能拉开分数的主要科目之一。就像在考研时,有数学专长的本科学生可以选择很多要考数学科目的热门专业,如,经济学、金融学、管理学等,反之则只能避开要考数学科目的专业。现实中,数学好的人大都具备较强的逻辑能力和推理能力,办起事情来也更有条理,更能分清轻重缓急。由此可见,数学不论是在学生阶段还是在工作中,都扮演着很重要的角色,你们一定要学好它,掌握好它,利用好它。

那么,我们能否将人生看成一道计算题呢?非常遗憾地告诉你们,一个人的人生绝不像一道计算题那样精确,因为它包含着许多偶然和未知。何况,一个精于计算的人生是机械的、苍白的,极容易变成算计的人生,就像一个人无时无刻不"聪明"一样,着实让人讨厌。

在我们的人生中总会遇到这样那样的意外情况,计划也总是赶不上变化,很多事情都存在另外一种可能。但是,数学的奇特就在于它虽然不能算出人生中下一秒即将发生的事情,却在人生中具有十分重要的指导意义。比如,人生中有加减法,有大概率事件、小概率事件的规律可循,这就是数学思维的妙用。

亲爱的孩子,人生就是加法和减法的结合,是一道混合运算题。就像在一个人的前半生,他要拼命地多学知识,增长见识,提升能力等,以提升自己的职称、职级,这都是人生中加法的表现;在加法中,一个人通过提高自身素质,可以大概率地应对未来不确定事件的发生,提高抵御风险的能力。而在人生的下半场,在继续保持学习水准的前提下,还要注意多锻炼身体,减少不必要的应酬,少参加不适合自己的圈子,甄别出好朋友,这又是减法的表现。我们做减法,是为了应对小概率事件的发生。比如,锻炼身体是为了预防疾病,减少应酬是因为很多社交是无效的,甄别朋友是因为选朋友就如同做选择题一样,不是每个选项都是正确答案,只有好朋友才是。

数学是科学,最讲精确严谨,对就是对,错就是错,会就是会,不会就是不会,绝不含糊,是非分明。如果我们把数学比作一个人的话,那他对朋友的要求就很高,因为数学最讲诚信和信誉,一是一,二是二。因此,要想与数学做好朋友可不是一件容易的事情,我们需要不断提高自身素养,通逻辑,知对错,明原理。

同样的一道计算题,算出正确答案的方法可能有很多种。这也说明,一个人在掌握了大的原则和方向的前提下，要学会变通、通融，不能认死理，不能一条道跑到黑，世上并非只有一条大道通罗马，而是"条条大路通罗马"。

这也充分说明，个人成才的途径有很多种，有技术层面的，也有知识层面的；有体力的，有脑力的；有科学的，有文学的；有美术的，有工程的；有物理的，有化学的。一个人要善于发现自己的长处和短处，取长补短，减少短板。最终，要像在数学里的坐标系中找到某个点一样，找到最适合自己的位置，站得稳，立得正。

爱你们的爸爸

2021 年 2 月 11 日

第41封信
学习知识最忌囫囵吞枣

亲爱的孩子:

今天爸爸给你们讲一个"囫囵吞枣"的小故事。

古时候,有个老先生教书育人。一天,下课时,学生们拿出新鲜的梨和大枣来吃。这时,先生家里来了一位医生,他看到学生们在吃梨与大枣,就说:"虽然吃梨对牙齿好,但吃多了会伤脾;吃枣对脾好,但吃多了会损坏牙齿。"听了这些话,一个学生说:"那我吃梨的时候只咀嚼并不咽下去,这样就不能伤到我的脾;吃枣就整个儿吞下去而不咀嚼,也就伤不了我的牙齿。"先生说:"哎,你这是囫囵吞枣呀!"

孩子,这就是成语"囫囵吞枣"的由来,意思是把大枣整个吞下去,比喻学习知识不加分析地笼统接受。

爸爸妈妈也发现,哥哥在学习过程中就存在囫囵吞枣的现象。比如,在阅读文章的时候,虽然哥哥字都认识,也能大声地朗读出来,但还是不能正确理解文章所说的道理。在做数学题的时候,由于不能正确理解题目的含义,理解得似是而非,看似懂了,最终还是会出错,往往在一些很简单的题目上犯了低级失误。

孩子,今天爸爸要讲的是——学习知识最忌囫囵吞枣,不但要"知其然",还要"知其所以然",不能只知道结果是什么,还要知道为什么结果是这样。

孩子,当你们遇到不会或不懂的知识点时,要学会多问几个"为什么"。因为你们看似读懂了所学的知识,但可能仅仅明白了它的表面意思,并没有理解掌握其所要表达的深层含义。比如,很多人都知道爱迪生的这句名言,"天才是百分之一的灵感,加百分之九十九的汗水"。这句话强调的是努力的重要性。很遗憾,这句话并不完整,不是爱迪生要传达的真实意思。

爱迪生的原句是："天才是百分之一的灵感，加百分之九十九的汗水，但那百分之一的灵感往往比百分之九十九的汗水来得重要。"这个完整的句子，强调的是学习中天赋的重要性。

爸爸要告诉你们的事实是，个人的后天努力很重要，但世上有些事情不是单靠努力就能够成功的。"努力就能成功"本身就是一个伪命题，是典型的鸡汤式"金句"，用之偶尔激励一下自己还可以，但不能把它奉为金科玉律。

举个最简单的例子，爸爸和姚明都喜欢打篮球，但是爸爸即使再努力训练也不可能进入 NBA 成为职业球员，因为姚明 2.26 米的身高，是绝大多数人都不具备的先天优势。如果爸爸把姚明作为赶超的对象，那就真的是"蚍蜉撼大树，可笑不自量"，永远无法实现目标不说，还会被认为"东施效颦"，成为人们嘲笑的对象。

同时，"囫囵吞枣"还告诉我们系统学习的重要性，学习不能停留在表面、浅尝辄止、蜻蜓点水，要能系统思考、理解本质、举一反三、温故知新。比如，很多成语的字面意思和实际要表达的意思并不相符，如果运用不当就会贻笑大方。比如，很多人经常用错的成语"无独有偶"，意思是"虽然罕见，但是不只一个，还有一个可以成对儿（多用于贬义）"。很多人都用它来形容好事成双，那就大错特错了！再如，"人不为己，天诛地灭"，这个成语经常被误用，主要是在读音上，在这里"为"发二声（wéi）而不是四声（wèi），是"修养，修为"的意思。这个成语的意思是"如果人不修身，那么就会为天地所不容"。大部分人都把"为"读成四声（wèi）了，意思就变成了"人如果不为自己（谋私利），那么老天都会诛杀他"。由于发音的不同，成语的意思就完全变了。又如，成语"万人空巷"，究竟是指人们都走上大街，还是指人们都待在家里呢？实际上，这个成语的意思是指"家家户户的人都从巷里出来，到大街上去"，多形容庆祝、欢迎等盛况。爸爸之所以对这个成语记忆深刻，是因为它在当年爸爸的高考语文试卷中出现过，很遗憾爸爸答错了，丢掉了宝贵的 2 分。

孩子，学习知识不能囫囵吞枣，而是要细嚼慢咽才行。你们要和知识做一辈子的好朋友。知识就像是与你们一样真诚的孩子，你们认真对待他、了解他，他就会给你真诚的回报，伴你们成长，给你们力量，与你们相伴一生，陪你们经历风雨见彩虹。

最后，爸爸还要提醒你们的是，在学习知识的过程中，你们还要养成批判性思维，做一个"会提问题的人"，须知提出一个好的问题往往比写出十个正确答案要重要得多。在人生中，推动个人不断前进的不是冷冰冰的知识，而是一个又一个活生生、火辣辣的问题，这些问题逼迫人去学习、去思考、去反省。在寻求解惑之道的过程中，人们不断增长智慧、提升能力、增加自信，不迷信，不盲从，独立思考，自信从容，到哪里都自带光芒，一闪一闪亮晶晶的那种光芒。

爱你们的爸爸

2021 年 2 月 19 日

第42封信

"哭闹"不是
解决问题的良方

亲爱的孩子:

爸爸发现一个有趣的现象,就是你们兄弟俩在做游戏的时候,经常会因为争抢同一个玩具互不相让,甚至"大打出手"。当然,由于哥哥在年龄、身高、体重方面占有优势,弟弟经常处于下风,会因得不到玩具或者占有玩具的数量少(比如奥特曼卡片)而放声大哭。有趣的是,弟弟在"哭"的同时,会用眼睛一直盯着爸爸妈妈,主要是想得到爸爸妈妈的帮助,期盼获得关注和安慰,获得补偿,争取一个好的结果。

还有就是咱们一家四口逛商场的时候,当你们看到心爱的奥特曼玩具,或是想去儿童游乐场玩耍的时候,只要爸爸妈妈没有满足你们的要求,你们兄弟俩就会使出最常用的法宝——"闹",扯着爸爸妈妈的手不让我们走,或者坐在地上撒泼。当然,"闹"主要也是为了引起爸爸妈妈的关注,期许能换来我们的妥协让步,目的还是想让我们实现你们的诉求。

亲爱的孩子,在你们人生的这个阶段,"哭"和"闹"是你们获得关注的主要法宝之一。你们还没有独立解决问题的能力,还不能客观理性地和爸爸妈妈进行沟通,只能寄希望于我们的帮助。

当然,解决你们的"哭闹"问题是爸爸妈妈教育你们立德树人的主要途径,也是我们的责任和义务。你们不只是我们生命的延续,也是我们精神的延续,塑造你们乐观向上、正直善良、独立自主的人格是我们的使命。你们要知道,有些问题,你们通过哭闹引来爸爸妈妈的帮助,最终得到解决,这时哭闹是有用的;有些问题,你们即使哭闹,爸爸妈妈也不能立即帮助你们解决。

亲爱的孩子,你们发现没有,"哭闹"的主动权虽然在你们,但是解决"哭闹"问题的主动权却不在你们手中。因此,"哭闹"不是什么时候都管用,更不是解决问题的良策。

记住，孩子，"哭闹"只是孩童解决问题的手段。一个人如果长大后还用"哭闹"来解决问题，只能说明这个人在心理上还没有长大。那时候你们面对的不再是爸爸妈妈，而是要面对不同的人和事，有的人很难缠，有的事很棘手。而且，相较于家庭和学校，人心也不好度量，无利益纷争时大家都一团和气，一旦有利益纷争的时候，有的人就会原形毕露，为达目的不择手段，突破底线，损人利己，做出令人不齿的事情。这时候，人际关系就会变得异常复杂，个人不仅需要有解决难题的能力，还要有很好的心理素质，因为成年人做事不能一味用强（闹），那样会把人际关系弄得很糟糕；也不能一味地示弱（哭），那样会让人觉得好欺负，让对方变本加厉。成年人的世界里，没有容易两个字，面对难题，很多时候都是一声不吭地把眼泪擦干，把委屈咽下，默默承受，独自前行，更无须"哭闹"。

当然，一个人长大后处理难题的方式与个人后天的学习经历息息相关。学习可以使人睿智、理性、有涵养、有温度、能忍耐。与人相比较，很多动物不需要经过漫长的学习和成人阶段，小牛在出生后很快就学会了行走，小马出生后很快就学会了奔跑，小鸟长大后也很快就学会了飞翔，但是终其一生，牛始终是牛，马始终是马，鸟也始终是鸟，它们始终脱离不了动物的范畴，不会思考，更没有选择的机会。人类与动物不同的是，人在人生的前20年甚至更长的时间都处在学习阶段，要学习各种各样的知识，武装自己的大脑，规范自己的行为，增长见识，练就本领，这是一个逐步摆脱"哭闹"，不断自我成长、自我完善的过程。

在这个过程中，人们通过系统学习，掌握了不同的专业技能，踏入社会历练，从事相应的职业，在岁月的磨砺中成长，有的人干出了一番不凡的事业，有的人则是度过了平凡的一生。其实，一个人优秀也好，平凡也罢，有时代的因素，也有个人的机缘，他的一生是自己努力和选择的结果，要记住，即使平凡，也大可不必羡慕别人和轻视自己，学会接纳自己的平凡也是一种积极的人生态度。

要知道，在父母面前"哭闹"，父母会给你们一份包容；在老师面前"哭闹"，老师会给你们一份宽容。爸爸妈妈希望你们好，是因为有割舍不断的血缘亲情；老师希望你们好，是因为他们不会嫉妒你们在学业上取得的点滴进步，不会限制打击你们学习的主动性和积极性，反而期望你们越来越优秀，虽说"名师出高徒"，可是高徒也出名师呀！

　　总之，"哭闹"不是解决问题的良方，成年人早已放弃了这种低级无效的方法。在成人的世界里，处理问题的方式有很多种，有大声表达，也有黯然的"静音"模式，更有无声无息悄悄离去。有时候，即使问题一时解决不了，宁肯选择把它暂时"冷冻"起来，缓一缓、等一等，把答案交给时间，让时间来解决一切，也绝不"哭闹"。因为"哭闹"只是一种负面情绪的宣泄，不是有效的沟通手段，于解决问题没有任何用处，也不能换来别人的同情，除了被人耻笑，还会被视作一种懦弱无能的表现。

爱你们的爸爸

2021 年 2 月 25 日

第43封信

要能与好书终身相伴

亲爱的孩子：

最近，爸爸发现哥哥在睡觉前总是喜欢看一会儿书，这是一个好的开始，希望你们兄弟俩能把阅读的好习惯坚持下去。好的书籍是人类智慧的结晶与进步的阶梯，是经过了实践检验的。阅读经典书籍，永远都不过时。

好书就像人生中的良师益友一样，在你们成长时，能帮助你们树立正确的人生观、价值观和世界观；在你们遇到困难时，能帮助你们解决难题；在你们迷茫时，能为你们指明前进方向。与好书相对应的，是一些平庸甚至"有毒"的书，最典型的莫过于"成功学"方面的书，它们看上去包装精美，但内容平平，缺乏严谨的逻辑论证，甚至错误百出，经不起"推敲"。爸爸妈妈会在你们成长的过程中，帮助你们把这些书籍甄别出来摒弃掉，不让它们毒害你们的思想，影响你们的判断，阻碍你们的成长。

当前，你们学习的主要内容是语文、数学、英语等科目的课本知识。亲爱的孩子，一个人的学习仅仅靠课堂上的这些知识是不够的，还需要积累大量的课外知识。如今的你们，比爸爸妈妈小时候幸运得多，需要什么书，爸爸妈妈几乎都能买给你们。我们在学生时代，只能从课堂上汲取知识，能阅读的课外书籍很少，获取知识的渠道单一，知识面窄，留下了不少遗憾。

随着时代的进步，学习课外知识，除了读书，还有很多其他途径。比如，可以通过电子产品听好多关于人体知识的奥秘；可以通过平板电脑下载各种App（手机软件）来学习新知识，开阔视野，增长见识。不过要切记，增长知识最好的途径还是读书，尤其是读经典著作，而且一定要完整地阅读才行。虽然电子产品能极大地提高学习效率，但电子产品也极易使人上瘾，同时它对眼睛的伤害也很大。

言归正传，读书一定要读经典，经典书籍是浩如烟海的书籍中的瑰宝。比如，《国富论》的儿童版，是爸爸的一位同学送给你们兄弟俩的礼物。爸爸感到好奇的是，哥哥在偶尔一次翻阅后，居然经常地翻看，虽然对书里面的内容还不甚理解。爸爸是在大学时期才接触到亚当·斯密的这本经典经济学著作，该书的出版标志着古典政治经济学理论体系的建立，这本书堪称西方经济学界的"圣经"。而且爸爸要很惭愧地对你们兄弟俩说，爸爸虽然买了《国富论》的原著，但是真的没有通读过这本书，只是对书中的经典概念，如"经济人假设""看不见的手"等理论熟悉些。你们在这么小的年龄就能知道《国富论》，并能通过图画内容知道"劳动分工可以提高劳动生产率"，已经非常不错了。须知经济学号称"社会科学的皇后"，一个人学一点懂一点经济学，学会运用经济学的思维去思考问题，对他将来学习的专业、从事的工作等都是大有裨益的。

亲爱的孩子，在人生前进的过程中，就好比给车加油增添动力一样，知识能给人增加力量和信心，而这很大程度上得益于好书的陪伴。一个人即使到了八十岁，只要能够坚持不断地读书，就是年轻的、充满生机的。当一个年轻人停止了读书，不可否认的是，他在精神层面上已经老去，只不过是日复一日机械重复地过日子而已。当你们孤独、迷茫时，处于人生低谷时，静下心来读书，你们会发现人生中所有难题的答案几乎都能在书中找到。你们更要通过读书来反思自己的言行是否得当，正视不足，改正错误，鼓舞精神，重整行囊再出发。

读书对内可以解决好自我的心灵秩序，与自己相处好；对外可以解决好与人相处的社会秩序，与别人相处好。爸爸曾有一段思想上的困顿期，外在的压力无以复加，思想负担很重，感觉无路可走，整个世界都是灰色的，妈妈的劝说也无济于事。后来，之所以没有被"垃圾人"击倒，没有被不断的"否定"击垮，没有在精神上缴械投降，能看透"垃圾人"的险恶用心和卑鄙伎俩，就是得益于坚持读书的好习惯。爸爸通过读王蒙老师的《我的人生哲学》《中国天机》《红楼启示录》，十年砍柴的《闲看水浒》《闲话红楼：大观园的后门通梁山》，以及王鼎钧老师的"人生四书"，许纪霖老师的《脉动中国》，徐贲老师的《批判性思维的认知与伦理》《阅读经典》《经典之外的阅读》《人文的互联网》等著作，洞悉了规律，看穿了人性，解开了心结，没有被困难压垮。

因祸得福的是，经历过这些"苦难"，通过不断地读书学习，爸爸的内心越来越强大，心脏有规律地一张一缩，舒缓而有力量，人也越来越自信，步伐越来越轻盈从容。

迄今，爸爸唯一的爱好就是买书、读书、藏书、分享书给好友。在书中，爸爸读懂了自己，看清了世人，了解了万象，找到了快乐，摆脱了烦恼，把握了规律，也渐渐明白，人很多时候都是在和自己作斗争，是自己观念的"囚徒"，幸福与否、快乐与否都与别人无关，只与自己的内心有关。人生中的很多事情，没有想象中那么好，也绝没有那么糟糕。当你不奢望时，就不会失望；当你放下执念，自己就是强大的、不可战胜的。

孩子，事非经过不知难，知其难才要读好书，读好书才能破其难。好书就是你们人生中的灯塔，是加油站、是驻足处、是瞭望台，是一杯足以聊慰风尘的浓香咖啡。开卷有益，读书能让人终身受益、精神富有、自信自强、步伐铿锵。愿好书与你们终身相伴，希望你们与书做一辈子的好朋友。

爱你们的爸爸
2021 年 3 月 2 日

第44封信
历史是一条长长的河流

亲爱的孩子：

最近，妈妈总是催我把中国历史朝代的顺序脉络给你们讲一下，原因是哥哥对我们国家的历史朝代开始感兴趣了，张口闭口就是唐宋元明清。

兴趣是好好学习的起点。今天，爸爸就把这首耳熟能详的《中国历史朝代歌》送给你们。

> 三皇五帝始，尧舜禹相传。
>
> 夏商与西周，东周分两段。
>
> 春秋和战国，一统秦两汉。
>
> 三分魏蜀吴，两晋前后延。
>
> 南北朝并立，隋唐五代传。
>
> 宋元明清后，皇朝至此完。

人类历史上的文明起源几乎都有大江大河相伴，就像我们国家的黄河、长江是中华民族的母亲河一样。

历史就像一条长长的大河，不断有其他河流汇入，时而湍急，时而平缓；时而清澈，时而浑浊；时而磅礴大气，时而奄奄一息；时而千回百转，时而奔流向前。这像极了历史周期中的发轫兴起、兴盛转折、衰落灭亡、革故鼎新。正所谓"千古兴亡多少事？悠悠。不尽长江滚滚流"（辛弃疾《南乡子·登京口北固亭有怀》）。

这也充分说明，历史潮流，浩浩荡荡；顺之者昌，逆之者亡。任何逆历史潮流而动的人，都不会有好下场，终将被扔进废纸堆里，遭人唾弃。在历史面前，每个人都很渺小，要时刻保持谦虚、低调才行。古今中外，概莫能外的是，凡是想逃脱历史规律惩罚的英雄人物，无一不被滚滚的历史洪流所吞噬。由此可以看出，历史的演进不是一条直线，而是在曲折中前进，在前进中徘徊，甚至在特定时期会出现较大的反复和倒退。

我国与西方国家历史的不同之处在于，自秦以降，中国历经"周秦之变"，形成了大一统的中央集权国家，且呈现出专制集权不断强化的趋势。其间，中央王朝更替频仍，农民起义多，异族入侵多，外戚宦官擅权多，这也是王朝灭亡的原因。

历史的吊诡之处恰恰在于，人们学习历史的目的在于以史为鉴，却又无法正确汲取历史教训，最后还是被历史无情地嘲弄。就像一个人知道别人患绝症后，能理智地知道他命不久矣，但当自己得了同样的疾病，又总幻想着有奇迹的发生，觉得总有方法能治好，于是中医中药、各种偏方，甚至求神问卜统统用上。美国著名学者杜兰特在《历史的教训》一书中讲到，人类历史只是宇宙中的一瞬间，而历史的第一个教训就是要学会谦逊。而人类恰恰是容易骄傲且不脸红的。

历史学习主要有以下四个层面：第一层面是历史年代和所发生的事件，这是浅显的认知，仅仅知道"是什么"；第二层面是历史事件背后蕴含的意义，这是理性的认知，知道"为什么"；第三层面是从这一连串看似杂乱无章的事件背后找出可遵循的规律，这是"形而上"的层面；第四层面也是最高层面，是基于昨天的历史对今天和未来人类的发展提供有益的借鉴和启迪，最好能使人避免之前犯过的错误，这叫"往者不可谏，来者犹可追"，这是"道"的层面，是人性，是规律，是大势，是吐故纳新，是万事万物的新陈代谢。

孩子，历史学习是一个循序渐进的过程，有的人终其一生只能在历史学习的第一层面上打转，还弄不清楚所以然来；有的人在第二层面上对同一事件的认知千奇百怪，并不"客观理性"，这也充分说明了树立正确的人生观、价值观和世界观的重要性。爸爸妈妈能为你们创造的，就是一个能帮助你们独立、自主、乐观、向上成长的环境。"望子成龙"固然好，但我们更倾向于"望子成人"，希望你们凡事有自己的判断和独立的思考。

你们目前还不需要对历史理解得那么深刻，只需要知道很多历史事实即可，并且还可以通过学习"小窍门"来熟练掌握它们。比如，关于历史年代的记忆，公元960年"陈桥兵变"发生，这一年也是北宋建立的元年。众所周知，我国陆地面积是960万平方千米，这两个数字恰巧一致，很容易就能牢牢记住两个知识点。再如，中国近代史的开端是第一次鸦片战争爆发的1840年，当我们把"0"去掉后，就变成了公元184年，这是东汉末年黄巾大起义爆发的时间；如果把"1"后移，加上"公元前"，就变成了公元前841年，这一年爆发了"国人暴动"，这是中国历史上准确纪年的开始。

亲爱的孩子，这只是学习历史的一些小技巧和方法，在你们今后的学习中，爸爸还会给你们讲到其他的很多方法。当然，爸爸要重点给你们讲某一历史事件的来龙去脉，而不单单是那一年发生了什么。你们在课本上接触的历史学习方法只是众多认知方法中的一种。

以前，爸爸还怕给你们讲多了"误导"你们，其实是爸爸想多了，建立在多种知识和方法体系上的多元化学习，不仅不会误导你们，反而会帮助你们打开思想上的枷锁，使你们不为自己的思考设限，敢于质疑、勇于反问，养成批判性思维，提升自己的认知水平，形成独立思考判断的能力。比如，根据生产关系的性质，可把社会普遍划分为原始社会、奴隶社会、封建社会、资本主义社会和共产主义社会（社会主义是其初级阶段）。但中国自秦以来形成了"大一统"的中央集权制度，欧洲却是"四分五裂"的封建制（明治维新前的日本与欧洲有些类似，也与中国的春秋战国时期相像），这也是中国与西方政治体制的主要差异之一。正如《三国演义》第一回第一句话："话说天下大势，分久必合，合久必分。"自古以来，在中国人的心目中，国家统一是常态，分裂是"变态"，也不得人心。也正是这种不同，在欧洲孕育出了"三权分立"的资本主义制度，而传统中国一直是王朝的"自循环"，在专制集权的道路上不断强化，直到西方列强入侵。

孩子，记住，历史可不是一个任由人打扮的小姑娘，你们学习历史的时候，要能还原史实，减少偏见，正本清源，学史明鉴，在历史学习中增长智慧，启迪人生，用前人的经验和教训，明晰昨天的路，照亮当下的路，走好未来的路！

爱你们的爸爸

2021 年 3 月 10 日

第45封信
生命的意义在于价值交换

亲爱的孩子：

新春伊始，万物复苏，很多树木长出了嫩芽，大自然一片生机勃勃的样子。每年的这个时候，爸爸妈妈都会带着你们一起去郊外踏青，那里树也青青、草也青青、河水也清清。在空气清新和氧气充足的环境里，你们可以自由地呼吸，欢快地蹦来跳去，与大自然来一个零距离的大大拥抱。

春天来了，树木要生长，花朵要盛开，植物要进行光合作用，它们吸入二氧化碳，呼出氧气，而人类则是吸入氧气，呼出二氧化碳。通过这些交换活动，人类与大自然构筑了一个巨大的动态生态链，互相交换能量，保持一个动态的平衡。这真是奇妙的大自然呀，你们说神奇不神奇？

亲爱的孩子，你们知道吗？作为生命个体的人类，就生活在这样一个无时无刻不与外界发生着物质和能量交换的环境中。比如，我们每天都要呼吸、喝水、吃饭，从外界取得生活必需物质，通过物理、化学作用把这些物质变成个人的有机组成部分，供人生长、发育，同时产生能量维持生命活动，并把废物排出体外，这个过程就是新陈代谢。新陈代谢一旦停止，人的生命也随之结束。

这就是今天爸爸要和你们谈的话题：生命的意义到底是什么？有人说生命的意义在于奉献，有人说生命的意义在于奋斗，有人说生命的意义在于创造价值，这些观点都没有错，只不过是立论的角度不同而已。

在人类社会中，一个人从一出生就时时刻刻与外界发生着交换活动。在个人没有自主能力之前，是被动地与外界发生着交换。比如，你们的吃穿住行都要靠爸爸妈妈的照顾才行。再如，你们喜欢吃的冰激凌，需要爸爸妈妈用钱来购买。当你们能主动地与外界发生交换活动时，说明你们已经长大成人，可以用自己赚来的"银子"自主购买冰激凌了。

交换活动伴随着每个人的一生，是个人创造价值，并得到外界认可，进行交换的过程。人类社会就是由千千万万个人的交换活动构成的，小到一个群体、一个单位，大到一个行业、一个社会与国家，甚至国与国之间的交换活动都是如此。

通俗地讲，爸爸妈妈给你们提供尽可能好的生活学习条件，让你们健康成长，让你们学习知识，是为了让你们成长为一个对社会有用的人，能够为社会创造价值。交换的好处在于，你要想取得好的成绩就要好好学习，要想有好的身体就要加强锻炼，要想与人为善就要善待别人。我们生活的世界永远是双向乃至多维的，单纯的索取和付出都不足取，也不能长久。

孩子，一个人仅仅能够创造价值还远远不够，他所创造的价值要对社会有用有益且能够交换才行。因为个人创造的价值如果"无用"，那就是无意义的，不能与外界发生交换，就相当于人的新陈代谢已经停止，个体生命也就不复存在。因此，爸爸认为生命的意义不只是创造价值，还在于能交换价值，用著名物理学家薛定谔的话说就是"人活着就是在对抗熵增定律"，也就是物理学中讲的"负熵"。熵是代表一个系统混乱程度的数值，系统越无序，熵就越大；熵增大到一定程度，系统就越混乱，与外界的交流也将终止，类似于新陈代谢的停止，从而处于"热寂"状态。因此，不只是针对个人而言，对于一个组织乃至国家而言，对抗熵增定律都至关重要，封闭只意味着落后和愚昧，开放才能带来繁荣和自信，交流才能互通有无、合作共赢，才能保证从"热寂"走向"负熵"，保持个人、组织乃至国家进行新陈代谢的活力，呈现出一派欣欣向荣的气象。

《近代中国社会的新陈代谢》是陈旭麓先生的一本著作，他以人体的新陈代谢为例，运用整体史观，生动展现了自 1840 年以来，中国近代社会经济政治结构的变革历程和城乡基层组织的嬗变过程。西方列强入侵之后，我国的国门被打开，从封闭到开放，再到西风东渐，欧风美雨对中国社会的新陈代谢产生了深刻的影响。当前，开放与封闭代表两个方向，各是一个单向的自强化过程，具有典型的"路径依赖"特征，越开放越自信越繁荣，越封闭越落后越愚昧，国家如此，个人也不例外。

亲爱的孩子，既然生命的意义在于价值交换，那你们就要通过努力赋予它价值。每个人都会走出不一样的人生，这当中有个人努力的因素，有环境的因素，有时代的因素，是综合因素叠加的结果，但无论如何，自身的努力必不可少。正如同样的碳分子，结构不同，有的成了钻石，大多数则变成了石墨。当然，钻石和石墨也都有自身存在的价值，只不过用处不同罢了。俗话说："物以稀为贵。"钻石稀少且能制作成精美的饰品，其交换价值远远高于石墨。

人生也是如此，一个人能够创造的可交换价值越大，代表着他将来取得的成就可能越高，对社会的贡献也就越多。从这个层面来说，"生命的意义在于努力""生命的意义在于奉献"的观点都正确。你们要想成为一个能创造价值的人，就要好好学习，掌握知识，增长技能，不断用新思想充盈自己的大脑，最终在社会上找到自己的位置，变成一个对社会有用的人。

记住，孩子，让自己变得有用，是一个永不过时的话题。求人不如求己，靠山山会倒，靠人人会跑，靠谁都没用，唯有靠自己。

爱你们的爸爸
2021 年 3 月 17 日

第46封信

那些课堂以外的常识

亲爱的孩子：

爸爸每次下班回家，听到最多的就是哥哥数学考了多少分，语文又考了多少分。考试成绩是用来检验你们这一段时间课堂知识的学习效果的。当你们发现某一道题做错或不会做的时候，就要通过复习来查漏补缺。对于知识而言，考试只是手段，学会才是目的，应用才是根本。

一个人从小到大，从小学到中学再到大学，掌握知识的主要途径就是课堂学习，课堂学习为大多数中国儿童提供了一个类似标准化、流程化的学习过程。值得回味的是，在这种类似标准化的学习过程中，人与人之间的学习成绩是有差别的，品格是有高低的，这说明了学校的知识学习，只是为你们的成长提供了一种模式、一种可能，至于将来个人成长为什么样子，从事工程师、教师、律师还是其他职业，并不完全是你在学校的学习成绩能决定的。这也说明仅仅依靠课堂知识是不够的，是有盲区的，有很多道理课堂上是学不到的。还有一点你们需要明白，在学习的过程中，个人的道德品格与学习成绩关系不大，一个人的成绩好并不能代表他道德高尚，反之亦然。将来一个人走上工作岗位后，对社会是有益的还是有害的，与学习成绩没有直接关系，而与他的世界观和价值观以及道德水准息息相关。

现实中，我们也经常发现，有些成绩很优秀的学生有可能会做出一些令人咋舌的事情来。比如，稍微遇到一点挫折就寻死觅活，遇事不如意不是先求诸己，而是一味地埋怨别人，这些性格上的缺陷不是通过课堂学习能够弥补的。这些情况说明，成绩的优秀只是人生的一个方面，单单靠书本知识并不能解决你们人生中遇到的所有难题，在课堂知识之外还有一种力量的存在，需要你们去学习、去认知、去掌握，而这种力量更多的时候表现为一种常识。

常识的重要性自不待言。比如，在通过十字路口的时候，红灯停、绿灯行、黄灯亮了等一等，这是需要遵守的交通规则常识，但生活中总是有人违反交通规则，他们不是不知道这些常识，而是觉得无所谓、危害不大，但现实却是很多交通事故就是因违反交通规则而发生的。还有你们在课堂上学习唱歌的时候声音越嘹亮越好，而在夜深人静的时候唱歌就可能会影响到邻居，反而会变成不文明的行为。再如，课堂上老师教导你们要讲真话，但是在现实中什么时候可以讲真话，什么时候不能讲真话，课本上并没有告诉你们，有时候讲真话是很伤人的，这说明讲话的场景和环境很重要。要记住的一点是，人生中大多数时候，可以不讲真话，但不能违心地撒谎欺骗别人，保持沉默是一种态度，也是一种选择。

与课堂知识相比，常识同样重要，也无处不在，它可能来自人的自觉行为，来自家庭的环境氛围，来自老师的言传身教，或者来自生活中的观察思考。比如，礼貌常识、交通常识、用电常识、防火常识、逃生自救常识、文学常识、历史常识、政治常识、地理常识等。

现实中，常识不需要通过"表现"来强化人们的记忆。比如，小区门口两边的门面房，大家都知道租来开店可以赚钱，但是具体开什么店可以赚钱却需要常识的判断，通常，文具店、五金店各有一个就够了，饮食类的店面可以一个挨一个，如果反过来的话，那就赚不到钱了，这些常识就是没有多少知识的人也都知道。

孩子，不要小瞧这些不起眼的常识，它能让人明辨是非，区别善良与丑陋，不被表面的假象所迷惑，知道不是什么事情都可以去做。

现实中，有很多人穷其一生也弄不清楚某一些方面的常识，可悲的是还沾沾自喜，自以为是，看似聪明，其实只不过是聪明的蠢人而已。

孩子，了解常识，遵守常识并不难，就是要在大脑中多填充有益的知识，树立正确的人生观、世界观和价值观。比如，要好好学习，尊重规律，遵守规则，做事符合逻辑，分析事情符合常规等。

要与常识做好朋友，因为它无处不在，无时不在。常识是一种安静的存在，就像闪烁的红绿灯，静静地矗立在那里观察着每一个路过的行人和车辆，有的人因为遵守它而受益，有的人则因为违背它而付出惨痛的代价，悔恨终身。比如，大家都知道酒后驾驶是明令禁止的这一常识，喝酒不开车，开车不喝酒。

然而，现实中总有人抱有侥幸心理，觉得喝一点没事儿，以身试法，结果是轻则被抓并暂扣驾照，重则害人害己，受到法律的严惩。

在这里，还有一种情形存在，就是有些常识也并不总是可靠。徐贲先生在《批判性思维的认知与伦理》一书中讲了这样一个故事：传说一位印度大臣发明了国际象棋，国王决定重赏他。他说："我只要你在我的棋盘上赏一些麦子就行了。在棋盘的第 1 个格子里放 1 粒，在第 2 个格子里放 2 粒，在第 3 个格子里放 4 粒，在第 4 个格子里放 8 粒，依此类推，以后每一个格子都是前一个格子里麦粒数的 2 倍，直到第 64 个格子。"国王想不过是几粒麦子，就同意了。计数麦粒开始后，还没有到第 20 格，一袋麦子已经空了，一袋又一袋的麦子被扛到国王面前来。国王很快就看出，即便拿出全国的粮食，也兑现不了他的诺言。原来，要想填满棋盘，所需麦子数量巨大，如果造一个仓库来放这些麦子，仓库高 4 米，宽 10 米，仓库的长度等于地球到太阳的距离的两倍。全世界要约 2000 年才能生产出这么多的麦子。这说明，非常小的框架可以提供简单明了的常识规则，但它阻碍了我们看大图画的能力，人生中有许多事情是直觉和常识无法把握的，许多认知偏误都是由不当依赖直觉和常识造成的，这就需要你们养成批判性思维，通过终身学习来化解。

亲爱的孩子，今后，爸爸妈妈会与你们一起学习常识、掌握常识、运用常识，并坚持不断学习，增加看大图画的视野，把所学的常识积极转化为自身能量，从而变得睿智强大。

爱你们的爸爸

2021 年 3 月 26 日

第47封信

爸爸，哥哥又犯错了

亲爱的孩子：

哥哥在上小学以后，较之幼儿园已经取得了很大进步，虽然还有做题时不够细心、上课时不能完全专心听讲的小毛病，但这都是孩子的天性，是学习成长中不可避免的，只要你们在日后的学习中能养成好的习惯，这些问题就可以化解。

每每爸爸妈妈看到你们兄弟俩的点滴进步，内心都非常高兴。人并非生而知之，日有所学，周有所进，月有所精，假以时日，终能学有所成。

有时候，爸爸真是佩服你们的妈妈，同样要上班工作，妈妈还能兼顾管好你们的吃穿住行，接你们上下学，给你们辅导作业，陪你们做游戏玩乐等。所以，家里最辛苦的就是你们的妈妈，等你们长大后，一定要好好地回报妈妈。

平日里，妈妈在辅导哥哥做作业的时候，难免会严格要求哥哥，当哥哥做不到或者做不好的时候，弟弟就会幸灾乐祸地看着哥哥犯错。有时候，爸爸下班回家，刚刚进入家门，弟弟就会跑到我的面前说："爸爸，哥哥又犯错了。"

亲爱的孩子，每个人都是在不断地"纠错"中成长的，就像一棵小树苗，总得把身上的枝杈修剪掉，才能成长为一棵笔直的参天大树，才能不误入歧途，才能成为社会的有用之才。

爸爸非常感兴趣的倒不是"哥哥又犯错了"的这一事实，而是弟弟这种不自觉的无意识的"打小报告"行为。我想弟弟这样做是不是基于以下三点：一是弟弟急切地想要告诉爸爸，是哥哥犯错了而不是他自己，要撇清责任；二是自己没有犯错，比哥哥做得好，是好样的；三是有一种邀宠的心理在内，把哥哥的真实表现第一时间告诉爸爸，让爸爸知道哥哥真实的学习状况，显得自己很贴心。

亲爱的孩子，不管出于哪一种心理，"打小报告"都不能算是一种好的行为。一是因为我们看到的情况可能不是事实，"小报告"会造成信息传递的失真；二是因为在我们不明事实真相的情况下，"小报告"有可能使事情变得更糟糕。

　　"打小报告"在孩童时期可以说是一种幼稚可爱的行为，是属于"弱者"的专利，哥哥就很少打弟弟的"小报告"，因为哥哥感到不公时，一般会揍弟弟一顿，然后弟弟就会又哭鼻子，用"打小报告"的方式来寻求公平。

　　孩子，这个世界上没有绝对的公平，它只是相对存在的。人生最大的公平是规则和机会意义上的平等，而不是起点和结果意义上的平等。因为很多人的起点是不一样的，有的人一出生就有的东西可能是很多人奋斗一辈子也得不到的。如果一味追求结果上的平等，那么就忽略了每个人能力的不同，这种公平对于强者而言是一种浪费，对弱者而言则是一种奢侈。比如，"篮球之神"迈克尔·乔丹的薪资水平比其他球员高出一大截，这是由其球技和商业价值决定的，如果一味追求对所有球员公平，对他而言又是不公平的。话又说回来，资本是逐利的，老板能开出那么高的工资给乔丹，绝不是出于好心，更不是为了做慈善，而是为了赚到更多的钱。

　　因此，你们要想得到公平，只能把自己变成强者，绝不能"打小报告"。殊不知公平从来不是靠"打小报告"得来的，因为这样的行为并不能使自己变得强大，反而显得行为不那么光明磊落。

　　在中国历史上的某些时期，当权者出于统治需要，为了巩固自己的权力地位，往往通过鼓励下属告密，互相检举揭发来制造社会恐惧，从而达到不可告人的目的。比如，武则天在当政期间，就采用了这种方式来加强统治，酷吏来俊臣就是通过"告密"升迁的，成语"请君入瓮"就是来俊臣对付另一个酷吏周兴时流传下来的，不过这些酷吏的下场也都很悲惨，来俊臣最后也被以"其人之道还治其人之身"，被人检举揭发，落了个身首异处的下场。所以，辱人者人恒辱之，害人者终将害己，报应不爽，天道循环。来俊臣身死还有一个重要的原因，就是武则天使用酷吏的目的已经达成，他已无利用价值，加之民愤极大，正好拿他做"挡箭牌"。因此，做人还是要能坚守住底线，与人为善，这样做最大的好处就是避免树敌太多，最大程度上保护好自己。

　　孩子，那么如何才能避免被"小报告"伤害呢？

　　第一，做好自己。要养成良好的品行和习惯，尊重别人，有礼貌，有爱心，懂分享。当然这与父母、老师们的言传身教有很大关系，在这方面我们会和老师加强沟通，助力你们健康成长。"小报告"有害无益，在该学习的年龄，你们要把主要精力用在学习上，不要在乎闲言碎语，更不可浪费青春，扎扎实实打好学业的基础，走好人生的第一步。当有人打你"小报告"的时候，大概率说明你已经比别人优秀很多，与其把心思放在琢磨别人身上，还不如用心提升自己。"欲为大树，莫与草争"，当一棵大树高耸入云时，它自然就听不到草的杂音了。

第二，谨言慎行。人要用很久的时间才能学会说话，却要在一辈子中学会闭嘴。《礼记》中讲："水深则流缓，人贵则语迟。"意思是说，水越深，水流的速度反而越平缓，有水平、有涵养的人说话语速是缓慢的，也是不急不躁、不愠不火的。在很多事情不明就里的情况下，多说不如少说，少说不如不说。凡事多听听多看看，多思考一下，说话的语速慢一些，你就会发现好处总是多于坏处的。俗话说："天下本无事，庸人自扰之。"很多人喜欢道听途说，散播谣言，唯恐天下不乱，少说话就能减少甚至不给好事者搬弄是非的机会。

第三，胸襟开阔。人的成长不可能一帆风顺，在前进的旅程中，当遇到不怀好意的人诋毁自己时，大可不必在意，即使承受了很大的委屈，也要咬牙坚持，要借机磨炼自己的性格，要能负重前行、永不言败、永不言弃。永远记住，孩子，一个连"小报告"都背不起的人，是永远不可能长大成熟的，也无法承担重任，更不能奔赴远方，成功只会离他越来越远，失败也总是如影随行。

爱你们的爸爸

2021 年 3 月 30 日

第48封信
要有开放包容的积极心态

亲爱的孩子：

今天是4月1号，愚人节，虽然它不是西方的一个法定节日，但是在这一天人们会以各种方式互相捉弄，往往在玩笑的最后才揭穿并宣告捉弄对象为"愚人"，当然这种玩笑极少包含实质恶意。爸爸小时候上学时，就曾经和同学们在这一天把小扫帚放在教室门的上沿，当老师推门进来的时候，就会被砸到，这时，老师和同学们都会心地一笑，教室里也充满了欢乐的氛围。其实，除了哈哈一笑，愚人节的真实含义是警示人们要对人世间的愚蠢行为保持足够的警惕，它不是一个让人上当受骗的日子，而是一个提醒人们不要轻易相信他人，否则就会上当受骗的日子。

亲爱的孩子，西方的节日还有很多，它们都不同程度地融入我们的生活当中，这是中西方文明交流的结果，就像我们国家的传统节日——春节在西方也有一定的影响力一样，许多国家的政要都会在大年初一这一天向我国致以新春的祝福。

亲爱的孩子，地球很古老，在这个星球上产生过很多物种，但由于气候等原因大都消亡了，比如恐龙、猛犸象等。人类从产生到今天，这期间也产生了许多文明，然而遗憾的是，随着时间的流逝，受战争、瘟疫、贸易等影响，有的文明发展壮大了，有的文明消失了，有的文明则被同化，与其他文明融合成了新的文明。

当今世界主要有三大文明，分别是西方现代文明、伊斯兰文明和中华文明（关于文明，不同的学者有不同的划分。美国政治学者萨缪尔·亨廷顿认为，冷战后的全球政治格局形成多极化，是由7个或8个主要文明构成的，分别是西方文明、中华文明、印度文明、日本文明、伊斯兰文明、东正教文明、拉美文明和可能的非洲文明）。其中以西方现代文明最为强势，全球化趋势势不可当，世界各国都深受其影响，社会发生了深刻变革。毋庸讳言，这些文明都为人类社会的进步和发展作出了积极贡献，这些文明不是互相隔离的，而是相互影响和渗透的。当然，各大文明的交流融合也会引发碰撞冲突，很多学者认为当今世界很多纷争的根源仍是"文明的冲突"。不过从历史的长河中看，文明之间的交流融合是主流，碰撞冲突是支流，它们在不断的碰撞和交流中取长补短，融合发展，共同进步。

以我们中华文明为例，它是世界上最古老且从未间断过的文明之一，不断吸收外来文明的精华，不断融合创新。比如，目前生活在中原地区的我们，也不是纯正的土著民。传统的说法是，我们的先辈是从山西洪洞县大槐树下迁徙过来的，最显著的标志就是双脚的小拇指趾甲是分开的两瓣。再如，佛教在两汉时期传到我国，后来在中华大地发展壮大，形成了不同的宗派，并经消化吸收中华文化形成了中国特有的"禅宗文化"。我们平常说的"阿弥陀佛""口头禅""野狐禅""有缘千里来相会""无名之火""放下屠刀，立地成佛""苦海无边，回头是岸"等，都是从佛教用语中得来的，这些语言已经深深地融入我们的生活，在日常交流中经常被使用。

我们现在吃的葡萄、西红柿、玉米、红薯、土豆等食物，也都是舶来品，是文明交流的结果。在我们的语言中也经常可以见到一些外来词语。比如，你们知道的沙发、摩登、坦克、手榴弹、迫击炮、自行车、汽车等词语，都是在西方文明传进来之后才有的词汇。而在今天，它们都被我们广泛接受，并成为我们生活中的一部分。

后来，海洋文明兴起，很多外来新物品不再通过西部的陆上丝绸之路传入，而是通过海路运输，故而这些舶来品也大都带上了"洋"字。比如，"洋葱""洋油""洋枪""洋炮""洋车"等。近代以来，我们的国门被打开后，东西方交流加速，很多新兴的词汇被引入，转化为我们语言的一部分。

今天爸爸给你们讲这些逸事，是想告诉你们，大到一个国家和民族，小到我们个人，拥有一个开放包容的心态都是非常重要的。我国历史上那些强大的朝代，如汉朝、唐朝（号称"强汉盛唐"），都是开放的、包容的、自信的。我们所处的时代，也是开放包容的，而且是越开放越发展，越发展越自信，越自信越从容。就像你们喜欢看的动画片不只有《黑猫警长》《葫芦兄弟》《熊出没》《喜羊羊与灰太狼》等国产动画片，还有《猫和老鼠》《小猪佩奇》《汪汪队立大功》《奥特曼》等优秀的外国动画片。

孩子，你们成长在一个信息大爆炸的时代，这是你们的幸运，也是你们面临的挑战。一方面，你们学习知识的方法更多样、速度更快；另一方面，你们时刻被各种各样的信息围绕，它们有些是真实的，有些则是虚假的，还有一些是半真半假的。你们首先要能分辨信息的真伪与对错，其次还要保证不被虚假的信息裹挟。比如，因某一事件而去盲目地抵制和排斥一些外国的产品，这本身就是不理智的行为，因为那些信息本身可能就是虚假的或带有导向性的。从这个方面讲，能否对事情具有理性的认识、理智的行为，也显示出个人是否具备开放包容的积极心态。

一个具有开放包容心态的人，能从别人身上看到优点，能正视自己的不足，他的内心是阳光的，是自信的，是充满力量的，是积极向上的。相对而言，一个封闭狭隘的人，只会看到别人的不是，从不在自己身上找原因，他的内心是阴暗的，是颓废的，是萎靡不振的，是消极无趣的，是充满嫉妒的。

孩子，开放包容的心态有助于你们健康成长，有助于你们学人所长，有助于培养你们公平竞争的气度和坚韧不拔的品格，告诉你们要想有所收获就要辛勤付出，别人的成功不都是偶然的，失败也不是理所当然的。

爱你们的爸爸

2021 年 4 月 1 日

第49封信
学历不只是一纸证明

亲爱的孩子：

今天是爸爸的母校厦门大学建校 100 周年的校庆日，在那里我度过了人生中最美好的三年硕士时光。

前段时间，爸爸给你们兄弟俩买了带有复旦大学和厦门大学徽标的两块怀表。妈妈毕业于复旦大学，复旦大学的校训是"博学而笃志，切问而近思"；爸爸毕业于厦门大学，厦门大学的校训是"自强不息，止于至善"。爸爸也真心希望你们将来一个能够考上复旦大学，一个能够考上厦门大学，因为它们都是我们国家非常优秀的重点大学。当然，这只是一个美好的愿望，至于能不能实现，还要看你们兄弟俩的天分和努力程度。顺便告诉你们一个小秘密，爸爸小时候最心仪的大学其实是复旦大学，后来与你们的妈妈走在了一起，作为复旦大学非著名校友的家属，也算是和复旦大学挂上了边，真是"东边不亮西边亮"，看来缘分这东西真是奇妙。

爸爸和妈妈都来自农村，能有今天的工作平台，完全是因为我们好好读书，拿到了能敲开相应工作大门的重要证明——学历。毋庸讳言，学历很重要，本科也好，硕士、博士也罢，它们存在的意义首先是个人的学业证明，能赋予个人不同的人生起点，不管承认与否，某些职业的大门永远只向符合特定学历要求的人群敞开。

当前，上一所普通大学不算难事，但要上一所重点大学却非易事，它需要付出相当大的努力，还要加上天分才可以。即使同样是本科、硕士和博士学历，不同学校的毕业生所拿文凭的含金量也不一样。就像爸爸小时候看的动画片《圣斗士星矢》，同样都是圣斗士，不同等级的圣斗士却有着不同的战斗力，黄金圣斗士的战斗力比白银圣斗士、青铜圣斗士高，级别越高战斗力就越强，抗击打能力就更好，也更受欢迎。

在知识化、信息化的社会大潮中，社会竞争越来越激烈，学历显得尤其重要，它不只是一纸简单的证明，在它背后浸透的是个人多年学习的辛勤和汗水，体现的是学习能力和专业技能。人的能力有很多种，最重要且必须要掌握的有两种：一是生存能力，二是学习能力。前者能保证个人活下来，后者可以让人活得更好、更充实、更有益。关于这个话题，爸爸计划在后面的信中专门给你们讲。

孩子，一个人拥有良好的学习能力是非常重要的。一般来说，学习能力强的孩子在学业上取得好成绩的概率就大，相应地取得不错学历的可能性就大。更为重要的是，它能保证个人不断前进，不断学习新的知识，不断接纳新鲜事物，不会故步自封，不会因循守旧，个人在精神上是积极向上的，是充满阳光力量的，是永不衰退的。

学习能力的培养中，非常重要的一项就是"再学习"能力的培养。书本知识不能直接给你们解决问题的答案，但是可以教给你们思路和方法。现实中，很多看似纷繁芜杂的事务，解决它的原理和路径却是相通的。比如，爸爸刚到医院工作时，连内科和外科怎么区分都不知道，后来才知道内科的法宝是"听诊器"，外科是"一把刀"的天下。再如，爸爸刚开始写年度工作总结的时候，也是"丈二和尚摸不着头脑"，后来通过学习上一年度的工作总结，参考其他单位的总结模板，比葫芦画瓢，居然搭建起了不错的框架，写得还有模有样。所以，人们常说"天下文章一大抄"，其实关键是下半句"看你会抄不会抄"，重点不在"抄"，而在于灵感的借鉴，就像卤水点豆腐一样，"点"的那一下特别关键。这种"再学习"的能力，就是你们在平常的学习积累中需要重点培养的技能，而不是死读书、读死书，要活学活用，活到老学到老。

学历能抬高个人的人生起点，但你将来能达到什么样的人生高度，起决定作用的不只是高学历，而是这背后凝结的思想、形成的思维、汇聚的行动，加之时代机遇带来的综合结果。正如前面提到的圣斗士一样，金光闪闪的黄金圣斗士的战斗力并非一直都是最强的，青铜圣斗士星矢、瞬、紫龙、冰河、一辉等人，在勇闯黄金十二宫拯救雅典娜的时候，通过悟到小宇宙当中的第六感觉，分别战胜过看似强大无比的黄金圣斗士。这充分说明，高学历只意味着好的起点，并不代表后面一定就会成功，最终决定人生深度和高度的还是个人所处的时代和拥有的能力。

　　亲爱的孩子，爸爸妈妈会通过言传身教培养你们良好的学习能力，这也是你们一生取之不竭、用之不尽的宝贵财富。你们不要小瞧学习能力的培养，有的人穷其一生都没有培养好它，有些人在人生某一个阶段停止了学习，过早地封闭了自己的大脑，拒绝思考，只是在日复一日地机械地过着重复的生活！

　　学习的人最幸福，即使到八十多岁，依然是一棵常青树；不学习的人最可怜，虽然才二十多岁，生命就已枯萎凋零。

爱你们的爸爸

2021 年 4 月 6 日

第50封信

尊重别人就是尊重自己

亲爱的孩子：

每天早上上学，你们见到老师就会说："老师，早上好！"老师也会友好地回应："同学们，早上好！"美好的一天就这样开始了。

在日常生活中，当你们得到别人帮助的时候，要记得说一声"谢谢"；当不小心碰到别人的时候，要说一声"对不起"；当有求于别人的时候，话语中要带个"请"字。须知有礼貌是评判好孩子的重要标准之一，也体现了一个人的修养和素质。有礼貌的小孩子之所以受到大家喜欢，是因为他们能够尊重别人，在尊重别人的同时，他们也会得到别人的尊重。俗话说的"人敬我一尺，我敬人一丈"就是互相尊重的表现。

今天，爸爸给你们谈的话题就是，尊重别人就是尊重自己。儒家思想中，"仁"的核心理念之一就是"己所不欲，勿施于人"。这句话说明了日常处理人际关系的重要原则。倘若是自己不喜欢或者不愿意做的事情，也不要硬推给别人，因为别人可能也不喜欢做，如果硬要别人去做，就会破坏与别人的关系，往往会让事情变得很糟糕。

亲爱的孩子，你们要知道，除了关注自身的利益，还得充分考虑他人的存在，"仁者爱人"是也。人与人之间是平等的，不要将自己不喜欢的或者不愿意做的事情强加给别人，"己所不欲，勿施于人"是也。人与人之间的交往应该坚持平等的原则，这是尊重自己和他人的重要体现，也是将来你与他人互相帮助、互相成就、合作共赢的重要支撑。

在日常生活中，当你尊重别人的时候，别人也会尊重你。你们一定要记住，当碰到一个非常有礼貌，知道尊重别人的人时，要明白不是自己优秀人家才尊重你，而是因为人家非常优秀并且知道尊重每一个人，对此你们一定要有清醒的认识。这样的人无论在语言还是在行动上，都不会无故伤害人的自尊，相反会给予他人力量和希望，他的语言是温暖的，行动是温馨的，言行是有力量的。现实中，你们要多与这样的人交往，"见贤思齐"就是与比自己优秀的人在一起，久而久之，个人的才干、眼界、见识就会有不同程度的提升，人格也能得到健全，事业成功的概率会大大提高。

在学校，同学之间难免会发生一些小摩擦，如果一方主动向另一方说声"对不起"，大都会得到善意的回应，很多矛盾就会化解掉，也就避免了很多不愉快事情的发生。再如，当你们在游乐场里玩耍，很多小朋友都喜欢同一样玩具的时候，不要去争抢，大家轮流玩耍，学会分享，就会出现意想不到的良好效果。如果哪个小朋友非要自己独自霸占某一玩具或场所，他就是不受欢迎的，因为这些玩具是可以分享的公共物品。

记住，孩子，学会分享也是人快乐幸福的重要源泉，人生中最大的快乐不是独自占有了什么，而是与大家分享好的东西。

一般而言，但凡取得非凡成就的人，大都是能为别人着想的人，这体现了儒家思想"仁"的理念，就是爸爸之前提到的三点："仁者爱人""己所不欲，勿施于人"和"夫仁者，己欲立而立人，己欲达而达人"。这也是儒家思想最核心的部分。现实中，人们也愿意与这样的人合作，因为他知道尊重别人的劳动、尊重别人的习惯、尊重别人的爱好，这样的人大都讲诚信、不自私、不虚伪、不做作。我们人类社会的进步发展，就是人与人之间不断合作的结果，合作才能发展，合作才能前进，合作才能共赢。人与人之间能够长久合作的根本，就是建立在相互尊重、互利共赢基础之上的契约精神和法治意识。

人们常常说"宰相肚里能撑船"，人生在世要有宽广的胸怀，待人处事切勿心胸狭窄、小肚鸡肠，而应宽宏大量，既能容纳世界的美好，也能包容人生的不完美。俗话说："水至清则无鱼，人至察则无徒。"意思是说，水太清的话，鱼儿也无法存活；一个人处事太过认真，反而不容易交到真心朋友。古人还有一句比较严肃的话，叫"察见渊中鱼不祥"，意思就是，能够看见深渊里的鱼的人是不吉祥的。从为人处世方面来说，一个人什么事情都看得很清楚，处事异常精明反倒不是什么好事情，因为人人都不傻，别人对他也会有戒心的。这样的人甚至会给自己招来杀身之祸，《三国演义》中的杨修就是因为"聪明"外露，招来杀身之祸的典型例子。

总之，遇到对的人可以推心置腹，遇到错的人也没必要翻脸，保持一定距离，内心清楚即可。要知道做好自己，不卑不亢，有礼有节，也是尊重别人的一种表现。

　　亲爱的孩子，尊重别人就是尊重自己，这不是一句空洞的口号，而是体现在生活的每一个细节当中。它可以体现为一句温暖的话语、一个温馨的举动、一件助人为乐的小事，是举手投足之间彰显的细节涵养，是处处为别人着想、不影响别人的习惯性的自觉。

爱你们的爸爸

2021 年 4 月 14 日

第51封信
要用平常心来做本分事

亲爱的孩子：

哥哥昨天放学后，很快就把作业做完了。爸爸起初觉得哥哥做题速度挺快，但在检查过程中，却发现有很多不应该犯的小错误。爸爸想，这可能与哥哥急着想出去玩耍有关，虽然他以较快的速度完成了作业，但却是以牺牲正确率为代价的。俗话说："一心不能二用。"很多事情不只是做了就可以的，马马虎虎不行，敷衍了事更不可以，做事情不仅要看过程，还要看结果。

亲爱的孩子，做作业是一个学生本分之内的事情，如何对待作业，体现了一个人的学习态度。你们是学生，就要有学生的样子，做学生应该做的事情。比如，你们要上课专心听讲，课后认真做作业，把这些分内事情做好后，才可以去做其他事情。

因此，今天爸爸要和你们谈的主题就是"要用平常心来做本分事"。

"平常心，本分事"是爸爸最近读《生活禅钥》一书学到的内容，它是"赵州禅"的特色。中国的禅学博大精深，但不是晦涩难懂的，而是活泼、通俗易懂的。

孩子，"平常心，本分事"这六个字看似简单，想做到却不简单，需要个人有很高的修为，很多人努力一辈子也做不到。爸爸给你们讲这些，其实是希望你们在未来的学习中能保持一个好心态，能做好自己该做的事情。记住，"平常心，本分事"是伴随你们一生的箴言，需要你们用一生来遵守、践行。

就在前几日，郑州某中学的一名14岁女生，因为私自带手机进入学校，被老师发现后居然跳楼自杀了。爸爸每每看到类似的报道，心情就十分沉重。不论这件事情的详细原委如何，纵使违反了学校规定，纵使同学打了"小报告"，纵使老师管理严苛，这个女生也不能以这种极端的方式来宣泄和表达不满，轻易结束自己的生命，这是对自己和父母的严重不负责任。对宝贵的生命而言，一部手机又算得了什么，即使是私带手机在校园里受到处分，也没有什么大不了的。遗憾的是，这个女孩心态的失衡，导致了她情绪崩溃，最后做出了极端的傻事，造成个人和家庭无法挽回的损失，留给父母的是永远的伤痛，也给老师和同学们留下了一生的阴影。

记住，你们的生命不只属于自己，还属于父母和整个家庭。古人云："当行则行，当止则止。"也就是说，做事要有个度，该坚持的要坚持，该放弃的要放弃，万不可任性执拗，而要性情豁达。当一个人心大了，事就小了，也就不会犯傻出错了。

孩子，拥有一颗平常心，做好本分事是如此重要。在人的一生当中，学生阶段只是你们人生中的一段时光，在你们参加工作后，会遇到各色各样的人，会碰到不同程度的难题，会遭受外界的误解和质疑，甚至有很多雷霆一击般沉重的挫折，而这些困难远比在学校里私自带手机严重得多。如果碰到自己解决不了的难题，就情绪崩溃、哭天抢地、不知所措、坐卧不宁，这对个人身心来说既是一种摧残，又是一件非常危险的事。遇到难题到底应该怎么办？又能怎么办？难道非要寻死觅活，"以头抢地尔"吗？这样做的结果不仅暴露个人性格的懦弱和偏执，还表现了心理素质的极端不成熟。

放心，孩子，天永远塌不下来，明天太阳会照常升起，在再大的困难面前，也要咬牙坚持住，坚持一下也就过去了，人生没有过不去的坎儿，时间会告诉你们健康地活着比什么都重要。

《菜根谭》中讲，"宠辱不惊，闲看庭前花开花落；去留无意，漫随天外云卷云舒"。人要能够给自己的内心留下一片坦然之地，用来照亮自我，安安静静地思考未来。生活不像你们想象的那么美好，但也绝没有你们想象的那么糟糕。当你们经历风雨，会发现拥有一颗平常心，做好本分事，就是很大的进步和成功。

当然，任何人都是在经历了无数挫折后，才变得平和与强大。你们要把遇到的挫折苦难当成磨炼自己心智的大好机会，不管多难、多累、多苦，都要咬牙坚持下去，决不轻言放弃，绝不能因为别人的三言两语就轻易否定自己，自怨自艾，一蹶不振，更不能轻视生命。古人云："留得青山在，不怕没柴烧。"有生命在就一切皆有可能，就有机会东山再起，就有时间证明自己；失去了生命就失去了一切，会让珍爱自己的人痛心，会让处心积虑的小人、坏人、恶人窃喜。

　　亲爱的孩子，爸爸妈妈不能陪伴你们一辈子，也不能帮助你们太多，将来的很多事情还需要你们独自去面对，你们的人生还需自己做主。真心希望你们兄弟将来通过不同程度的生活历练，各方面的能力能得到不同程度的提高。更希望你们拥有一颗无比强大的平常心，一步一个脚印，做好每一件事，走好人生的每一步，不极端、不偏激、不狭隘、不任性，虽经百事，仍能克万难，怡然自得、心态平和，"自信人生二百年，会当水击三千里"。

爱你们的爸爸

2021 年 4 月 23 日

第52封信
语言的真假与推论的对错

亲爱的孩子:

　　最近有一篇论文火了,文章声称利用"超心理意识能量方法"可使"熟鸡蛋返生孵小鸡",并收录在《写真地理》期刊上。"鸡蛋返生"如果发生在童话世界里,那真是一个美妙的故事,但若说它在现实中存在,则是荒诞不经。

　　孩子,煮熟的鸡蛋能不能返生?能否孵出小鸡?答案显然是不能。这是违背科学和常识的"假知识"和"伪科学"。因为,煮熟的鸡蛋主要发生的是蛋白质受热变性,分子空间结构变化,生成了新的物质,属于化学变化,这是一种不可逆的变化,熟鸡蛋永远不会再重新变成生鸡蛋。

　　煮熟了的鸡蛋不能返生,更不能孵出小鸡,这是一个不需要多少文化知识都能判断出来的常识,为什么还会有人宣扬?还会有人相信?这就涉及语言的真假和对错,涉及逻辑推理的问题。

　　爸爸也是在看了殷海光先生所著的《逻辑新引·怎样判别是非》一书后深受启发,现在讲给你们听,在你们成长的过程中接触一点逻辑学,对今后人生中判别是非是大有帮助的。顺便说一句,逻辑学非常有用,一个人起码要懂一些逻辑的常识,再出现诸如"熟鸡蛋返生"的假新闻时,就能一眼看穿,明辨真伪。

　　你们要知道就鸡蛋而言,只有"有"和"无"的分别,而无"真"与"假"的区分;只有到了语言层面,才发生了"真假"的问题。也就是说,语言的真假与推论的对错,是各自独立且互不相依,各自发展且永不相交的。比如,爸爸给你们讲这枚鸡蛋是生的,这是一个确定的事实。这枚鸡蛋通过水加热可以煮熟,这是一个对的推论。结论是鸡蛋煮熟了,这是一个对且真的结果。

　　反过来爸爸说这枚鸡蛋是熟的,这也是一个确定的事实。这枚熟鸡蛋可以通过"超心理意识能量方法"返生,且可以孵出小鸡,这是一个错的推论。

结论自然是一个假且错的结果。

亲爱的孩子，逻辑推论的形式很多，你们需要记住的是，无论前提是真还是假，只要推论是错的，结论也一定是错误的。也就是说，从来不能够从错误的推论中得到对的结论，这就是逻辑的力量之一。现在你们应该能明白，"熟鸡蛋返生且能孵出小鸡"为什么是一个既假且错的消息。

还有一句谚语"煮熟的鸭子飞走了"，从逻辑上推论，煮熟的鸭子当然不会飞走了，它只是比喻意外失去了有把握到手的东西，有时也有掌握不好机会的意思。

在这本书中，爸爸还学到了用物理学中物质的三种形态，即固态、液态和气态，来比喻知识的可靠程度。

一是类似固态的知识。这类知识是推之四海而皆准的，是科学。比如，你们现在学习的数学，以及将来要学习的物理和化学等，都是已被实践检验了的颠扑不破的正确知识，其结论是不以人的意志为转移的，更不会被人为轻易地改变。

二是类似液态的知识。这类知识比较容易变动，是概率学。比如，生物学、经济学、地质学、社会学等经验学科，它们受制约因素比较多，不能百分之百确定。比如，用经济学方法对下一年经济发展进行预测，预测结果可能是对的，也可能是错的，它受制于政治事件、国际关系等外在因素的影响，但不能因此说经济学不可靠。再如，爸爸的老家就经常有传言可能会发生地震，因为它处于太行山山脉和华北平原的交会处，这是一种可能性的知识，越是进步的科学，可靠程度越高，但迄今为止该地区平平安安，没有地震发生，但我们不能说这种知识就是错的，没有用的。

三是类似气态的知识。这类知识最不可靠，它就像天空中的白云，风一吹就散开了。比如，现在人们从手机中获得的各种资讯，类似"鸡蛋返生且能孵出小鸡"都属于这类气态似的知识，说的都是玄之又玄，看似正确无比，但结论也最不靠谱。这里面还有一个不易区分的情况，就是虽然发生的事情都是真实的，乍一看也是对的，但它的视角和理论却是片面的、错误的，所以结论也是不正确的。这是需要有独立思考能力才能判断出来的，学点逻辑学有助于你们这方面的独立思考。

有一个非常有趣的现象，越是可靠的知识，比如数学、物理、化学等，越是最难学习掌握的，需要你们好好努力下一番功夫才行，所以才有"学好数理化，走遍天下都不怕"的说法。对于经济学、社会学、管理学等社会学科，同样需要人们数十年如一日的学习，才能取得某一学术领域专业的成就，也是比较可靠的知识。尤其是经济学号称"社会科学的皇后"，其分析方法常被其他社会科学，如社会学、政治学、管理学、法学等采用，故有"经济学帝国主义"的说法。

现实中，越是不可靠的知识，越像气体一样整天包围着我们。这些知识由于不费力气就能得到，所以很廉价也很不真实，因为它省去了关键的逻辑推理环节，从表象直接告诉人们答案，极具迷惑性和诱导性，使人简单化、肤浅化和庸俗化，让人混淆是非不说，还极易做出错误的判断。比如，处于社会危机中的人们，极易产生群体性恐惧心理，特别容易轻信谣言。历史上，每每遇到大的社会危机，就会谣言四起，诱发群体性事件，造成社会动荡与不安。谣言之所以被人们相信，是因为它能缓解人们的焦虑情绪，人们亟须在群体中找到安全感，所以才容易盲信盲从、偏听偏信，也使人产生法不责众的心理，即使做出违法乱纪的事来也心安理得。在东汉末年，统治者就是在黄巾起义"苍天已死，黄天当立；岁在甲子，天下大吉"的口号中，走向灭亡的，自此天下大乱，各方割据，你方唱罢我登场，直到三国鼎立，后又三国归晋。与此相似，元朝末年的韩山童、刘福通等人将石人刻字埋在河滩中，后来石人被挖出，发现上面刻有"莫道石人一只眼，挑动黄河天下反"的字样，这句口号广为流传，使得人心浮动，由此揭开了元末农民大起义的序幕。时至今日，世界各地还有很多人利用"世界末日"等言论骗取钱财。其实这些骗人的手段并不高明，只要具有逻辑和常识，稍加甄别即可辨别其真伪，不至于轻易上当受骗。

亲爱的孩子，好好学习的意义在于，它不仅让你们掌握正确的知识，还能够甄别出事情的真伪，知道什么是对什么是错，有自己独立的思考，有明晰的价值判断，不会轻易就被外界的虚假信息误导，更不会做出不符合常理和逻辑的荒诞举动，也就不会做一个亦步亦趋、毫无主见的"菜鸟"。

爱你们的爸爸

2021 年 4 月 29 日

第53封信
人生中只有自己可以依靠

亲爱的孩子:

这几天哥哥有不错的表现,不再依赖妈妈,晚上开始和爸爸一起休息,这才是小小男子汉应该有的样子。为此,爸爸也专门调整了作息时间,将手机关机的时间提前至每天晚上的十点钟,陪同哥哥一起按时作息,一起快乐成长。

孩子,随着你们年龄的增长,会面临越来越多需要自己独自解决的问题和难题。譬如,在学习方面,爸爸妈妈只能引导教育你们,却不能代替你们来做这些事情,你们学习成绩的提高,终究还要依靠自己的悟性、努力和细心。至于你们将来能考上一所什么样的大学,学习什么专业,从事什么工作,更不是爸爸妈妈能决定的,主要依靠的还是你们自己。我们能做的,就是在力所能及的范围内给你们创造尽可能好的成长环境。好的外部条件,应该是你们健康成长的助推剂,绝非懒惰散漫的温床,更不是不思进取、碌碌无为的理由。

虽然古语说"靠山吃山,靠水吃水",但爸爸要告诉你们一个残酷的事实,就是很多人靠着山饿死了,靠着河也渴死了。为什么会这样?问题还是出在一个"靠"字上,一个人最终能否在山水中获得自己想要的东西,最终还是要看自己的能力有没有达到。

古人云:"求人如吞三尺剑,靠人如上九重天。"就像《红楼梦》中的男主人公贾宝玉,是一个享尽富贵荣华的"富四代",过着衣来伸手、饭来张口的锦衣玉食的生活。贾宝玉不喜欢读书,也没有把书读好,只喜欢和女孩子嬉闹,却没有对哪个女孩子负责过。从小说《红楼梦》中的很多例子也可以看出,优越的成长条件,反倒使宝玉养成了以自我为中心、自私、凡事不敢担当的性格，金钏儿的投井而亡，晴雯被撵出大观园等事件中，没见他说过一句公道话，其懦弱的特征一览无余。贾宝玉在贾府这座"靠山"轰然倒塌后，没有了家族的荫庇，被人伺候的好日子没了，连自己的饮食起居都不能照顾，又变回了那块无用的石头。

如果说贾宝玉只是一个小说人物的话，现实中的很多个案更具教育意义。1911 年辛亥革命后，随着晚清政府的倒台，很多八旗子弟在没有了清政府这个最大"靠山"后，也就没有了固定的经济来源，生活顿时陷入困顿，又身无所长，终日无所事事，游手好闲，即使家中有点儿积蓄，家底也很快被败光，最终只能穷困潦倒地过完一生。

孩子，你们要知道，这个社会上大部分的人是无山可靠、无水可依的，自己才是自己最大的靠山。别人之所以愿意帮助你，是因为你个人具有相应的能力或者潜力，这在投资上叫"风投"。人际关系也是如此，拥有一技之长，让自己变得有价值，远比去低三下四地求人管用。

孩子，人生是一个从"求诸人"到"求诸己"的过程。求诸人，是因为你们年纪还小，从吃穿住行到学习知识，还没有能力照顾好自己，需要爸爸妈妈外在的帮助。求诸己，说明你们已经长大，人生中的所有困难都需要自己去面对、去解决、去担当。当你们从凡事都有求于我们到逐渐减少诉求，再到后来能独立自主地去承担相应责任和义务，说明你们已经长大成人，可以独当一面了。

人生注定是一场孤独的旅行，成长的路要靠自己走，没有人会时刻陪伴着你们，生活的一切都要自己去体味，冷暖自知，得失自明。当自己苦闷彷徨、孤独无助时，一定要沉淀自己，壮大自己，让自己蜕变成阳光自信的人。

胡适先生说过，"树本无心结子，我亦无恩于你"。你们跳进我们的生命中来，就像树木结子是自然的事，养育你们是我们的职责。诚如斯言，作为父母的我们，与全天下的家长一样，并不奢望将来从你们那里得到什么回报。

每日看你们兄弟俩嬉闹，爸爸妈妈在欣欣然生命是一个奇迹的同时，也感喟于成长的不易，每日怕你们冷，怕你们热，怕你们吃不好，怕你们睡不好，怕你们生病，时刻关注你们的安全，希望你们健康地成长，这是责任也是义务，我们责无旁贷。至于你们将来成为什么样的人，是卓然超群，还是泯然众人，主要还是靠你们自己。你们学会说话后要对自己的言语负责，学会走路后要对自己的行为负责，学会知识后要对自己的思维负责。就像种西瓜一样，农民伯伯只负责施肥浇灌，定时翻土除草，确保西瓜健康成长，却不负责"个儿大包甜"，至于将来西瓜的个头大不大，斤两重不重，瓜瓤甜不甜是西瓜自己的事情。同样的道理，你们将来能不能"高高大大、甜甜美美"的，主要还是要靠你们自己。我们只做你们人生中的领路人，而不是实践者。

爸爸妈妈最大的期望就是，你们能努力学习，多接受社会的磨炼，在挫折面前不低头，在困难面前坚持住，淬炼出优秀的品格，锻炼出卓越的能力，做独立自主、堂堂正正的男子汉，靠自己的智慧与汗水，闯出一片属于自己的天地，有能力养活自己，有一个美满幸福的小家庭，能奉献社会，有益于人民。

爱你们的爸爸

2021 年 5 月 7 日

第54封信

要有一颗无比强大的心

亲爱的孩子：

　　心脏和大脑都是人体最重要的器官。不同之处在于，心脏是血液循环的动力器官，好像一台血泵，不停地收缩与舒张，将血液输送到全身各个器官。而大脑是思维的器官，我们平时想什么、做什么，都是大脑给我们发出的指令。比如，当一个人在想大脑和心脏哪一个更重要时，大脑会告诉他，大脑最重要，而心脏只是在默默地为大脑提供着动力支撑，一刻也不能停止；如果心脏耍性子进行"罢工"，任凭大脑如何着急，也无济于事。

　　当然，大脑和心脏都是人体不可缺少的重要器官。在医院里，能负责神经外科和心血管外科手术的都是非常厉害的医生，因为这两个器官结构复杂，手术难度大，医生需要具备精湛的医术和良好的心理素质才能将手术完成。

　　在生活中，你们会发现一个特别有趣的现象，就是我们所想所做的事情虽然受大脑思维决定，但是却常常用"心"来表达所思、所想、所为。日常里，我们说一个人脑子不好，多半是指这个人大脑方面有疾病；当说一个人脑子进水时，多指这个人脑子中思考的问题很新奇、很古怪，表达出明确反感、不接受的意思；当说一个人心眼坏的时候，多指这个人品格不好、行为不端，不可深交；当说一个人有良心时，多指这个人品格良好、行为端正，值得深交。

　　在我们日常的语言中，"心"被赋予了太多的内容。比如，你们为爸爸妈妈做一件有意义的事情时，爸爸妈妈会说你们是"有心"人。当人与人之间表达友好的时候，会说自己是"真心"的。当看到一个人去帮助别人的时候，我们会说这个人是有"爱心"的。当我们说一个人善良的时候，就会说这个人的"心眼儿"真好。当我们说一个人不好的时候，就会说这是个"坏心眼"的人。当我们有要好的朋友时，会称之为"知心朋友"。当我们碰到特别强的敌人时，会称之为"心腹大患"。当感情受到朋友的欺骗时，就会说"知人知面不知心"。当一个人碰到难过的事情时，就会很"伤心"。当一个人受到一点儿挫折就萎靡不振，甚至做出极端的事情，就会说这个人有一颗"玻璃心"。当一个人为社会大众做好事时，常常会说这个人是在"全心全意为人民服务"。

亲爱的孩子，现在你们知道，人们的行为举止、嬉笑怒骂虽然由大脑发出指令，但却时时用"心"来表达这些内容。

人的"心"是如此丰富多彩，也是如此敏感脆弱，一句鼓励的话能让人心潮澎湃、奋勇前行，但一句打击人的言语可能会让人心灰意冷、一蹶不振。

由此可见，一个人的"心"可以很强大，也可以很脆弱。当一个人内心强大时，面临困难就不会选择逃避，也就不会低头、不会退缩，而是积极寻找解决问题的办法，即使是困难一时解决不了或者当时失败了，也能做到不被失败压垮，有从头再来的勇气和信心。当一个人内心脆弱时，就无法直面困难和挫折，承担不起由此带来的压力和打击，会畏葸不前、唯唯诺诺，最后终将一事无成，碌碌无为。

亲爱的孩子，最近接连发生了几起中学生跳楼轻生的事件，我们在扼腕痛惜他们做出傻事的同时，也在想现在的孩子究竟怎么了，怎么如此的脆弱不堪，遇到一点点的挫折就用这么极端的方式来宣泄。生命是一条单行线，对每个人而言都只有一次，怎么能对自己、对父母、对家庭、对社会如此的不负责任？更何况，人的一生不是一帆风顺的，而是螺旋式的发展，甚至是一波三折，一个困难接着一个困难，如果内心不够坚定，凡事轻言放弃，那么就很容易被困难打倒，更别说取得成功了。

历史上无数伟大人物都具有一颗无比强大的心，拥有坚韧不拔的毅力，他们都是在经历了无数次的失败和挫折后，才达到自己所追求的事业的高度，没有一个人是随随便便、轻而易举取得成功的。退一步讲，即使是一个普通人也需要有一颗强大的心，因为在日常生活中我们也会遇到大大小小的困难，但只要强大的"心"还在，就能在平凡生活中找到快乐。

亲爱的孩子，你们要明白拥有一颗健康积极、达观向上的心是多么的重要！你们要能善待自己的内心，抚慰好自己的内心，让自己变得自信且从容！

拥有一颗强大的心，可以让你们历经风雨之后，增添一份不以物喜、不以己悲的释怀和恬然，这是一种属于自己内心世界、服从自己内心世界的自然生活状态，是"看山是山、看水是水；看山不是山、看水不是水；看山还是山、看水还是水"的人生三重奏，更是一种得失随缘、进退坦然的人生境界。拥有了这颗强大的心，便拥有了"我自岿然不动"的高度自信和宽广格局。

爱你们的爸爸

2021 年 5 月 14 日

第55封信
不要和妈妈争辩

亲爱的孩子：

  爸爸平日里下班回家，见到最多的就是妈妈在辅导哥哥写作业，也时常听到妈妈大声批评哥哥做作业不认真，当然还有哥哥委屈的哭声。哥哥如果态度和情绪上稍有反抗，就会遭到更加严厉的批评。弟弟就会在旁边说，哥哥又犯错了，哥哥又犯错了，一副幸灾乐祸的模样。当妈妈气急了说要用棍子体罚哥哥的时候，弟弟就跑得飞快把棍子递过去。其实，弟弟不应该这样嘲笑哥哥，更不能火上浇油，没有感同身受，就不会有相互理解，等将来有一天在弟弟学习出现错误时，遇到同样的情况，那时候递过来棍子的可能就是哥哥了。

  因此，我们在看到别人有困难的时候，即使不能施以援手，也绝不能去"帮倒忙"，更不要幸灾乐祸，因为保不齐将来别人也会用同样的方式对自己的。在金庸先生的武侠小说《天龙八部》中，姑苏慕容氏在江湖上的影响力非常大，有"北乔峰，南慕容"之称的慕容复以武功绝学而名扬江湖，号称"以彼之道还施彼身"。慕容复的成名绝技就是斗转星移，这是一门很高深的功夫，能把别人的招式反弹回去，用对方的招式伤害对方，在对战中往往能起到意想不到的效果。"以彼之道，还施彼身"现在泛指你怎么对待别人，别人就会以同样的方式对你。日常生活中也是：你对人友好，别人就会回报以芳香；你心胸宽广，别人就会敞开心扉；你处事刻薄，别人就会斤斤计较。

  因此，在生活中，凡事还是留有余地的好，事不可做绝，话不可说尽，做人留一线，日后好相见。得饶人处且饶人，以宽厚待人接物，广结善缘、结善果，一定会有意想不到的收获和惊喜。在巩义的康百万庄园中，有一块"留余匾"，讲的就是凡事留有余地，利不取尽的道理，这也是河洛康家自元以降，数百年长盛不衰，成为中国北方的"活财神"，打破传统俗语"富不过三代"怪圈的重要原因之一。

爸爸前段日子买了一本书叫《不要和你妈争辩》，书的内容很好。"不要和妈妈争辩"是个很好的命题，如果非要问个为什么，那就悄悄地告诉你们，爸爸就是这么做的。你们要记住：妈妈快乐，全家都快乐；妈妈不快乐，全家都不快乐！

所以，千万不要惹你们的妈妈生气，不然后果很严重。比如，妈妈辅导哥哥学习，在一而再，再而三的说教下，哥哥还是不专心甚至没有掌握好应该掌握的知识，这时候妈妈就可能会出现动怒的情况，从而让你们的小心脏感到了"颤抖"。

当然，这些话只是给你们开玩笑说的，相对于爸爸，妈妈对家庭的付出要多出很多，辛苦很多，她的感情自然也更丰富一些。不和你们的妈妈争辩，也是爱护妈妈、关心妈妈的具体体现。

俗话说："羊有跪乳之恩，鸦有反哺之义。"孩子，妈妈对你们的爱是不讲条件的，是最无私、最博大、最宽厚的，不是空洞的、虚无的，是实实在在的，是可以罗列出具体事项的。从妈妈十月怀胎到你们呱呱坠地、蹒跚学步、牙牙学语，再到吃穿住行以及学习教育，凡此种种，妈妈对你们的爱体现在生活中每一件事的细节中。

今天爸爸说"不要和妈妈争辩"，不是说爸爸妈妈永远正确，当你们认为我们有不对的时候，可以提出来，我们也可以就这些问题进行讨论，这都是允许的。爸爸通过"不要和妈妈争辩"这句话，重点强调的是爸爸妈妈的心永远是向着你们的，希望你们健康茁壮地成长，希望你们在成长过程中能积极向上，甄别善恶，学会自律，养成好习惯，保护好自己。

俗话说："天下无不是的父母，世上最难得者兄弟。"这句话的前半句本意并不是说父母不会犯错，而是为了强调，父母对孩子们的心都是真诚的。人的天性中有好玩好动、任性自私、以自我为中心的基因，爸爸妈妈的主要任务之一就是帮助你们纠正这些不好的习性，即使我们出现不耐烦、急躁的情况，但出发点都是好的。

后半句"世上最难得者兄弟"讲的是，这个世界上最难得的就是兄弟的手足之情，当一方有困难时，另一方能伸出援手，互相帮衬一下。俗话说："打虎还得亲兄弟，上阵须教父子兵。"兄弟间血浓于水，家族兄弟团结，是万事兴旺的好兆头。比如，你们喜欢看的动画片《葫芦兄弟》，他们兄弟几个分开的话，力量就小，就容易被各个击破，而在团结起来的情况下，力量就会变得异常强大，最终他们一起战胜了妖魔鬼怪。

孩子，你们兄弟俩是幸运的，哥哥的幸运在于，有个弟弟可以偶尔"欺负"一下，弟弟的幸运在于，有个哥哥能一直保护自己。等你们长大后，自然就有力量保护为你们无私付出最多的妈妈了。为了你们更好的明天，为了咱们家庭的和睦幸福，一定要记住今天爸爸说的话，那就是"不要和妈妈争辩"。

爱你们的爸爸
2021 年 5 月 20 日

第56封信
人的善良中要带有锋芒

亲爱的孩子：

人的第一美德是善良，第二美德是智慧。需要明确的是，在人的一生当中，仅仅拥有善良是不够的，还要有智慧来保驾护航。因为，善良只能保证你们与人为善，做一个高尚的人，却不能保证自己不被伤害；智慧则能够维护你们的善良，必要时会保护你们，让你们的善良中带有锋芒。

大家熟知的《三字经》中，第一句就是"人之初，性本善。性相近，习相远"。这句话是基于"性善论"说的，一直以来给人造成很大的误区，以至于很多父母都觉得自己的孩子是善良的，没有坏心眼，即便做了坏事，也总认为孩子还小，天性不坏，等长大了就好了。《三字经》后面还有一句话"苟不教，性乃迁"，这才是重点。意思是说，如果孩子从小不好好教育，善良的本性就会因此而改变。一个人虽然本性善良，但如果后天不好好培养，也可能会变成为非作歹的人。

我们传统文化中还有"性恶论"的说法，人性中有恶的成分，因此强调道德教育的必要性。现实中也是这样，不要以为小孩子天生诚实，有很多小孩子也是会撒谎的，有的表现得还相当老练，这可不一定是教出来的，也许真是天生的基因在作祟。

随着现代科学的进步，基因在人性中的重要作用越来越凸显，有的小孩子天生勇敢，有的则天性怯懦，有的活泼好动，有的则安安静静。凡此种种，都不尽相同。这也说明，人性是复杂的也是多变的，有先天的性格也有后天环境因素的影响，"性善"与"性恶"都存在，有些人天性善良，有些人则劣根性强。

平日里，你们兄弟俩在嬉闹时，总是喜欢扮演"小鬼"吓唬爸爸，说："爸爸，我是鬼，你害怕吗？"爸爸自然装作很害怕的样子，配合你们愉快地完成游戏。在你们简单纯朴的脑海印记中，魔鬼是坏的，奥特曼打的小怪兽也是坏的，警察叔叔是好人，强盗就是坏人。然而，现实中的好人和坏人，不能这样简单地区分归类，也不能像黑白颜色那样截然分开，有些坏人善于伪装，极具迷惑性，没有相当程度的阅历和知识，不经历实践的检验，不容易区分开来。再有，坏人是没有底线的，是不讲原则的，是不择手段的，碰到这种人的时候，首先要保护好自己，其次一定要远离他们。

亲爱的孩子，为了你们健康成长，爸爸必须告诉你们的事实是，世间的很多坏事都是人做出来的，因为根本没有鬼的存在，所以鬼是不可怕的，真正让人害怕的恰恰是人本身。所以，当某地出现突破人们底线的极端恶劣的案件时，人们就会说"地狱空荡荡，恶魔在人间"。现实中更残酷的是，单单是区分善良与丑恶，很多人穷其一生都做不到。因为分不清好坏是非，有人做了坏事还不自知，更可悲的是他们还可能沾沾自喜、迷信盲从，乃至于做出更大的恶来，这种恶有一个特殊的称谓，叫作"平庸之恶"。

最近爸爸一直在关注"错换人生二十八年"这一事件，和以往热点事件网络上只有七天的热度不同，这件事已经在网上持续了两年多的时间，至今热度不减，为何它能持续发酵？因为这件事牵动了千千万万个母亲的心。一位善良的妈妈倾尽心血养育了孩子二十八年，突然发现这个孩子不是自己亲生的，有可能被人在医院人为抱错了，从这里讲她是何等的不幸，这是对一个母亲最大的伤害，那些坏人又是多么没有良知。从善良的角度来说，这个母亲又是幸运的，当得知孩子已肝癌晚期，只有通过肝移植才能延续生命时，母爱的伟大再次凸显，她毅然决然愿意"割肝救子"后才发现了自己的孩子可能被"人为"地抱错了。这位母亲的善良是"因"，她愿意捐肝救自己的儿子，才有了后来找到亲生儿子的"果"，母子得以团聚，上天还是眷顾了这位善良的母亲，她也正在用法律武器来找回自己"失去的二十八年"。虽然迟到的正义非正义，但是我们也相信正义从来不会缺席，邪恶必将受到惩罚，好人终有好报。还是那句话，善良是好人必须坚持的人生守则，但善良必须有铠甲护体，带有锋芒的善良才是真正的善良，才能保护好自己，否则就是对善良最大的亵渎，是对恶的助长与放纵。

亲爱的孩子，在你们今后的人生路上，无论遇到什么坎坷，碰到什么坏人，希望你们还是能够守住初心，一直善良下去。俗话说："人善人欺天不欺。"当然，也要能运用智慧与坏人较量，善良不是当老好人，不是逆来顺受，不是无原则地妥协，而是要带有锋芒，在守住原则底线的前提下，要有"亮剑"精神，敢于和坏人作斗争，这样他们才会有所收敛，不敢恣意妄为。现实中也是，邪恶只有得到压制，正义才能得以伸张。

爱你们的爸爸

2021 年 5 月 28 日

考试的终极意义是什么

亲爱的孩子：

转眼就快期末考试了，今天早上哥哥用几乎完全排斥的情绪说，不想去学校，不想参加英语考试。孩子，你们今天面临的考试，只不过是未来需要面对的众多考试中的普通一场而已，将来你们还会面对中考、高考、考研、英语等级考试等。期末考试只是手段但不是目的，它是为了检验前段时间的学习效果。退一步说，即使一次考试成绩不理想，也没有什么大不了的。就学生阶段而言，目前的学习积累都是为将来最重要的高考做准备。人的学习过程就像是一场马拉松，坚持到最后才能取得胜利，愿你们在历经各种考试之后，阅尽千帆仍然初心不改。

爸爸小的时候参加考试很怯场，每每临近期末考试都要发烧，这肯定有紧张的缘故在里面。后来，当经历过各种考试后，自己应对考试的心理素质也就越来越强大。想当年，在爸爸研究生毕业，即将跨出大学校门的时候，曾经意气风发、激情满怀、豪言壮语地说，今后再也不需要用考试来证明自己了，殊不知工作后还有职称考试、业务能力考试。近期，爸爸在准备国内某重点高校博士报考的材料，需要经过材料初审、评分、笔试和面试环节，贯穿其中的考试自然必不可少。于是感慨，真是生命不息，考试不止。

其实，等你们长大后就会发现，人生中最公平的就是这一纸考卷，讲究的是"一分耕耘、一分收获"，因为它最大限度地剔除了人为因素的干扰，保证了竞争的公平。在公平的考卷面前，人们能写下诗意华章，绘就人生蓝图，有金榜题名时"春风得意马蹄疾，一日看尽长安花"的欢欣喜悦，也有"解名尽处是孙山，贤郎更在孙山外"的落寞惆怅。不管承认与否，考试在很大程度上决定了相当一部分人的人生，我们还有什么理由不去努力奋斗呢？

恰巧这几天也是一年一度的高考时期。如果把人的一生划分为几个重要阶段，那么高考无疑是第一个重要的节点。一个人能否考上一所好的大学，将是人生一个重要的分水岭，对他日后的人生道路会产生重大的影响。考上重点大学并非可以高枕无忧，而是意味着你们将会有更多选择的机会，也可以根据爱好选择你们的职业。

当然，考试也并非人生的全部，随着社会的发展和多元化，改变人生的道路有很多。高考虽不再是千军万马通过的"独木桥"，但还是改变人生最便捷、最通畅的道路，尤其是对于农村的孩子而言。迄今关于高考公平与否、合理与否的争论还在继续。千百年来，人才选拔形式从乡举里选到察举制，再从察举制到九品中正制，再到科举制，直到今天的高考制度，人们一直在为是形式合理还是实质合理的问题争论不休。但不可否认的是，当前高考解决了社会最重要的阶层流动问题，给了很多人改变个人命运的机会，说其为社会稳定的"压舱石"，一点也不为过。

其实，世界上没有哪一种教育制度是十全十美的，至今人们还常为东西方教育的优劣争论不休。但不可否认的是，通过考试还是能大致将成绩好坏、智商高低的学生区分出来，唯一的缺憾就是考试无法考查学生真正的道德水准。考试的意义在于，它好比是一把钥匙，能为人们打开通向自己理想的大门。当然，至于能否拥有这把钥匙，打开理想的大门，那就要看个人的心理素质、天资天赋以及努力程度了。

孩子，每个人的人生都是自己选择的结果，短期内看似偶然，长期看则是个人积累的必然结果。还是那句话，一个人不优秀不努力，将来即使碰到好机会也是抓不住的。

在你们成长的过程中，爸爸妈妈常常纠结，是给你们快乐的童年好，还是增加学习压力好。当然，很多人期望的是，既要玩得快乐又要有好成绩。然而现实中却往往是"鱼与熊掌不可兼得"，这句俗语出自孟子《鱼我所欲也》："鱼，我所欲也；熊掌，亦我所欲也。二者不可得兼，舍鱼而取熊掌者也。"意思是说，鱼是我所想要的，熊掌也是我所想要的，如果这两种东西不能同时得到，那么我宁愿舍弃鱼而选取熊掌。这句话的本意不是说二者必然不可兼得，而是强调不能兼得的时候，我们应当如何权衡取舍。学习与快乐的选择就是如此，当下刻苦的学习是为了日后拥有持久的快乐，一时放纵所获得的快乐只是短暂的、感官的，将来你们终要吃不好好学习带来的苦，真正快乐的人生终将与你们渐行渐远。

最后，为了拥有真正的快乐，不要怪爸爸妈妈对你们日常学习的严格要求，虽然这一纸考卷很薄，却是最公正、最有分量、最有仪式感的。每一次考试你们都要认真对待，千万不能马虎大意，更不能敷衍了事，因为它承载着你们的未来和希望，是汗水的凝结，也是心血的付出，是金榜题名后的欣喜若狂，是"条条大路通罗马"中通往"罗马"的道路通行证。

爱你们的爸爸

2021 年 6 月 7 日

第58封信
意志坚定还要身心健康

亲爱的孩子：

不知不觉又到了暑假，天气虽然变得炎热，但你们也有更多的机会戏水嬉闹，真是属于夏天的快乐呀！听妈妈说哥哥已经连续几天在小区里面的池塘里玩水，当然也常常会被阻止，这主要是为了你们的安全考虑。要知道每年的暑假期间，总是有很多中小学生溺亡的悲剧发生，安全教育要年年讲时刻讲，爸爸之所以在多封信中反复提到，主要是须臾也不敢放松。你们要知道人生中意外无处不在，因为生命太脆弱了，稍不留神就可能造成不可逆的伤害，给自己和家人造成一生难以抚平的伤害。

还有，这几天妈妈一直想给哥哥报个辅导班，而哥哥也总是习惯性地排斥拒绝。亲爱的孩子，好玩儿是儿童的天性，你们总是有无穷的劲头想着去玩耍，而对学习有天然的排斥心理。这是因为学习知识的过程犹如一场艰辛的远行，必须要有坚定的意志和健康的身体才行，两者缺一不可。

人们常常说，"身体是革命的本钱"，健康不单单指有强壮的身体，也指有积极向上、乐观豁达的态度，以及正确的人生观、价值观和世界观。前者能保证你们有充沛的体力学习，后者则能保证当你们遇到困难或者棘手的问题时，可以积极面对并正确处理。

人要意志坚定，坚定的意志能让你们坚定自己的理想和目标，在学习与实践过程中孜孜以求，不畏艰难、无惧险阻、克难攻坚，最终有所成就。比如，古人留下了很多关于好好学习的典故，战国时期的苏秦读书时"锥刺股"，西汉时期的匡衡读书时"凿壁偷光"，东汉时期的孙敬读书时"头悬梁"等，他们都是刻苦学习的典范，无一例外都具有强大的意志力。

孩子，意志坚定和身心健康都非常重要，它们好比一枚硬币的正反两面，缺一不可。

一个人意志不坚定，遇到困难就会畏缩逃避，终究会一事无成。一个人意志坚定而身体不健康，同样不会有好的结果，自己会在竞争中先垮掉，也无法坚持到最后，若是还有心理不健康的因素在，遇事就可能会走极端，从而导致难以预料的后果。比如，在《三国演义》中，诸葛亮六出祁山的时候，由于积劳成疾，病逝五丈原，空有匡扶汉室的抱负，可惜"出师未捷身先死，长使英雄泪满襟"。诸葛亮一生中最强劲的对手司马懿，不但手段了得，还身体健康，足足比诸葛亮多活了十七年，这也是他能取得最后成功的一个重要原因。司马懿先后"熬"走了曹操、曹丕、诸葛亮、曹叡，而后又"诈病赚曹爽"，看准时机发动政变，从此掌控了曹魏天下，三国纷争的余利尽归司马兄弟所有，从那一刻起，三国归晋已经正式提上日程。

亲爱的孩子，古往今来不只是做出杰出成就的正面人物意志坚定，很多干坏事的人也都意志坚定，他们内心阴暗、做事果决、不择手段，如果这种人窃居高位，对社会造成的灾难也是巨大的。

古人云"德不配位，必有灾殃"，说明才能和道德是不一定成正比的，才能只关乎聪明与否，而非关乎道德高低。比如，西汉时期一个著名的人物叫主父偃，中国历史上最著名的"阳谋"推恩令，就是他提出来的，帮助汉武帝彻底解决了诸侯权势过大的大难题。主父偃年轻求学时屡屡被人排挤，受尽了世态炎凉，后来在官居高位时，那些让他受过的苦难，没有淬炼出他宽厚的品格，反而使他性格更加偏执，心胸更加狭窄，他疯狂地贪污受贿，无情地打击曾经伤害过他的人，有才能而无道德，后来引起极大的民愤，最终身首异处，被诛灭了九族。主父偃的悲剧在于，仇恨蒙蔽了他的双眼，使他看不到远方，心理扭曲不知道宽容，故言"吾日暮途远，故倒行暴施之"，在中国历史上留下一个"倒行暴施"的成语，后来人们将这个成语与源于春秋末期的名将伍子胥的历史故事"倒行逆施"合一使用。

还有发动第二次世界大战的希特勒、墨索里尼之流，他们也是意志坚定却身心不健康的典型代表，殊不知这样的人物危害更大，无一不把国家引入歧途，造成了人类历史上空前惨烈的大灾难。历史也多次证明，这些独夫当国的结果便是给人类社会造成巨大的灾难，天道有循环，作恶者最终也不会有好的结果，最后都身败名裂、遗臭万年，永远被钉在了历史的耻辱柱上。

亲爱的孩子，正如爸爸之前提到的，学校教育只占据你们人生中的一段时光，学习则是需要终身坚持的，读书也是一辈子的修行。通过刻苦的学习，增长个人的知识和见识是走好人生路的关键所在，拥有健康的身体和良好的心态则是你们走好人生路的坚强保障。记住，不仅要意志坚定，还要身心健康，两者缺一不可，要同时兼备，否则在人生的奋斗路途上，要么是走不远，要么是行百里者半九十，要么就是为他人作嫁衣。

爱你们的爸爸

2021 年 6 月 21 日

第59封信
科学是道德的眼睛

亲爱的孩子：

　　今天爸爸听到了两个消息。第一个是哥哥的语文和数学考试的成绩都得了 95 分。这个分数显然不是最优的，但我们也能够接受，因为我和妈妈不会严苛地要求你们每一次考试都得满分，追求满分的学习目的也会让我们失去求知上进的乐趣和立德树人的初心。成绩没有达到满分，说明个人在学习方面并不完美，还需继续努力。学习的过程是一个循序积累、厚积薄发且不断遴选和淘汰的过程，希望你们在今后的学习生活中一直处于一种不掉队、跟得上、敢于超越的动态变化中，毕竟你们的学习生活才刚刚开始。成绩不好时不要妄自菲薄，只要努力成绩就会提升；成绩好时也不要骄傲自满，一松懈成绩就会下滑。

　　第二个是一个令人咋舌的报道，就是燕山大学的一位教授推翻了著名物理学家爱因斯坦的相对论理论，这可是物理学界一件惊天动地的大事。如果相对论是错误的，那么原子弹是如何造出来的？氢弹又是如何爆炸的？这个"科技成果"简直和前段时间熟鸡蛋返生又重新孵出小鸡一样匪夷所思。

　　在《逻辑新引·怎样判别是非》一书中有这样一句话，写得真是棒极了，那就是"科学是道德的眼睛"。

　　今天爸爸就借用书中的一些内容来谈一下关于科学与道德的看法，希望将来你们长大后能够正确判别是非，且要"以经验与逻辑为根据来判别是非"，千万不能道听途说、人云亦云，因为人生中有时候你听到的、看到的内容有可能是不真实的，是错误的和有误导性的。正如，有些人不知道天高地厚，以为可以轻而易举推翻相对论，对于这种常识性的错误，要能一眼就甄别出来，知道这是骗人的虚假消息。

亲爱的孩子，科学与人生关系密切。人们常常说的一句话是"要相信科学"，然而同时又有很多人憎恶科学，说科学成了罪恶的工具。比如，医学的发展和进步拯救了无数人的生命，但是当医学技术从心肺移植、肝肾移植发展到头颅移植的时候，很多人就无法接受了，因为这涉及医学伦理问题，与克隆技术、基因编辑技术一样，已经超出了人类心理能承受的范畴，而这似乎都是医学技术惹的祸。

这看似有点儿道理，其实和医学科学本身没有关系。简单地说，就是家用轿车可以载人也可以撞人，这和轿车本身无关，却与开车人的动机或行为有关。我们再回头说头颅移植的事，手术"能否成功"和"能不能做"是两个概念的事情，前者只是涉及技术层面的可行与否，后者则是涉及是否违背人类伦理。

由此可见，科学技术可以救人，也可以杀人。我们可以说，科学在道德上是中立的。道德是动机方面的事情，与科学是用来造福人类还是被坏人利用无关。科学是认知的产品，最基本的要素是科学的态度和方法。两者所在的层界不同，没有冲突可言。再者，道德关乎人性中的善与恶，一个人的认知水平对其影响很大，有时候是立场即真相，无关乎事情本身的对与错。比如，在晋惠帝的眼中，老百姓吃不饱饭的时候，为什么不吃肉粥呢？一个锦衣玉食的皇帝，从来不知道饿肚子的感觉，当然不知道老百姓饥肠辘辘的感觉，他说出那样的话是符合他的认知水平的。

社会中，很多人想做好事，单凭自己的主观臆断和心情去做，不管自己的方式方法是否得当，也不管别人接受不接受、愿意不愿意，以至于出现"好心办坏事"的情况，而且越努力事情就可能变得越糟糕。比如，世上不乏想制造永动机的人，但这种研究并不符合科学最基本的能量守恒定律，注定是无法取得成功的，越努力反而会距离目标越远。

在科学研究中能够正确提出问题远比找到解决问题的方法重要。你们在学习中要养成批判性思维，带着问题去学习，坚持问题导向，做一个"问题"中人，这样主动学习的效果就会好很多。

相比而言，有良好的科学知识并有好的动机的人常常可以准确地提出好的问题。我们再回到如何面对考试成绩这一问题上来。你们想取得优异的考试成绩，正确的方法是要养成好的学习习惯，上课认真听讲，不懂的知识虚心请教，课后认真复习有关知识，仔细查找自己学习过程中存在的知识盲点并努力改正，以求达到在下一次考试中取得好成绩的目标，这才是正确的学习态度。

"科学是道德的眼睛"真是一个美妙的句子，希望它能陪伴着你们，帮助你们养成好的科学态度和方法，成为具有良好道德水准和拥有充足科学知识的有用之才。

爱你们的爸爸

2021 年 6 月 23 日

第60封信
别有人间行路难

亲爱的孩子：

　　爸爸之前用三封信的篇幅给你们讲授了关于唐诗的故事。须知唐诗和宋词这两个词总是紧密相连的，宋词是继唐诗之后，中国文学的又一次高峰，分为婉约派和豪放派两大类，婉约派以柳永、李清照、晏几道等为代表，豪放派以苏东坡、辛弃疾、陈亮等为代表。

　　今天我们来学习一首《鹧鸪天·送人》，作者是宋代大词人辛弃疾。

　　唱彻《阳关》泪未干，功名馀事且加餐。浮天水送无穷树，带雨云埋一半山。

　　今古恨，几千般，只应离合是悲欢？江头未是风波恶，别有人间行路难！

　　这首词的大意是：唱完了《阳关曲》泪还未干，功名利禄都是小事，不要为此劳神伤身，应该多多吃饭。水天相连好像将两岸的树木送向无穷的远方，乌云挟带着雨水把重重的高山掩埋了一半。古往今来使人遗憾的事情，何止千件万般，难道只有离别使人悲伤，聚会才使人欢颜？江头风高浪急，未必就十分险恶，人间的道路才更是艰难。

　　辛弃疾不仅是南宋著名的豪放派词人，还是一位大将军，写词只是他的爱好，上阵杀敌才是其主业，放到现在那也是很多女孩儿心目中的"男神"。他一生留下了很多脍炙人口的词句，比如，"马作的卢飞快，弓如霹雳弦惊""金戈铁马，气吞万里如虎""天下英雄谁敌手？曹刘。生子当如孙仲谋"。这些佳句，在你们日后的学习中，还将逐步接触到。

　　《鹧鸪天·送人》这首词意境最好的是最后一句"别有人间行路难"。大意是说，人生的道路不是一条坦途，而是蜿蜒曲折的，在这中间会遇到很多的坎坷，磕磕碰碰也是在所难免的，甚至会让人遍体鳞伤，身心疲惫。人生是条单行线，在这条路上奔走的人们，就像一辆行驶的小汽车，既要开足马力向前，也要防止出现意外抛锚，还要定期保养，该加油时就加油，该维修时就维修，时刻保持良好车况。

每个人都有自己的梦想，随着每个人的成长，再宏伟的梦想也会逐渐被现实取代，因此更要脚踏实地，一步一个脚印去实现它。毕竟社会上的大多数人，包括爸爸妈妈也都是在不断努力地让普通生活过得更好而已。普通人是平凡的，也可以是伟大的。在平凡的每一日中如果能做好一件事，就是不平凡的，就是伟大的，就是值得人们尊敬的。《士兵突击》中的许三多，在每一个平凡的日子里，不断磨炼自己，最终成了不平凡的"兵王"。

当你们有一天忽然发现这个世界不是以你们为中心的时候，就会明白很多事情不是由着自己性子就可以的，这说明你们已经慢慢长大了。当你们经历了很多挫折和困难，就会知道这世上除了爸爸妈妈希望你们好，能担待容忍和宽容你们之外，其他人真的没有这个义务，哪怕是亲戚和朋友。

生活有时候很残酷，会在你处于低谷时，再给你重重的一击，是凤凰涅槃还是销声匿迹，关键看你扛不扛得住，是东山再起还是一蹶不振，关键要看个人的意志力，这就是我们需要直接面对的无法逃避的生活真相。当然，生活有时候会给你惊喜，也会和你开玩笑，当一个人不期望不奢望的时候，往往容易在山重水复中迎来柳暗花明，在不经意间迎来意外惊喜；当一个人急切地想得到某样东西时，往往是欲速则不达，事倍功半，距离目的地越来越远。

人生的意义在于，面对困难时要能够咬牙坚持下去，把困难克服掉，继续前行；再遇到困难，仍然咬牙坚持克服，不断提升自己。人生就是在不断地克服困难和超越自己中逐渐走向远方的。既然选择了远方，便要风雨兼程，只要不屈服、不气馁、不抱怨，坚持再坚持，距离目标也就会越来越近。

亲爱的孩子，你们纯真明亮的大眼睛看到的这世间的一切都是美好的，有各种好吃的食物，有各类好玩的玩具，就连小怪兽也是呆萌可爱的。其实，你们眼中看到的美好事物，都只是表象而已。随着年龄的增长，你们就会慢慢发觉表面看起来很美好的事物，都可能有不为人知的一面甚至多面，有美丽就有丑陋，有善良就有邪恶，有坚持就有放弃，有前进就有停顿。认识到事物的多面性、多变性和复杂性，认识到凡事都不是那么简单，就能知道人生路不是那么好走，而是充满了坎坷和荆棘，更要时刻小心谨慎，保持低调谦和。

人生虽然有辛弃疾"别有人间行路难"的艰辛，但是也要有苏东坡"也无风雨也无晴"的洒脱。顺便说一句，如果有一个中国古代最受欢迎文人评选的话，苏东坡一定能榜上有名，得票估计比辛弃疾还要多。苏轼一生官场失意，却达观向上，于诗词于美食于书法，皆成就非凡，为社会各阶层所喜爱。他的《定风波·莫听穿林打叶声》这首词，可以说是辛弃疾这首《鹧鸪天·送人》的别样注脚，二者相得益彰。

三月七日，沙湖道中遇雨。雨具先去，同行皆狼狈，余独不觉。已而遂晴，故作此词。

莫听穿林打叶声，何妨吟啸且徐行。竹杖芒鞋轻胜马，谁怕？一蓑烟雨任平生。

料峭春风吹酒醒，微冷，山头斜照却相迎。回首向来萧瑟处，归去，也无风雨也无晴。

亲爱的孩子，"行路难，行路难，多歧路，今安在。长风破浪会有时，直挂云帆济沧海"。你们要知道，虽然人生道路艰难曲折，但是能坚持走下去，未来一定会很美好，沿途别致的风景将尽收眼底，你们的心胸和格局打开之后，步伐将更加轻盈，心态也将永远年轻。

记住，世上没有比脚更长的路，没有比人更高的山，只有自己能够成就不一样的自我，成为独一无二的存在。

爱你们的爸爸

2021 年 7 月 2 日

第61封信

自律是解决
人生难题的良方

亲爱的孩子：

　　你们兄弟两个都已放暑假，终于可以不用为按时去学校"发愁"了。本来计划给你们报课外辅导班，果不其然遭到了坚决抵制，恰好"双减"政策到来，当前各种课外辅导班都暂停了。哇，这真是一个天大的好消息，你们心中一定是美滋滋的，终于可以随心所欲，尽情地玩耍。当然，在小孩子的世界里，永远喜欢做自己感兴趣的好玩的事情，学习虽然重要却是不受欢迎的。遗憾的是，即使有"双减"政策，也阻挡不了中国式家长让你们好好学习的热忱和决心，办法总比问题多，总有办法让你们学习。最终，你们还是会在我们的"友好监督"之下，"痛苦"地坚持着学习。

　　目前，你们的作业都是在老师和家长的要求下完成的。在学校由老师教授你们知识，传道授业解惑；在家里由妈妈辅导你们作业，温故而知新。当然，这种学习是被动的、不自觉的。如果你们总在一种被要求的环境下学习，即使能在学习上取得一定成绩，从长远看也很难取得大的进步。因为当你们到了一定的阶段，学习就不能再是这样的被动状态，而需要主动地学习，要具备较好的自我学习能力和约束能力才行。

　　爸爸见过很多学生以优异的高考成绩升入了重点大学，脱离了高中阶段被动的"填鸭式"教学模式，在大学相对轻松的学习环境中，反而变得不会学习，成绩滑坡的有之，无法按时毕业的有之，中途退学的也有之。他们都是曾经成绩非常优秀的学生，为什么会这样？因为他们主动学习的能力太差，不能严格要求自己，放飞自我的结果便是成绩的滑坡和学业的荒废。

　　这就是今天爸爸要给你们谈的主题，人生中的一个重要内容——自律。

　　自律的重要性不只体现在学习中，还体现在人生的方方面面，它是解决各种难题的良方。还是以学习为例，你们应该学会自己约束自己，自己要求自己，变被动为主动，自觉地遵守学生日常行为规范，约束自己的一言一行。毕达哥拉斯说："不能约束自己的人不能称他为自由的人。"自律并不是让一大堆规章制度来层层束缚自己，而是用自律的行动创造一种井然的秩序来为自己的学习生活争取更大的自由。

　　一般来说，一个人在顺境当中，最不容易自律，最容易放纵自己，放飞自我，降低对自己的要求，好逸恶劳、好吃懒做等各种惰性行为就会显现。一个人只有在逆境当中，才会反思自我、认识不足、检讨过失、痛定思痛、改正缺点、不断提高。当然，每个人都喜欢心想事成、万事如意，但这只是人生中的理想状态。一个人凡事都心想事成、万事如意的话，不仅是可怜可悲的，也是可怕的，这会让他为所欲为、私欲膨胀、无所顾忌。所以，人生中大多数情况下是不能"万事如意"的，因此才有了"不如意事常八九，可与人言无二三"的说法。

　　诚如《道德经》中所讲，"祸兮福所倚，福兮祸所伏"，失败与成功也是紧密相连，可以相互转化的。有时候看着十拿九稳的事情，最终还是功败垂成；有时候明明感觉已经没有希望的事情，却峰回路转，出现奇迹。这也告诉我们，凡事要有一颗平常心，要时刻保持低调审慎的原则。

　　孩子，在人的一生中，都会遇到低谷期，也会遇到特定发展阶段的瓶颈期。古人云："行有不得，反求诸己。"这句话出自《孟子·离娄上》，它的含义是：如果行动没有达到预期的效果，就应该反省，从自己身上找原因。古人云："以人为镜，可以明得失。"挫折的最大好处就是告诉自己这个世界是不完美的，自己也是不完美的，没有一个人能达到人生完美无缺的境界，即使再伟大的人物也不例外。正如爸爸母校厦门大学的校训"自强不息，止于至善"一样，至善只是一种理想的完美境界，个人可以通过拼搏努力靠近它，却永远无法达到。也如法律专家罗翔讲的那样，我们画不出完美的圆，但它是存在的。这就是现实，这就是人生。在不圆满的人生中走出圆满，自律的力量自不可少。

　　亲爱的孩子，一个人总有事业进展不顺利的时候，总有遇到小人使绊子的时候，总有感情碰到波折的时候，这都是人生常态，也是对一个人心理素质和综合能力的考验。有的人在苦难面前会退缩、会萎靡、会消极、会低沉，有的人则会把这当成磨砺人生的大好机会。一个人通过自律可以调整好心态，重新审视自己，认清不足，改正缺点；一个人通过自律会变得勤奋，变得爱学习，变得更加强大；一个人通过自律能提升自身的综合能力，塑造出高贵的品格。

自律是一种境界，也是一种自由，是一种控制自己有所为有所不为的强大力量。自律不是一种简单的品质，需要一个人有坚强的意志力和一以贯之的执行力。比如，大家都知道的减肥，看似简单的一件事，只要"管住嘴，迈开腿"，少吃多运动，就可以实现目标。很可惜的是，减肥就是"知易行难"，大部分人只是语言上的巨人，却是行动上的侏儒。所以，减肥是说起来容易做起来难，因此才会成为一个世界性的难题。人们才会常常说，减肥能够成功的人，干什么事情都能成功。这就是自律的强大力量。

总之，人生的幸福并不是缘于想干什么就干什么，而是缘于不想做什么就不做，这是一种自由的境界，也需要一种高度的自律。在今后的人生中，你们要通过自律，让自己变得优秀强大，自律是人生的一把钥匙，能解开人生中很多看似无解的难题。

爱你们的爸爸
2021 年 7 月 8 日

第62封信
要能跳出人生的舒适区

亲爱的孩子：

爸爸和弟弟在一起玩耍的时候，每次问"1+1等于多少"时，弟弟总是自豪地说"等于2"，而当问到"1+5等于几"时，弟弟又调皮地说"不知道"。还有哥哥做小教师时，每次在小黑板上给爸爸出的数学题，也都是自己比较擅长做的题目。这同爸爸上小学的时候一样，特别喜欢做自己熟练掌握的题目，而对自己不熟练或者不会的知识有一种天然的排斥，要么视而不见，要么直接略过。

现实中，很多人都习惯做自己熟悉的事情，对没有掌握的知识，出于害怕失败、惧怕挑战等原因，怯于探索，羞于询问，踟蹰不前，不愿涉猎太深。这也是人性的弱点，不愿意冒险，不愿意应对未知，只愿意在人生的舒适区内生活。由此看来，人生中遇到一些挫折还是有必要的，太过顺遂的人生会让人的性格因得不到磨砺而变得软弱，而挫折带来的挫败感会使人产生压力，有压力才能产生动力，有动力才能被迫去寻求改变和突破。

今天，爸爸要和你们谈的主要话题就是"要能跳出人生的舒适区"。

亲爱的孩子，小孩子和大人都是一样的，都喜欢在自己熟悉的领域内展开行动、发表意见，对于陌生的领域则不敢轻易发表意见或采取行动，因为这样可能会一不小心就显露出自己的无知。这也告诉我们，人在大多数情况下，与其张口证明自己的浅薄，还不如少说话、沉默是金的好。当然，现实中还有一种奇怪现象，叫"人之患在好为人师"，这种人自认为比别人高明，对不知道的领域自以为熟悉，喜欢对人指手画脚，习惯于说三道四，至于出多大丑倒也无所谓。

要能跳出自己的舒适区，这是一个很好的命题。停留在人生的舒适区，对个人而言百害而无一利，它会让人变得懒散，满足于现状，无所追求，日复一日平庸地生活。因为生活中但凡让人舒服的东西，比如好吃懒做、不劳而获、晚睡晚起、衣来伸手、饭来张口等，都有麻醉的作用，会让人满足现状，产生快乐的幻觉，丧失奋斗的动力。

人不能只生活在舒适区内，要想突破自己的人生，超越别人，就必须做出选择，做好远行的准备，无论是从思想上还是行动上。

跳出人生的舒适区，需要极大的勇气。这又分为两种情况，一种是主观意愿上认识到了前进的重要性，比如自我实现的需要，人生中有理想有目标，那就要为之奋斗，为之努力，为之跋涉；另一种则是被动的选择，在遭遇了事情的打击后，产生应激反应，自己要寻求改变，比如挫折与磨难带来的激励。无论哪一种情况，都需要自己设定一个可以达到的目标，好好学习、刻苦勤奋、早睡早起、自力更生、努力奋斗，如此才能如愿以偿。最近一个比较好的现象就是，哥哥在学习过程中不再只是喜欢做些简单的题目，而是开始主动学习乘除法，尝试着学习更多的英语单词，背诵更多的古诗词，这是一个好的开始，有行动就有收获，继续努力加油！

跳出人生的舒适区，要敢于突破自己，向未知的领域进发，这样人生才能不断前进。你们要知道，每个人的知识都是有限的，都是一个由少到多的积累过程；随着你们知识圈的扩大，就会发觉未知的领域也越来越多，在感叹于知识世界的浩瀚之外，也会发觉自己的渺小与知识的匮乏。就像科幻小说《三体》中预测的那样，智子技术、四维空间在未来都有可能被人类所发掘。认识到此，你们就会知道知识的重要，就会选择主动学习，不断把自己的已知领域扩大。

跳出人生的舒适区，要敢于发现不足，承认自己的无知。当你们发现自己无知的时候，说明你们正在逐步地走出舒适区，因为追求真理的道路是异常艰辛的，到那时你们也就不会轻易断言这一定是对的那一定是错的，因为有时候越是肤浅的知识越看似正确无比，而真正的知识必须经过严密的逻辑论证。比如，"绿豆能治疗百病""最好的药房是厨房"等谎言，被那些"养生大师"说得天花乱坠，有很多人深信不疑，也深受其害。再如，爸爸之前信中谈到的"鸡蛋返生"和"推翻相对论"等谬论一样，稍加逻辑推理和论证，就知道是骗人的虚假言论。

总之，你们如今正处于充满活力与生机的年龄段，一定要好好学习，天天向上，切不可停留在只知玩耍的舒适区，因为时光一去不返。小时候你们乐于停留在舒适区不思进取，长大后舒适区也会如朝露一样自然蒸发；小时候你们不吃上学的苦，长大后就要吃上不了学的苦。当长大后再为自己一无所长、一事无成而懊恼时，那一切都太迟了。

爱你们的爸爸

2021 年 7 月 16 日

第63封信
自然灾害面前要学会自保

亲爱的孩子：

2021 年 7 月 20 日，是一个永远值得铭记的日子，郑州市经历了前所未有的大暴雨。连续下了两天雨之后，20 日下午雨量突然增大，直接导致了整个城市被淹，很多小区的地下车库、主要道路及地下隧道、地铁等都被雨水倒灌并淹没，导致很多地方停水停电、通信中断，许多家庭遭受巨大的财产损失，甚至很多人付出了生命的代价。

咱们所住的小区也出现了雨水倒灌到地下车库的现象，幸好有物业的工作人员以及邻居们的大力帮助，最终堵住了地下车库的出入口，防止了更大灾难的发生。然而，由于我们住在高层，家里停水断电，妈妈和姥姥要多次上下楼给家里搬水和运送食物，确实非常辛苦。你们一定要记得姥姥和妈妈为你们的无私付出，好好地爱护她们、保护她们。

爸爸的单位里也发生了严重的内涝积水，爸爸被困在里面，一直处于紧张忙碌的状态，加之道路积水较深，只能在医院附近住着，不能在身边照顾你们，内心十分愧疚。

孩子，诸如大暴雨这样的自然灾害还有很多，我们应该正确地认识它们，在它们到来的时候知道如何正确应对，要能在最短时间内选择最佳的自我保护手段，这是今天爸爸信中讲的重点内容。

纵观人类的历史，发生灾害的原因主要有两个：一是自然影响，二是人为影响。无可否认的是，当下很多自然灾害的发生，与人类对大自然的过度破坏有很大关系。避免自然灾害的发生，就是要敬畏大自然，尊重大自然，爱护大自然，与大自然和谐相处，友好共存。

今天，爸爸给你们谈的自然灾害主要是指给人类生存带来危害或损害人类生活环境的自然现象，包括干旱、洪涝、山洪、台风、冰雹、暴雨、暴雪、大雾、大风、地震、海啸、泥石流、火山喷发等。显而易见，郑州这次的大暴雨就是自然灾害的表现形式之一，但也体现出整个城市应对危机的意识不足，城市排水系统的滞后。如果能及时预警，关闭地铁、地下隧道等交通设施及场所，让广大市民及时防范，有些损失本可避免，有些生命原本不必逝去。

亲爱的孩子，你们已经知道，自然灾害威力巨大，破坏力极强，充满了不确定性，在它面前任何人都会变得渺小和无助。它的发生往往让人猝不及防，很多人一瞬间就会被吞噬，这是最可悲也是最无奈的事情。

因此，今天咱们就谈谈在灾害面前如何有效保护自己的话题，它永不过时，更要常常记在心间。

在自然灾害面前，人们一般都会慌乱惊恐，不知所措，举止失当，这都是面临突发事件的正常反应。这次大暴雨中困在地下隧道车辆中的人们，困在地铁车厢中的人们，以及困在单位的人们等，都有这样的初始反应，这是正常的。你们一定要铭记的是，生命对于每个人只有一次，一旦失去就永不再来，所以在危急时刻首先要保护好自己，不必在乎身外之物，有时候人犹豫的一刹那，就可能失去了逃生的最佳时机。记住，这个世界上生命是最宝贵的，安全第一，人世间除了生死，其余的都是小事。

在有着巨大不确定性的自然灾害来临的时候，一定要能快速地恢复冷静，观察周围的地形和环境，寻找有利的地势和位置。比如，地震时要尽量选择有坚固支撑物的地方躲避，在暴雨来临的时候要尽可能找到位置高能避雨的安全场所，在激流中要尽可能抓住漂浮的物体等。

记住，孩子，一个人只有在有效保护好自己的前提下，才有能力去帮助其他人，这样的互相帮助才是温暖的、有力量的。帮助别人需要智慧，而不是莽撞，在不能有效保护自己的前提下，忙乱之中冒失地去帮助别人，大概率会出现更加糟糕的情况，得不偿失不说，也会造成双输的局面。比如，河水因暴雨暴涨时，一个不会游泳的人在没有救生工具的情况下，就不顾一切地去抢救溺水人员，结果极可能是多人同时丧命，这种行为不值得鼓励效仿，因为它造成的损失更大，给更多家庭平添永远无法抹平的伤痕。有时候，我们不能因受了那些舍生忘死、取义成仁、奋不顾身等宏大的语言叙事的感染而冲动，因为凡事还要具体问题具体分析，绝不能一概而论。

现实中，一个爱自己的人才会去爱别人，一个连自己都不爱护的人，又如何能去关爱别人呢？我们在弘扬见义勇为这种高尚精神的时候，恰恰不能忽视的是复杂多变的人性。人性好比一枚硬币的两面，有光辉的一面，也有阴暗的一面。在巨大的危机面前，人性可以展现出无私奉献的高贵品性，也会体现出自私自利的卑劣品格。

切记，对于那些在危急时刻，调子高、嗓门大的人，那些动辄让别人牺牲向前而自己却后退的人，一定要远离，而那些低调、干实事，保护自己也能关爱其他个体的人，反而更能凝聚力量，更易形成强大合力，在将自己的损失降到最低的同时，也能最大限度地保护别人。

爱你们的爸爸
2021 年 7 月 24 日

第64封信
童年是个易碎品

亲爱的孩子：

童年是一个人一生中最美好的时期，它好比一台旧式的"傻瓜"照相机，照出了一张张照片，记录了个人生命长河中最初的影像，有纯真的回忆，有清澈的眼睛，有稚嫩的脸庞和甜甜的微笑，生命中的画卷在这里徐徐展开并留下最美丽的印记。当然，胶卷比较"娇嫩"，像极了一个人珍贵又易碎的童年。

易碎品，顾名思义就是容易破碎的物品。亲爱的孩子，这个世界上易碎品很多，如玻璃杯、花瓶、瓷碗、水杯等，也包括你们正在经历的童年。

孩子，童年是美好的也是易碎的，要小心翼翼呵护才行。童年是美好的，因为它充满了幻想，充满了想象。童年又是易碎的。一个不小心，就会像胶卷冲洗时"过度曝光"一样，美好景象全无，也会像被碰倒的花瓶一样，变得支离破碎。

平日里，时常与你们说起爸爸妈妈的童年。爸爸那时候和儿时的玩伴一起去村头的河边钓鱼，在路边玩抓石子游戏，夜间去树林里抓知了，傍晚沿着河堤捡花生和挖红薯，真是天真无邪的美好时期。这个时期的爸爸也经常犯错，常常感到委屈。如今，当你们兄弟在家里嬉闹的时候，爸爸妈妈总是提醒你们小心，不要碰到易碎的物品，可有一次你们还是把家里的一个瓷盘摔碎了，幸运的是没有伤到你们。妈妈就此批评了几句，你们就表现得很委屈。由此可见，我们的经历很有共通之处，当年爸爸也和你们一样委屈地哭诉。快乐的事情都是相似的，痛苦却各有各的原因，相似的童年我们都曾经有过。

童年是个易碎品，主要是因为童年的生活中有各种意想不到的事情发生。如今的你们弱小、天真、单纯、任性，正是需要被保护的关键时期。最近发生在西安的 3 岁儿童掉落下水道的事件，再一次给爸爸妈妈敲响了警钟，人生中意外无处不在，我们要时刻保护好你们的安全，绝不能有一刻的放松和大意。每年暑假都有孩子因为玩水溺亡的悲剧发生，生活中充满着意外和未知，这易碎的童年又怎么能不让大人操心呢！此时，我也能理解当年为什么爷爷会暴揍野游的爸爸了。

亲爱的孩子，爱玩是人的天性，快乐的童年时期尤其如此，你们会犯错，会淘气，爸爸妈妈之所以教育或者批评你们，那是为了纠正你们成长过程中的坏习惯，避免你们偏离前进的主方向，让你们更好地健康快乐成长。很多家长在批评孩子的时候经常说"不要有一颗玻璃心"。同样，"玻璃心"也存在于这易碎的童年，它同样是脆弱的，也是不易修复的。

童年是你们未来人格、性格和个性形成的关键时期，一个人在童年时候养成的习惯、性格、思维将深刻影响着他后面的人生。有一句话说得非常好，幸运的人一生都被童年治愈，不幸的人一生都在治愈童年。这"易碎"的童年，弄不好就会造成你们一生的伤痛，这如何不让我们小心谨慎、时刻警醒呢！

孩子，安全感是人类心理需求排名第一的要素。人在不同的阶段都需要不同程度的安全感来应对外部世界潜在的危险，对处于童年阶段还没有自我保护能力的你们来说更是如此。如果小孩子受到过狂风暴雨的惊吓，在以后的人生中就可能会对风雨雷电留有阴影。一个人如果在童年时遇到太多的情感伤害和不幸，类似父母经常吵架甚至离异，在校园内遭受暴力伤害，在这样没有安全感的环境中成长，就可能会造成个人巨大的精神创伤，很容易失去安全感，甚至导致心理的极度脆弱和人格扭曲。在这种环境中成长的孩子，容易养成敏感、孤僻、偏执的性格，也会影响其后的求学、择业、择偶等重要的人生选择。

因此，一个温暖的家庭氛围，一个温馨的成长环境，一句暖人的关心话语，都能给人带来安全感，也能给予人无穷的力量，让人自信大度、积极向上，有利于塑造出优秀的品格。在接下来的日子里，爸爸妈妈会尽量创造出好的环境，陪伴你们度过一个快乐健康的童年。童年是个易碎品，我们一起好好呵护它，让你们健康茁壮地成长，成为阳光从容、坚强坚韧、自带光芒的人。

著名歌手罗大佑的歌曲《童年》道出了无数人童年的天真和梦想。"池塘边的榕树上，知了在声声叫着夏天；操场边的秋千上，只有蝴蝶停在上面；黑板上老师的粉笔，还在拼命叽叽喳喳写个不停；等待着下课，等待着放学，等待游戏的童年……"

爸爸妈妈每每听到这首歌，总是不由自主地回想起自己的童年。因为里面的歌词温暖阳光，纯真快乐，等你们长大后再来感受这首歌时，一定能触碰到心中那个属于童年的自己。

亲爱的孩子，童年是个易碎品，要高举轻放，小心擦拭，防止剐蹭，好好呵护，好好收藏。童年中藏着每个人"醉后不知天在水，满船清梦压星河"的美丽梦想，也蕴含着"惟有门前镜湖水，春风不改旧时波"的美好回忆，景色很美，意境深远，什么都有，什么都可以触碰到。

爱你们的爸爸

2021 年 7 月 31 日

第65封信
最危险的事情最简单

亲爱的孩子：

这个世界上最简单的事情是什么？爸爸相信你们一定有很多的答案。比如，在你们的脑海中 1+1=2 当然是简单的，吃到喜爱的薯片，开口说话，迈腿走路，刷手机看视频都是简单的事情。凡此种种，是你们不用费力不用思考就能做到的，当然其他的小朋友也一样可以做到。

孩子，1+1=2 是最简单的数学题，然而，知道 1+1 为什么等于 2，却又是不简单的，它是世界近代三大数学难题之一。我国著名的数学家陈景润教授详细证明了 1+2=3，被公认为是对"哥德巴赫猜想"研究的重大贡献。

由此可见，一件看似简单的事情，真的那么简单吗？我们的答案当然是否定的。比如，我们可以从手表中轻而易举地看到准确的时间，但是电子表和机械表背后的运行原理却是不一样的，它们的结构也是复杂的。再如，薯片的制作也不是简单地把马铃薯切成薄片放进烤箱烤就行了，它的制作涉及多道工序。就如你们的语文课文《千人糕》中所讲，"一块平平常常的糕，经过很多很多人的劳动，才能摆在我们面前"。

亲爱的孩子，一定要记住，这个世界上任何看似简单的事情都不那么简单。

在这里，我们需要明确的是，通常最危险的事情往往不是最难最复杂的，恰恰是最简单的。因为简单，让人容易放松警惕，眼高手低，滋生麻痹心理，所以人们才会常常犯不该犯的错误。比如，在考试中某一科目成绩不理想，往往不是题目难的那门功课，而是自己最擅长的那一门。爸爸在高考中就出现了类似情况，在最擅长的历史考试中发挥一般，平常相对薄弱的数学成绩反倒差强人意。再如，我国体操名将李宁、李小双，都曾在奥运会的大赛中，在自己最擅长的项目中出现过重大失误，从而与金牌失之交臂。

还有，张口说话是一件简单的事情吗？你们每天早上起来，总是要和爸爸妈妈说很多话。但是，有一个成语叫"祸从口出"，从古至今，因为说错话引起的人间惨剧比比皆是，甚至丢掉性命的也大有人在，所以说话是这个世界上看似最简单，其实也是最难的事情。因此，才有了"因言获罪""谨言慎行""沉默是金"等成语。等你们长大后慢慢就会明白，说话是人生的一门大学问，也是一辈子的修行，什么时候能说，什么时候不说，需要有智慧才行。管住自己的嘴巴，修炼自己的内心，在现在和今后的很长时间内，仍将是提高个人修养的主要途径。

　　另外，迈腿走路也是一件看似再简单不过的事情，但当你仔细观察生活，就会发现因为走路不小心，不遵守交通规则而导致的意外事故几乎每天都在发生。这些悲剧都是一些看似再简单不过的事情造成的，造成的损失也是巨大的，当事人终身残疾的有之，死于非命的有之，违法坐牢的有之，这又如何不让我们对简单的事情警惕小心呢？

　　如今，互联网时代的信息获取方式便捷廉价，从手机中获取资讯是大多数现代人常用的一种方式。爸爸很遗憾地告诉你们，这些不费吹灰之力就能学到的知识有相当一部分是无效的、碎片的、真假难辨的，有的是根据大数据"信息投喂"的结果，还有的甚至是没有经过严格逻辑论证和科学检验的虚假消息。

　　亲爱的孩子，人们有时候之所以追求简单，是因为肤浅。当下很多所谓互联网大 V，就是利用了这一特点来博得眼球、赚取流量，大发不义之财的。当一个人沉浸在从手机中获取资讯来充盈自己大脑的时候，他察觉不到这种方式是最简单的，也是最危险的。没有深度思考，就不可能使人变得睿智沉稳，人就会张口闭口谈论一些大众化的观点，并拒绝接受新的观点和思想，把和自己不同的观点绝对化、泛道德化，而自己只是在主观认为的熟悉领域打转而不自知，变得认知肤浅，遇事不辨是非，对一些谬论言之凿凿还深信不疑，也会更加凸显自己的无知与单薄。

　　孩子，如果知识的学习是一件非常简单的事，一个普通人不好好学习就能轻松考上一所重点大学，以至读硕士博士都是非常简单的事，那才是对知识最大的不尊重。一个人从无知到有知，是一个经年累月、厚积薄发的过程，尤其是在高精尖的专业知识领域，更是需要日复一日地刻苦攻读。知识的掌握绝不是轻而易举的。

王安石有诗云："看似寻常最奇崛，成如容易却艰辛。"切记"最简单的事情最危险"，不论是在日常行为中，还是在学习中，你们都要时刻小心谨慎，凡事不要简单化处理，要想到另外一种可能性的存在。比如，你们在书上看到的灰犀牛，看似笨重、反应迟缓，然而一旦它狂奔而来，人们会猝不及防，直接被扑倒在地。因此，人生中唯有坚持谨慎审慎的态度，才能迎难而上，克难攻坚，增长才干，淬炼品格，走出属于自己的精彩人生路。

爱你们的爸爸

2021 年 8 月 8 日

第66封信

太阳底下没有新鲜事

亲爱的孩子：

爸爸前几日想和你们兄弟俩一起看达尔文的《物种起源》，可是你们兄弟俩就是安静不下来，总是蹦蹦跳跳地要学奥特曼战士去拯救整个宇宙。

孩子，奥特曼战士要拯救的宇宙很大，寥廓浩渺而漫无边际。我们生活的地球属于太阳系，只是宇宙中很小的一部分。太阳系是以太阳为中心，包括围绕它转动的八大行星、矮行星、小天体组成的天体系统组成，这八大行星分别是水星、金星、地球、火星、木星、土星、天王星、海王星。在太阳系中，太阳是唯一的恒星，这八大行星都围绕它旋转。爸爸在读高中的时候，地理课本中讲的还是太阳系有九大行星，还有一个冥王星，后来就变成了八大行星。爸爸和妈妈还争论过太阳系究竟是九个还是八个行星的问题，结果发现是自己错了，原因是自己的知识没有及时更新。看来学习真是要常学常新才行，不然就会在大家都知道的知识点上犯常识性的错误，贻笑大方不说，自己也徒增尴尬，就会像冥王星一样，因为运行不规律，"态度"不端正，被正式"踢出"了行星的队伍。

太阳是地球上的万物之源，对我们的重要性自不待言，没有太阳光的照射，地球将漆黑一片，万物也将不复存在。日出日落、昼夜更替是地球围绕太阳公转和自身自转的结果。在近代自然科学产生以前，人们总以为地球是宇宙的中心，太阳是围绕地球旋转的，"地心说"是千百年来毋庸置疑的常识，这和战国时期思想家列子的散文《两小儿辩日》的论点有异曲同工之处。这说明一个道理，耳听为虚，眼见也不一定为实。其实很多我们一直认为正确的知识可能是错误的，就像爸爸一直还以为太阳系有九大行星一样。因为，人的理性和认知总是有限的，而知识是无限的，所以做人要谦虚低调，保持谦卑谨慎的学习态度，要活到老学到老，生命不息，学习不止。然而遗憾的是，昨天人们犯的错，今天人们还在犯，未来还会有人不断重复，这是因为人惯于有自大的倾向，容易骄傲，也总是认不清自己。要知道，认清自己可是一生的难题，没有相当程度的知识积累，是万万做不到的，很多人穷其一生都是在浑浑噩噩中过日子。

自古以来，人类围绕太阳创造了许多图腾，许多祭祀的神灵或伟大的人物被称为"太阳王""太阳神"等。由此也产生了很多著名的谚语，比如，"太阳照常升起""太阳每天都是新的""太阳底下没有新鲜事"等。

孩子，今天爸爸给你们讲的是"太阳底下没有新鲜事"这句话。它出自《圣经》。《圣经》中有言，世间万物是上帝在创世纪之时就安排好的，所以，太阳底下没有新事物。

爸爸今天给你们讲这句话的原因在于，它的寓意非常深刻，意思是人类从来不会吸取历史的教训，现在正在发生的、将来还会发生的事情，在过去也都已经发生过了。比如，你们正在经历的童年，爸爸妈妈都一样经历过，即使我们一再告诫你们要这样做不要那样做，这是对的那是错的，也大都无济于事，你们还是在自己的童年世界里成长。中国众多的儿童虽然成长经历不同，但成长过程又是何其相似！

再如，爸爸在读大学期间，为了避免走弯路，初入大学都会听老师和学长们讲很多道理，讲不要虚度光阴，讲如何好好学习，但是那四年时光还是要自己经历过才知道，谁的大学不是"大一《彷徨》，大二《呐喊》，大三《朝花夕拾》，大四《伤逝》"。现在想来，一年年考上大学的学生都是这样过的，相同的四年经历，不一样的人生路径，区别在于有的人虚度光阴，有的人真正学到了知识。其间，有真才实学的同学大概率能到更好的学校深造或者找到一份很好的工作；没有真才实学的同学，即使得到一定的机会，也不见得能把握得住。

孩子，每个人都是独一无二的存在，但人性中一些固有的优缺点又极其类似，不能做到完全理性。人会高兴也会失落，会谦虚也会骄傲，会自大也会自卑，能做对也会犯错，很多人的起始、经历与结局又有类似的地方。这就是"太阳底下没有新鲜事"这句话的精妙之处。

亲爱的孩子，千百年来，人类取得的进步日新月异，饮食精细，衣着鲜亮，科技进步，但是基于人性的思考和行为变化却不大。好运气常常伴随勤奋努力的人。善良、正直的人虽历经挫折，但也大都好人有好报；自私、贪婪的人虽能得一时之利，但如果长期自我膨胀又不收敛，最终大都会身败名裂，竹篮打水一场空。

当今的很多事情，在历史上已经发生过无数次，将来也一样会发生，它的基本判断来自人性中的弱点和缺点，来自人性中自私贪婪的一面。

古往今来，概莫能外的是，现实中一个人所能做的事情，别人可能早已做过。一个人可能和处于不同时代的人拥有类似的际遇，虽然他们面对的是不一样的人，经历的是不一样的事，但大体是一致的起点与类似的结局。因此，别人即使讲了很多经验和教训，我们可能还会犯一样的错，情绪冲动大于理性克制，会有同样的喜怒哀乐，这都体现出要每时每刻学习的重要性，因为多读书、爱思考能降低个人犯错误的概率。

"太阳底下没有新鲜事"这句话告诫人们，对人类文明的伟大和闪光之处，要不遗余力地发扬光大、传承创新，这些是人类不断前进的基石，更要对人类先前犯过的错误保持足够的敬畏和警惕，不能有侥幸心理，要尽可能地避免悲剧的再次上演。

爱你们的爸爸
2021 年 8 月 17 日

合作是最高级的人类认知能力

亲爱的孩子：

你们梦想着成为奥特曼战士，梦想着打败怪兽、捍卫和平，这是一个了不起的梦想。一个人如果没有梦想，生命就会变得黯淡无光，就会失去奋斗目标，没有发展方向，人生就会变得毫无意义。当然，奥特曼战士们也是经常合力才能打败怪兽的，就像一首歌唱的那样"团结就是力量，这力量是铁，这力量是钢，比铁还硬，比钢还强"。

亲爱的孩子，你们知道吗？地球的年龄约为 45.4 亿年，现代智人出现的时间约为 20 万年前，人类有文字的历史约为 5500 年。打比方说，如将地球的年龄缩短成一年 365 天的话，人类所占的时间仅仅是这一年中最后一天的最后 30 分钟。这样看来，人类对于地球而言，就如同你们一样，还是非常年轻、非常可爱、非常幼稚的孩子。

人类文明刚刚萌芽的时候，面对恶劣的自然环境，面对凶猛的老虎、狮子、鳄鱼等动物，个体的自我保护能力还很弱。人类只有群居在一起，才能抵御严寒和饥饿，才能应对这些凶猛动物的侵袭。可以说，人类的生存和繁衍是在互相帮助下才得以实现的，这就是合作的开始，也贯穿于人类发展的过程中，它帮助人类走向了独特的进化发展之路。

著名人类学家玛格丽特·米德有一个著名的论断：人类文明最初的标志是被发现的"一块折断之后又愈合的股骨"。愈合的股骨表明，有人花了很长时间来照顾受伤的人——处理伤口、提供食物、保护他不受攻击。米德据此解释说，从困难中帮助别人才是文明的起点。人类从动物的本能吃掉对方或杀死对方到帮助别人就是野蛮状态向文明状态的转变。由此可见，与人类之间相互合作不同的是，很多动物之间的协作是出于本能，是为了生存或者为了抵御天敌的无意识的自然行为。比如，蜜蜂筑巢就是最典型的形式之一，蜜蜂们合作筑起的蜂巢，可谓巧夺天工、结构复杂、功能完备，可囤积食物，还可以躲避敌害，保护自己的族群。奈何再精心构筑的蜂巢，也只是出于蜜蜂的本能反应，而不是为了艺术。

与之不同的是，人类之间的很多合作已经远远超越了本能的范畴，或是为了经济利益，或是为了社会效益，抑或是为了精神方面更高层次的需求。孙立平教授在《合作是比竞争更高级的能力》一文中进一步指出，"在人与动物之间，这个程度的差别最重要的就是大脑，就是脑容量，就是由此形成的思维能力及外化的表达能力。大脑的发达可以使人类有复杂的思维，由此形成的语言又使得人与人之间可以进行复杂的交流，于是人类更加复杂的模式化的社会生活才有可能。米德的那块股骨就是在这样的基础上愈合的。这种活动的本质是合作，是人类特有的一种合作"。

由此可知，当前人类创造的灿烂文明，创造的巨大财富，取得的进步大都是合作共赢的产物。可以说"合作是最高级的人类认知能力"。

通过阅读亚当·斯密的《国富论》，哥哥已经似懂非懂地了解到一些内容：合作带来繁荣，分工带来效能。以你们学习使用的铅笔为例：一支细细的铅笔，就需要成千上万人通力合作才能生产出来。这些人也许互不认识，但并不妨碍他们通力合作，生产出这个产品，这是一件很神奇的事，当然也是团结合作的成功典范。

当前，随着全球化的不断深入，国际分工合作日益深化，可以说人类离开了合作寸步难行。以美国波音公司生产的 787 大型客机为例，它是全世界外包生产程度最高的机型，波音飞机公司本身只负责生产大约 10%——尾翼以及最后组装，其余的生产是由遍布于全球各地的 40 个合作伙伴来完成的。

合作作为最高级的人类认知能力，主要分为非正式合作和正式合作。

非正式合作是人类最古老、最自然和最普遍的合作形式，这种合作无契约上规定的任务，也很少受规范、传统与行政命令的限制，主要发生在初级群体或社区之中。比如，在北方农村，盖房子、农忙、婚丧嫁娶时，街坊邻居亲戚朋友都会去帮忙，这在我国北方俗称"甯忙"，可以浅显地理解为"帮助别人穿梭在忙碌之中"。这是一种典型的非正式合作关系。再如，几个不相识的人在篮球场上打球，临时合作分为两队，比赛结束合作关系也就终止了。

正式合作是指具有契约性质的合作，这种合作形式明文规定了合作者享有的权利和义务，并受到有关法律法规的保护。比如，国家与国家、企业与企业之间签订的条约、合作协议等，就是典型的正式合作形式。

孩子，人类社会从非正式合作向正式合作的过渡，标志着人类合作由以地缘、血缘、族群为主向明确权利和义务的契约为主的转变，体现的是人类文明的不断发展。这也是以传统农耕文明立国的古老中国由"熟人社会"向现代"契约社会"转变的必由之路。虽然当下中国还不能完全摆脱人情的束缚，以"老乡会""同学会""战友会"等拟血缘关系组成的人际关系网络还存在，但是改革开放以来，我们从个人、单位到国家，渐渐构建起的契约精神，使我们能按照合作协议办事，摆脱人情的束缚，是社会文明进步的重要标志之一，也是国家取得巨大发展成就的重要原因所在。

当今世界，随着经济全球化的发展，无论是国与国之间、单位与单位之间，还是个人与个人之间，都需要各种各样的合作。合作在给双方带来共同利益的同时，也给人类生活带来了巨大的便利，有力地推动了人类生产生活的进步。

亲爱的孩子，你们出生在一个幸福的改革开放的时代，当前我们国家所取得的巨大成就，很多都是参与国际分工合作取得的硕果。开放与合作犹如一对孪生兄弟，越开放越需要合作，越合作越需要开放，越开放就越自信，越自信就越从容。

记住，孩子，学会合作，善于合作，乐于合作，是个人必备的素质，也是走向成功的重要一步。

爱你们的爸爸

2021 年 8 月 26 日

第68封信

大道理不如小规矩

亲爱的孩子：

转眼又到了开学的日子，这对每一个爱玩儿的孩子来说，都不算是一个好消息。爸爸小时候也是这样，上学的时候盼着放假，周一的时候盼着周末，做学生的时候盼着参加工作。等工作后才知道学生时代是一生当中最美好的时光，如果现在再给爸爸一次上学的机会，我一定会好好珍惜，全神贯注地读书学习，绝不耽搁一丁点儿的时间。

由此可知，人生总是不能两全其美的，总是这山望着那山高，然而现在拥有的才是最好最真实的。爸爸还要告诉你们一个小秘密，降低个人欲望是获得幸福的小窍门。

言归正传，相较于短暂惬意的假期，校园学习才是你们未来十几年生活的"主战场"。你们开学后，爸爸妈妈又要唠唠叨叨、不厌其烦地督促你们学习了。当你们吵嚷着不想上学时，从你们天真的想法中也可窥出求知的道路是何等的艰辛不易。

亲爱的孩子，学习对于每个人的人生而言都极其重要，这方面的名言名句，找成百上千条都不难。问题在于，这些大道理人人都懂，但一个人能否真正认识到学习的重要性，却又是另外一回事。当一个人只说不做时，他就永远无法到达目的地，也永远无法取得学习的真经，学习到真正的知识。

其实，人生中很多的大道理，如勤劳勇敢、热爱劳动、乐于助人、诚信友爱等，也与好好学习一样，好像是够不着、摸不到、看不见的，容易让人产生成功的幻觉，虽然能起到一时的作用，却终归离我们的实际生活太远。反倒是认真听讲、坐姿端正、细嚼慢咽这些小规矩，被不断地反复要求，因为真实，容易被人感受得到。从这方面看，真是"大道理不如小规矩"。

昨天晚上，爸爸看到哥哥坐在沙发上看《大头儿子和小头爸爸》，就要求哥哥朗读其中的两页内容。结果，哥哥在读书的过程中，一是语速过快，发音不清晰；二是在读到"臭——大——头"这个句子时，自己就先禁不住笑得前仰后合，以至于读不下去。结果在旁听的弟弟也跟着大笑起来，看来笑是有感染力的，你们兄弟笑场了呀！

　　由此可见，人与人之间的行为会相互模仿，尤其是哥哥对弟弟的影响大一些。比如，骑自行车、滑轮滑、捉小虫子时，弟弟都深受哥哥行为的影响。当哥哥养成一些好习惯的时候，弟弟也会跟着学；当哥哥不遵守规矩的时候，弟弟更会效仿。从这方面讲，教育你们成长、成人，也是爸爸妈妈最头痛的地方，你们是鲜活的个体，不是机械的物体，有时候性格不是一人一面，甚至是一人多面，同样的学习内容教你们兄弟俩，要因材施教用不同的方法才行。在教育你们的这个问题上，爸爸妈妈与你们一样，还是一个"小学生"，还在不断学习的路上。

　　孩子，在读书的过程中，你们要认认真真、一丝不苟，而不是简单地为了自己开心就好，更不能不求甚解，马马虎虎了事。你们须知学习是为自己而学，这些小规矩虽然看着不大，但它会慢慢融入你们的学习生活，变成你们的习惯，你们认真遵守这些的话就会有好结果，不认真就会适得其反。一定要记住，细节决定成败，浮躁是学习的大敌，遵守规矩是克服浮躁的法宝。

　　因此，对于成长期的你们来说，多了解一些大道理是必要的，但还是要从遵守小规矩做起。小规矩在日常生活中随处可见：早晨起床要按时刷牙，吃饭时要细嚼慢咽，不能浪费粮食，过马路要遵守交通规则，写作业时要坐姿端正，读书时要认认真真等。这些小规矩存在于一言一行当中，当你们遵守这些小规矩时，就能养成好的习惯，培养好的学习能力，变成一个懂规矩、人见人爱的阳光小男孩。

　　随着你们年龄的增长，小规矩陪伴着你们，从小学到中学，再到大学乃至参加工作，一步一步地帮助你们实现人生的大理想。这时候那些人生中的大道理在你们的日常行为中就会得到印证，它们是正确的，是指引人生前进的明灯。

　　古人云："不积跬步，无以至千里；不积小流，无以成江海。"小规矩是"跬步"，是"小流"，大道理就是"千里"，就是"江海"。小小的规矩中蕴藏着大道理。

要想实现千里之程，就要一步步来，坚持不懈，方可成功；要想汇集成江海，就要积薄为厚，聚少为多，才能实现"百川异源而皆归于海"的宏伟目标。

孩子，实现人生目标的过程，与堆积木一样，是一块块积木按照小规矩叠加的过程，小规矩的基础打得好，大道理自然而然就会实现。大道理与小规矩是一对好朋友，大道理在前方，小规矩就在手边。遵守小规矩，才能看到大道理，两者一远一近，交相辉映。你们要想和大道理成为好朋友，那就先要找到它的好朋友小规矩。

爱你们的爸爸

2021 年 8 月 30 日

第69封信
会哭的孩子有奶吃

亲爱的孩子：

昨天你们兄弟俩又打闹了，为的是争抢同一个玩具，结果自然是年龄小的弟弟又哭了。在爸爸妈妈的调解下，最终以弟弟得到玩具，哥哥道歉结束。

在这件事情中，力量占优势一方的哥哥并没有错，是弟弟去抢哥哥手中的玩具，没有占到便宜，才委屈地掉下了眼泪。当然，弟弟的行为是错的，但弟弟却得到了玩具和哥哥的道歉。作为维护正当权益一方的哥哥，被要求让着弟弟，最后失去玩具并道歉。

亲爱的孩子，等你们长大后，就会发现一个有趣的现象，人生中很多事情，仅仅靠对错没有用。正如，爸爸在第23封信中讲到的，即使是儿童的世界里，很多事情的处理，对错也不是最重要的，重要的是如何权衡取舍。

在争抢玩具的过程中，既然是弟弟的错，为什么哥哥还是挨了批评？这是因为爸爸妈妈总有一天要老去，我们只能陪伴你们人生中的一段时光。你们是至亲骨肉，是最能相互依靠的人。将来的很多困难，需要你们兄弟俩共同携手才能克服。正所谓"兄弟阋于墙，外御其侮"，这句话比喻兄弟间虽然在内部有分歧、有争执，当有外来的侵略时，却能团结起来一起对付敌人。这就是爸爸妈妈要求哥哥保护弟弟、让着弟弟的主要原因。因为哥哥年长，在家中承担的责任义务也大，因此古人还有"长兄如父"的说法。

孩子，哭是人的天性。人出生的第一件事就是"哭"，由于还不会说话，吃喝拉撒、生病只能通过哭来表达，这是为了引起人们的关注和同情。"会哭的孩子有奶吃"，人们同情弱者，古来有之。我国四大名著之一的《三国演义》中的刘备就是"会哭的"代表，人们常常说"刘备的江山是哭出来的"，主要是指刘备通过哭来展示仁义，博取同情，赢得人心。

言归正传,"会哭的孩子有奶吃",意思是说,不管是在工作中,还是在家庭、生活中,那些经常抱怨、爱表现或者善于示弱的人往往更容易得到人们的关注同情,也更容易获得一些利益补偿。尤其是在虚拟的网络空间,弱者的眼泪也更易博得大众的同情和关注,这些人也许是故意伪装的,为了博得大众同情而哗众取宠,但是很多网友却顾不了那么多,事情本身的是非曲直反而变得不重要。所以,现在网络上才有一句违反逻辑的话,叫"抛开事实不谈"。这也是比较奇怪的一个现象,"抛开事实不谈"还能谈什么?背离事实所谈的都是混淆是非的。

因此,相比那些乖巧懂事的孩子,爱哭的孩子更懂得表达自己的需求,争取自己的利益。如果一个人遇事一味地沉默,不知道如何表达自己,那就如一个隐形人一样,没有人看出他的意愿,也就没有人知道他的真实感受。

"会哭的孩子有奶吃",不管是对小孩还是大人,都是一个极好的命题。会哭不是指让你们兄弟真的天天去哭,它所代表的是懂得去更好地争取自己的利益。

当然,会哭也是一门艺术,不是所有哭的孩子都会有奶吃,也不是所有的哭都能解决问题。你们要知道,人生中的大部分问题都不能靠哭来解决,也不是所有哭的人都会被同情,更多时候哭是一种懦弱的表现。

长大后,你们就会知道,哭只能是弱者的专利,强者不会选择哭的方式来解决问题。比如,爸爸在工作中会遇到各种各样的难题,有工作上的难题,也有人际关系的烦恼,很多时候会觉得工作无法完成,又会觉得与人打交道太累。凡此种种,只能通过不断学习来提升解决工作中难题的能力,来处理棘手的人际关系,而不是通过哭来解决问题。如果哭可以解决难题,人世间的很多纷争很快就能消除,爸爸也会选择这种简单有效的方式。

记住,孩子!有没有奶吃,最终和哭没有必然关系。因为面对你们不合理的要求时,即使你们再哭再闹,爸爸妈妈也绝对不会同意、退让和妥协。比如,你们会因得不到喜欢的玩具而哭,会因想无节制地看动画片而哭,会因不愿被纠正你们生活中的不好习惯而哭,当然这些"哭"都是无效的,也是徒劳的,我们会断然拒绝并对你们进行正确的指导。

在你们未来的人生中,要想得到自己想要的,仅仅靠哭是不够的,必须要学会把眼泪擦干,内心强大、永不放弃、勇往直前。人生中你想要达到的高度和厚度，与个人实力、解决复杂问题的能力，以及时代的机遇机缘是密切相关的。

爱你们的爸爸

2021 年 9 月 8 日

第70封信
母爱是世上最伟大的爱

亲爱的孩子：

晚上休息前，爸爸问弟弟："你和妈妈睡还是和爸爸睡？"弟弟总是调皮地说："我今天不和你睡了，我还要和妈妈睡。"可问题是，弟弟从来没有和爸爸睡过。当爸爸假装要抱走弟弟的时候，弟弟果然又是大哭大闹一场。

看来让你们在爸爸和妈妈之间做选择题，比让你们做那一道"妈妈和女朋友同时掉进河里先救谁"的选择题简单多了，你们的答案肯定是选择妈妈。为什么你们总是离不开妈妈？因为"世上只有妈妈好"。

在爸爸小时候，有一部非常受欢迎的电影《妈妈再爱我一次》，它的主题曲是《世上只有妈妈好》，歌词写得真是棒极了，"世上只有妈妈好，有妈的孩子像块宝，投进妈妈的怀抱，幸福享不了；世上只有妈妈好，没妈的孩子像根草，离开妈妈的怀抱，幸福哪里找……"

俗话说"宁要要饭的娘，不要当官的爹"，就是指家庭中妈妈照顾孩子的重要性，无论是在生活细节上还是在学习中，即使物质生活不丰富，有妈的孩子在情感上却是充盈的、丰富的，他们将远离孤独和恐惧，被爱和亲情所环绕。

孩子，母爱是世上最伟大的爱，也是世上最无私的爱。正如一本书里写道，"母爱是无条件的，母爱保护一切，帮助一切。母亲爱孩子，是因为那是她的孩子，不是因为孩子表现优秀或听话，也不是因为孩子能满足她自己的愿望和要求"。正因为如此，无论是孩子还是成年人，一生都牢牢地保留着对母爱的渴望。"慈母"也是维系兄弟姐妹之间的纽带，母亲在家就在，母亲不在，人生只剩归途。相对而言，父爱则是有条件的，"严父"的形象代表着"权威与顺从"，历史上大多君王作为父亲最喜欢的永远是那个与他本人最相像、最听话和最适合当他继承人的儿子。有条件的父爱与无条件的母爱交织在一起，共同构成了家庭关系的伦理，只有母爱没有父爱，会让一个人面临失去自我要求和自我判断的危险，也不利于孩子的成长。

不过随着社会的发展，许多家庭中不再是"严父慈母"的模式，而是演变成了"虎妈猫爸"模式，可见父亲地位的"弱化"，更加凸显了妈妈的重要性。

天下所有的母爱都是集强者自制与弱者自献于一身的。一般来说，能做到强者自制和弱者自献，是一件十分不容易的事情。因为，强者强大难免会伤害别人，弱者弱小一般又不敢牺牲，这都需要奉献精神、恻隐之心，需要爱的力量支撑。

母爱是强者自制的最杰出代表，母亲对孩子的成长表现出极大的耐心和宽容。在你们成长的每时每刻中，从你们在妈妈怀中吃奶，到你们牙牙学语、蹒跚学步，妈妈都不厌其烦，一切都从爱护你们的角度出发，极力为你们营造好的环境，小心翼翼地呵护你们成长，教你们做人做事的道理，帮你们树立正确的人生观、价值观和世界观，即使她责备纠正你们，为保全你们那小小的自尊心，也绝不会给予语言和行动上的暴力，当然更不允许有外在的伤害危及你们。母爱好比是人生中的一根拐杖，当你们脚步蹒跚时，能帮你们找到重心，支撑着你们前进，让你们找到希望的方向，迈出坚实的步伐。

母爱又是弱者自献的，是无私的、是无悔的、是牺牲的、是不求回报的。在你们成长的每一个细节、每一个瞬间，妈妈的敏感度都高于其他人。你们生病吃药时、晚上睡觉时，妈妈操心最多，付出最多，承受的委屈也最多，且只能默默地把它埋藏在心里，为此哪怕耽误重要的事情也毫无怨言。母爱是绿叶，你们就是被环绕在中央的美丽花朵，这种奉献精神属于母爱独有的光辉，只有在爱的力量感召下才得以充分显现。

母爱是世界上最伟大的爱，不管孩子做错了什么，在孩子有求于母亲的时候，她总是会给孩子爱护或帮助。母爱的光辉在古今中外的很多词语中都得到了体现。我们遣词造句经常把祖国比作母亲，把黄河长江比作母亲河，英文中的祖国是"motherland"，全世界各个语系中，"妈妈"的发音也极为近似。

我国自古以来，就有很多诗词赞赏伟大的母爱。其中，唐朝诗人孟郊的《游子吟》最为朗朗上口，广为传颂：

慈母手中线，游子身上衣。

临行密密缝，意恐迟迟归。

谁言寸草心，报得三春晖。

诗的大意是：慈母用手中的针线，为远行的儿子赶制身上的衣衫。临行前一针针密密地缝缀，怕的是儿子回来晚时衣服破损。有谁敢说，子女像小草那样微弱的孝心，能够报答得了像春晖普泽的慈母恩情呢？就像诗中所说，这真挚的母爱，无时无刻不温暖着天下的每一位儿女，它就像黑夜里的一盏明灯，当你迷茫时，坚定地呼唤和指引你勇往直前。爸爸也希望你们将来把爱多给妈妈一些，因为妈妈最辛苦，也是我们家里的"大宝藏"。

亲爱的孩子，母爱是世上最伟大的爱，是温和的阳光，是甘甜的清泉，让你们满怀期望，直面挑战，克服困难，走向未来。母爱像春天的细雨，滋润着你们幼小的心灵；像夏天的凉风，吹去你们额头的汗水；像秋天的果实，让你们拥有丰收的喜悦；也像冬天的火炬，温暖你们整个的人生。

爱你们的爸爸

2021 年 9 月 14 日

第71封信
时间是最好的价值标尺

亲爱的孩子：

　　唐代诗人杜牧的《送隐者一绝》中写道："公道世间唯白发，贵人头上不曾饶。"白发代表的就是时间。这是因为无论你是一贫如洗，还是富贵名流，时间对每个人都是公平的，同样的 24 小时，同样的 365 天，同样的一辈子。高尔基说："时间是最公平合理的，它从不多给谁一分。对于勤劳者，时间留下串串果实，对于懒惰者，时间留给他们一头白发，两手空空。"在相等的时间内，人们行为及结果的差异，主要在于个人如何把握时间、运用时间。

　　时间是衡量人类价值最公平、最合适、最天然的标尺。你怎么对待时间，时间就怎么对待你。你珍惜时间，时间就珍惜你的拥有；你浪费时间，时间就浪费你的人生。说起浪费，时间最不害怕了，因为它有的是时间，而个人只能拥有有限的一小段时间，所以要好好珍惜它，千万不能让它轻易跑掉，更不能浪费它，我们挥霍不起。时间是果断的也是决绝的，当它抛弃一个人的时候，连声招呼都不打一下。

　　成语"寸阴尺璧"很好地说明了时间的宝贵。《淮南子·原道训》中说："故圣人不贵尺之璧而重寸之阴，时难得而易失也。"寸阴指的是极短的时间。大意是说，日影移动一寸的价值比直径一尺的玉璧还要珍贵。

　　时间是一把公平公正的标尺，如果把年龄作为人生的刻度，它记录的不只是人生轨迹，还包含个人的理想、价值、道德、追求、选择等。一个人想拥有什么样的人生，就要付出相应的努力，而不是坐吃山空，等着天上掉馅饼。对了，孩子，爸爸要给你们澄清的是，天上只会掉冰雹、大雨、灰尘、落叶、杂物，至于馅饼之类的好东西是绝对不会掉下来的。不要幻想着买彩票中大奖的好事会降临到自己头上，因为它是小概率事件。

在人的一生中，不要老想着走捷径，而是要踏踏实实地走好人生的每一步，夯实自己的知识基础，树立起正确的价值观。也不要把功名作为衡量成功与否的唯一标准，因为"成功者"毕竟是社会的少数，成千上万的人都是社会的普通一员。他们在自己力所能及的范围内做好自己的工作，做有益于国家、社会和人民的事情，已是对社会的负责。

时间是检验人生的标尺。人生最大的错误就是，在该学习的年龄选择了荒废学业，在奋斗的阶段选择了贪图安逸，在关键节点上选择了错误的人生方向。时光犹如江水，一去永不再复返，一个人如果不珍惜时间，浑浑噩噩地过一生，才是最悲哀的事情。

时间也是最好的老师。人生中的很多事情短时间内找不到答案，但如果拉长时间的期限，时间便会告诉你正确答案。譬如，交朋友是"路遥知马力，日久见人心"。再如，一个学生一时成绩不理想不算什么，一直成绩不理想就说明这个学生在学业上无法达到一定的高度。所以，努力学习很重要，因为不努力学习就不会有深度思考，思考不深刻就只能有肤浅的人生。不过需要澄清的是，不是每个人努力学习都能取得好成绩，努力与学习成绩并不完全是正比关系，还要看个人的天赋等因素。

再如，财富也是人类智慧的结晶，它是中性的、无善恶的，是没有道德属性的，但驾驭财富需要很高的道德修为。通俗地说，有的人拥有财富可以造福一方，有的人占有过多的财富反而会害了他，从"石崇王恺斗富"到胡雪岩垮台，历史上这样的事例太多。一个人拥有巨大的财富主要看财富来自哪儿，如果财富是个人努力奋斗所得，就值得尊敬和褒扬；如果是继承家业所得，也无可厚非，但"守家业"却需要好好努力才行，现实中富家子弟败坏父辈产业的事情比比皆是；如果财富是非法获取的，那就是不道德的、违法的，这样的人会为人所不齿，还会惶惶不可终日，最终受到法律的制裁。

亲爱的孩子，时间是最好的价值标尺，是试金石。用时间丈量人生，测出了高低、检验了人心、分出了善恶、见证了沧桑、看到了前进和轮回。

法国思想家罗曼·罗兰曾说过，"大部分人在二三十岁时就死去了，因为过了这个年龄，他们只是自己的影子，此后的余生则是在模仿自己中度过，日复一日，更机械，更装腔作势地重复他们在有生之年的所作所为，所思所想，所爱所恨"。

孩子，千万不要过成这样日复一日的机械人生，它会缩短人生的标尺，让人活得苍白而毫无意义！你们要尽可能在自己有限的人生中，用好这把价值标尺，树立起正确的人生观、价值观和世界观，好好学习，努力向上，在标尺的每一段都刻上属于自己的人生标记，不负韶华，不负平生。

爱你们的爸爸
2021 年 9 月 18 日

第72封信

不要吃没有文化的亏

亲爱的孩子：

每逢过春节、中秋节这些传统节日的时候，是你们兄弟最开心的时刻，因为不管在家里还是走亲访友，都会有好多好吃的精美食物，各式各样的水果干果，真是让人垂涎欲滴。怪不得，我们经常把胖嘟嘟的小朋友说成"小吃货"。

当然，有时候你们兄弟在争抢同一食物时，弟弟一般抢不过哥哥，这时候哥哥会多吃多占，弟弟就明显"吃亏"了。"吃亏是福"也是常见的一个成语，看来"吃"的用途真是多呀！

今天，爸爸就从"吃"说起，聊聊"吃亏"的事情。

中国人可能是世界上最关注"吃"的民族，这大概与我国自古以来就人多地少有关，尤其是在古代，老百姓能吃饱饭就是盛世，历代统治者都特别重视农业，把它作为立国之本。所以，看历代中国的地图，它的中部既像一个巨大的子宫，又像一个空荡荡的胃，孕育了世界上人口最多的族群，同时也产生了巨大的粮食需求，"民以食为天"也就不足为奇了。

因此，"吃"的文化在我们的语言体系中得到了充分体现，比如，商家把消费者叫"衣食父母"，我国还有"手中有粮，心中不慌"等俗语。以至于人们见面打招呼最常用的语言就是"你吃了没有"，却并不关注你是从餐厅出来，还是刚刚从卫生间出来。还有"改天请你吃饭"也是最常用的一句客套话，就像"早上好""再见"之类的言辞一样，至于"改天"是哪一天并不重要，也没有人当真。在工作生活中，人们关注一个人过得好不好，就会问"你吃苦了吗""你吃得开吗"。在战争中，一方消灭另一方，就是把对方给"吃掉"。

亲爱的孩子，由此可见，"吃"在我们的文化中占据着非常重要的地位。

关于"吃"，还衍生出了很多成语。比如，省吃俭用，吃苦耐劳，大吃大喝，好吃懒做，吃一堑、长一智等。

那么，人们既然什么都吃，却为什么不愿意"吃亏"呢？因为亏确实不好吃，吃了不好受。但问题在于，人生不可能一帆风顺，总会遇到这样那样的挫折，比如碰到蛮横不讲理的人，遭遇小人使绊子，遇到不公平事情的时候，就会经常出现类似于弟弟抢不到食物而"吃亏"的现象。

世上的亏有明亏、暗亏、哑巴亏种种，总之花样翻新，层出不穷，让人防不胜防，这些亏大多数人都碰到过，又不得不吃，怎一个"委屈"了得。当然，个人吃亏的原因很多，比如说话不谨慎、遭遇不公平竞争、小人诬陷等。对于有些"亏"个人要放平心态，大可不必斤斤计较，吃对了就是福。对于有些亏则不能吃，吃错了就是祸，其中有一种亏更是千万不能吃，那就是没有文化的亏。

爸爸妈妈之所以不厌其烦地让你们好好学习，就是希望你们成为一个有文化的人、一个有良知的人、一个人格健全的人、一个能坦然应对无常世事的人，而学习是增长文化、积累知识的最佳途径。一个人有文化，不是指上过大学，拿到高学历毕业证书那么简单，文化是集知识、良知、道德、价值于一体的。有的人学历很高，却品格低下，人们唯恐避之不及；有的人学历一般，却真诚善良，人们与之交往如沐春风。

要知道，没有文化的人最无知，无知的人最不自由，因为他要面临一个完全未知的世界。没有文化，一个人就不能正确认识世界；没有文化，一个人就无法做出正确的价值判断；没有文化，一个人只会在困难面前唉声叹气，束手无策，深陷泥淖，不能自拔。

在人生的重要关口，拥有良好文化的人能有更多选择的权利。比如学历要求，这硬性的条件达到了才能有一个好的起点，如果学历达不到，连一个工作面试的机会都争取不到。再如，一个具有良好文化的人明白"穷则独善其身，达则兼济天下"的道理，不仅知道"有为"，更懂得"无为"，不只是知道人生中有什么事情可以做，最关键的是知道什么事情不能做，明白人生中有些红线和底线永远不能触碰。

不要吃没有文化的亏，是让人明白好好读书的重要性，终身学习的重要性，在困难面前不低头的重要性，拥有独立人格和思想的重要性。一个有文化的人，在面对"吃亏"时，能正确认识事情的本质，找出自身的不足，找到解决问题的钥匙，明白什么时候该进一步，什么时候该退一步，积累宝贵的人生经验，避免再走上类似的"弯路"。

亲爱的孩子，一个人吃没文化的"亏"多了，才会长记性，才会好好学习，才会成长进步，才会努力奋斗，才会咽下委屈，撑大格局，才会知道这个世界的公正是相对的，才会明白公正只属于强者，对于弱者而言只是奢侈品而已。所谓万事万物相辅相成，福祸相依，因此人们才会讲"吃亏是福"，就如同"走捷径"不一定是好事，"吃亏"也不一定是坏事一样，因吃亏长了记性，不再犯类似错误，就是人生的一大进步。如果吃了亏不长记性、不长进，还在原地打转，那就不能怪罪别人，只能从自身找原因了。

古人云："塞翁失马，焉知非福。"如前所说，弟弟虽然因抢不到食物"吃亏"了，爸爸妈妈却会额外补偿他一份，福气照样也来了不是！

爱你们的爸爸

2021 年 9 月 23 日

第73封信
世间无绝对的公平

亲爱的孩子：

上一封信爸爸和你们聊了关于"吃亏"的话题，人们之所以常常会感到吃亏，主要是觉得很多事情不公平。如果我们把公平作为一架天平的话，由于左右重量不等，秤盘上下浮动也是正常，或者说这叫公平摇摆的幅度。在物理学中，即使再精密的天平仪器，测量的物品也不会绝对相等，总有细微差别。但如果天平偏差太大，明显倒向了一方，显然这就是不公平的。

今天，爸爸要给你们讲的是"世间无绝对的公平"。

"世间无绝对的公平"真是一个极好的命题，它告诉我们公平只是相对而非绝对的，就像你们兄弟吃苹果一样，两个苹果之间大小总是有差异的，只是这种差别不大，没有引起你们的注意而已。如果给其中一个人一个大苹果，另外一个人一粒小葡萄，肯定会引起矛盾和争抢，甚至打闹。

总体而言，公平存在的意义在于给人们希望和信心，虽然它不绝对，但也绝对不能太离谱，要差不多才行。比如，对待你们兄弟，父母的爱就像天平中的砝码一样，不能差别太多，如果总是倾向一方的话，就会出现我们说的"偏心眼"。自古以来，很多家庭矛盾都是因为父母的不公平对待引起的。俗话说："不患寡而患不均。"对于人口众多的中国人来说，公平尤其重要。千百年来，中国历次农民起义的爆发，大都是打着"均贫富"的口号，极具鼓动性。

既然世上无绝对的公平，是不是证明天平就没有存在的必要？当然不是，正是因为公平是相对的，才证明了天平存在的必要性，因为它是非常重要的参照物，没有它，公平公正就无法衡量，也就没有了标准。比如现实中的列车时刻表，也是必要的，不然晚点就没有了参照，什么时间到站更没有了准确信息。

再如，成绩是学习效果的标杆，如果没有考试，就无法检验你们前段时间的学习成效如何。在一次考试中平均分数是 85 分的话，有的同学考了满分 100 分，有的 90 分，有的则只有 70 分，甚至是更低的分数。85 分的这道标杆就显得比较重要，它大致将同学们前段时间的学习情况勾勒了出来，虽说不排除题目难易、个人粗心与否等因素，但取得 85 分以上的同学成绩还不错，平均分以下的同学就要好好检讨一下自己了。

亲爱的孩子，在你们人生中的前二十多年里，主要还是以学习为主，这是大多数人社会化的重要途径。在这期间，你们人生中的重要关口，很多都要通过学习成绩来判定，高考、四六级英语考试、考研、考博、各类择业考试、面试等。在成绩的那道标杆面前还是最公平的，成绩超过录取分数线就能入围，分数差一分就失之交臂。如果没有那个录取分数线的存在，就会产生更大的不公平，成绩不好的人可能会通过非法途径入围，而成绩好的人则可能会因此被拒之门外，失去人生中至关重要的发展机会。

亲爱的孩子，这就是残酷的现实，个人努力固然重要，但还取决于一个大致公平的社会环境，当个人条件出现在那道公平公正的标杆上时，取得成功的概率就大大增加。当一个社会连"列车时刻表"都没有的时候，就会出现"无序乱套"的情况。

在你们后学生时代的社会实践中，考试的作用日渐下降，但不是说公平就不重要，它依然发挥着重要的作用，只不过由考试成绩那条"明线"变成了"暗线"而已。

在工作中，通过自身的努力，凭借专业获得经验，提升工作能力，这是个人职业向上发展的最主要途径。当然，也不排除有的人采用投机取巧、阿谀奉承等不正当竞争手段，向上攀爬并取得"成功"。这就是社会的复杂之处，它不是非黑即白地截然分开，总是有一个灰色地带的存在，就像黑夜和白天连接的黎明时分、下午与晚上连接的黄昏时段。在一个正常的社会里，虽然不能完全排除这种不正当的行为，但是公平竞争的良好秩序还应当占据主流，就像"分数线"这道硬标杆在那里矗立不倒一样，这才能体现出公正的价值，也是社会良性发展的常态。如果颠倒过来，不公平竞争占据主流，公正标杆摇摆的幅度过大，就会出现经济学中"劣币淘汰良币"的不良现象，进而出现

"道德危机"和"逆向选择"。这不是一个有序社会的常态,会引起人与人之间的信任危机,造成一连串的社会问题,严重的还会造成社会"失范"的恶劣后果。

总之,世上无绝对的公平,但公平的标杆在任何时候都非常重要,它虽然有一定幅度的摇摆,但正因为有了它的存在,才能让人们丈量出美德、测试出良知、维护好秩序,才能让人们看到希望和光明,这也是社会良性发展的动力和源泉所在。

爱你们的爸爸
2021 年 9 月 28 日

第74封信
人生经验
不能解决所有问题

亲爱的孩子：

记得有一次爸爸在自动售货机前买饮料，由于可以用支付宝刷脸支付，不用扫码就买到了两瓶饮料。哥哥瞬间觉得好神奇，以为只要在机器前面一站，饮料就会自动出来，于是自己也跑到自动售货机前，等着饮料主动出来。过了一会儿，哥哥很疑惑地问道："爸爸，饮料怎么还不出来呢？"

孩子们，哥哥在这件事中天真地以为，模仿爸爸的行为就可以解决买饮料的问题。殊不知他只是看到了事情的表象，而没有看清其本质，看似使用了同样的方法，结果却大相径庭，自然不能如愿以偿。

这就是爸爸今天要和你们谈的内容：人生经验不能解决所有问题。

一般来说，一个人经历的事情越多，人生经验也就越丰富。它不仅能带给个人人生态度的转变，还能加深人对人性、对事物的认知，提升个人解决难题的能力。

爸爸认为，人生经验有成功的、失败的和平庸的三种类别，对于三者我们要能客观理性地看待，不能一概而论。

一些人的成功经验则未必有可取之处，因为它可能是经过"包装"和"过滤"的，这当中可能存有某个重要的促成因素，但自己却无法对外言明，外人永远不可能知道，自然也不能够复制成功。就像很多杰出人士往往只谈个人如何努力奋斗、诚实守信的重要性，却鲜有提及他的家世背景和人脉如何在其事业中发挥重要作用一样，这些至关重要的因素被有意识地过滤掉了。还有就是一个人在创业的过程中，所经历的辛酸煎熬，甚至用的一些"小权术"，耍的一些"小聪明"等，只能隐藏起来，永远不会向外人和盘托出。其实，这是知识的盲区所在，有些知识书本上永远学不到，也无法明面示人，现实中也没人来说明，就只能靠自己在实践中去领悟。比如人们常常谈及的"潜规则"，它与现代文明社会的法治、契约精神相违背。再如，如果世上有一本书能够把现代职场如何晋升的问题讲透，肯定会畅销，奈何很多话题过于敏感，不能说也不可说，只能靠自己在实践中去参悟。

之所以人生经验中只有那些失败经验是真实的，是因为它是沉重的、真实的，也是能够让人足以反思警醒的。然而，认清自己并不是一件容易做到的事，人们大多时候总是勇于原谅自己，善于把错误归咎于别人，严于律人、宽以待己。

还有，现实中很多人的人生经验不足为取，姑且称之为平庸的经验。这种人本身生活得一塌糊涂，没有清晰的自我认知和社会认识，生活和事业也都平平，他们的所谓经验很糟糕，没有任何可取之处。上述三种经验，最宝贵的还是失败的经验。

孩子，经验固然重要，但一个人解决难题的能力更多地来自终身的学习，只有不断地学习新知识，不断开阔自己的心胸和视野，才能在遇到难题的时候有新思路和新方法，才能不断前进，永葆思想上的进取精神。

成语"刻舟求剑"很好地解释了"人生经验不能解决所有问题"，这个成语包含着两层道理：一是人的思想认识如果不符合客观实际，就不会把事情做成功。二是客观实际是不断发展变化的，如果把陈规旧章当成解决新问题的法宝，也是要闹出笑话的。也就是说，经验绝不是解决当下问题的全部法宝，如果一个人完全照搬经验而不变通，就可能会出现"刻舟求剑"的情况，不但达不到目的，还会与初衷相悖，得不到想要的结果不说，也会让世人笑话。

亲爱的孩子，我们生活在一个充满不确定性的世界里，客观世界是不断发展变化的，如果只把经验当成解决新问题的法宝，不但不能解决问题，还可能会造成更大的损失。

在名著《三国演义》中，马谡失守街亭就是典型表现之一。马谡虽然熟读兵法，街亭之战中也想学习韩信的"背水一战"来对付魏军，但是他完全不考虑蜀军是"守"的实际情况，而韩信带兵打仗是"攻"的事实，结果招致大败，破坏了蜀军整个的战略布局，自己丢掉性命的同时，也导致诸葛亮第一次北伐中原的功败垂成，只留下了一个"挥泪斩马谡"的典故流传至今。

在你们成长的不同阶段，会遇到各式各样的问题，有些虽然看着相似，但解决方法却不一样，这就告诉我们经验不总是适用的，要能用一把钥匙开一把锁，具体问题具体分析。比如，一个人不同阶段的学习方式也不相同，孩童时期由于记忆力好，可以死记硬背一些知识，随着年龄的增长，需要理解、分析、逻辑判断的知识越来越多，看似记忆力衰退了，其实是学习理解的方式方法不同，学习能力没有下降反而提高了。

如前所说，爸爸要告诉你们的是，未来属于善于学习和终身学习的人。个人对未知领域的探索，只占到已知领域的一小部分，个人经验很大程度上是局部的、片面的、狭隘的，甚至是不正确的。一个人即使大学毕业，获取了学位，掌握了一定技能，也不意味着就可以停止学习，因为个人经验无法解决遇到的所有新问题，这才体现出终身学习的重要性。

亲爱的孩子，人生永远不能放弃的就是学习，因为只有学习才能不断开阔人的眼界，只有学习才能提升人的思维能力，只有学习才能让人更好地判别是非，只有学习才能增强个人的能力，只有学习才能解决遇到的棘手问题，只有学习才能让你们遭受不公和打击时保持乐观心态。学习使人永远是年轻的，学习永远在路上，它带给个人的快乐与自信，是一种由内到外的无形力量，只有亲身经历过才能真实地感受到。

经验诚可贵，学习价更高。人生经验的娴熟运用是建立在不断学习的基础上的，只有这样你们才能总结经验，充分利用经验，掌握解决新问题的方法，提高解决新问题的能力，最后避免再犯类似的错误。

爱你们的爸爸

2021 年 10 月 6 日

第75封信
一勤天下无难事

亲爱的孩子：

　　每天早上叫你们兄弟起床上学，也许是世界上最难的事情。哥哥从床上跑到沙发上趴着，弟弟赖在床上不动，哭着、嚷着、闹着，就是不去上学。

　　其实，爸爸小的时候也特别不愿意去学校，总是盼望着周末和假期，觉得不用学习的日子真是好日子呀！多年以后，等爸爸离开校园后，每每回想起学校时光，才蓦然觉得学生时代才是一生中最美好的时光，有书读，有同学嬉闹，有青春陪伴，彼时虽囊中羞涩却不用为生计发愁，那是何等的快乐时光，也蓦然后悔，如果当时学习再用功一点儿、努力一点儿、专心一点儿，肯定比现在要强很多。可惜的是，这世上有很多东西都可以买到，唯独后悔药买不到，因为时间是一条单行线，生命是一场单向的旅行，很多东西一旦错过就永远不再拥有。其实，人生就是这样一个在缺憾中前行的过程，每一个阶段的自己都不能做到尽善尽美，不必悔恨当初，把握好当下，过好当下，才是减少人生遗憾最真实、最有效、最实际的方法。

　　坦率地说，人一辈子的勤奋努力，只不过是想证明自己有没有成功的运气而已。俗话说"功夫不负有心人"，付出才有回报。当然，功夫也可能会负"有心人"，但是机遇总是偏爱在"有心人"中选择。

　　孩子，在该学习的年龄，一定要好好地抓紧时间学习。对于学习而言，在掌握正确方法的前提下，勤奋必不可少。"一勤天下无难事"是晚清名臣曾国藩的一句话。人生中所有的一鸣惊人，其实都是厚积薄发的结果。人只要有毅力，肯下功夫，再难的事也有可能做成，这也是对勤奋最好的诠释。每个成功人士的背后，都有不为人知的艰辛付出。

　　法国著名的微生物学家、化学家路易斯·巴斯德有一句话："在观察的领域里，机遇只偏爱那种有准备的头脑。"这句话告诫我们，在人的一生当中面临着无数次的选择与被选择，不管是主动还是被动，当机会摆在面前的时候，由于能力不足而把握不住，那就太可惜了。也告诉我们，人的能力的提升不是从天而降的，而是日复一日辛勤努力、厚积薄发，由量变到质变的结果。

我国著名的文学家鲁迅先生说："哪里有天才？我只是把别人喝咖啡的工夫都用在工作上了。"他虽然很谦虚，但是也道出了一个事实，那就是人生中无论将来做什么工作，勤奋都占据着极其重要的地位。

有时候想，人就像一辆轿车一样，只有勤加使用，才能常用常新，越磨合性能也越好，如果废弃到一旁，就是再好再名贵的汽车，慢慢地也会变成一堆废铜烂铁。在成年人的世界里，让一个人毫无精气神、毫无斗志的办法，不是让他忙起来，而是把他"闲置"起来，让他无所事事、虚度光阴，就像许久不开的汽车一样，即使它是崭新的，久而久之也自动报废了。

如果不想让自己将来一事无成、碌碌无为，就要练就一技之长，有自己的兴趣爱好，有自己的事情可做，这是减少对未来不可预知的孤独和恐惧的法宝。尤其是有朝一日你们身处逆境当中，被不怀好意的人孤立、排斥，乃至抛弃时，当别人把你们"闲置"起来的时候，你们要能振作精神，积极乐观，万不可荒废自己，更不能自暴自弃、一蹶不振，而是要更加勤奋努力，孜孜不倦地学习，积蓄力量，等待时机。唯此才能健康成长、有所成就。要始终坚信"海压竹枝低复举，风吹山角晦还明"。只要不放弃、不气馁，总有拨云见日、柳暗花明的时刻。

亲爱的孩子，勤奋对于一个人成长成才的重要作用自不待言。爸爸希望你们将来青出于蓝而胜于蓝，有非凡的成就，在鞭策你们勤奋向上的同时，也绝不按照我们的设想来规划你们的人生。很多中国式的父母总是望子成龙、望女成凤，希望在孩子的身上实现自己的梦想，于是拼命地给孩子们施加压力。动机是好的，只不过用错了地方和方法。固然，爸爸不会过高地要求你们"成龙成凤"，不会把爸爸没有实现的人生理想强加给你们，但是教育你们做有良知、有道德、有一定文化水准、有正确的价值判断和认知的独立个人，是爸爸义不容辞的责任和义务。你们不要小瞧这些，很多人穷其一生的努力都做不到。

做一个独立的个人，也许会面临孤独、寂寞、不被理解，但一个思想自由、独立思考的人也是强大的、轻盈的，不会被人的虚情假意轻易左右，不会因几句恶语就否定自己。这样的人也是勤奋的、努力的、积极的，是不可战胜的、苦难压不垮的，正如宋代大文学家苏洵在《心术》一文中所讲："为将之道，当先治心。泰山崩于前而色不变，麋鹿兴于左而目不瞬，然后可以制利害，可以待敌。"简而言之，就是遇事要镇定自若，不受外界影响。

　　加油！孩子们，为了你们更好的明天，去拥抱那无比寂寞的勤奋吧！

爱你们的爸爸

2021 年 10 月 14 日

第76封信

我想去看大海

亲爱的孩子：

有几次爸爸回到家里，弟弟总是很高兴地拿着《我想去看海》这本书，缠着爸爸讲一下卡梅拉去看海的故事。《我想去看海》讲述了一只名叫卡梅拉的可爱小鸡，厌倦了日复一日在鸡窝里的平凡生活，总是幻想着外面的美妙世界，梦想着有一次奇幻的长途旅行。

一天，小鸡们都在下蛋，只有卡梅拉不想下蛋，因为它曾经听鸬鹚佩罗讲过很多关于大海的故事，所以很想去看大海。它把想法告诉了鸡爸爸和鸡妈妈，但是鸡爸爸和鸡妈妈都不赞同，于是它就在当天晚上独自悄悄地走了。卡梅拉经过一番艰苦跋涉终于见到了大海，在海里快乐地嬉闹游玩，它还喝了几口海水呢！"呸、呸、呸，海水好咸、好咸！"每每爸爸讲到这里，弟弟都笑得前仰后合，总是要求爸爸再讲一次，自己再大笑一遍。

后来，卡梅拉还幸运地到了航海家哥伦布的船队上。孩子，你们知道吗？当船长想要把卡梅拉煮熟吃掉的时候，卡梅拉还是凭借着不喜欢的下蛋本事成功地保护了自己。由此可见，人要像卡梅拉一样有一技之长，它是你们活下去的保障，你们将来所从事的工作即使不是自己喜欢的，也能保证自己安身立命，即使被别人抛弃也不可怕。

卡梅拉跟随着船队到了美洲大陆。在海的另一边，它结识了火鸡皮迪克，并且与它相知相爱，一起回到了卡梅拉的家乡，生下了它们爱情的结晶——一只粉色的小鸡卡梅利多。卡梅利多的梦想就更多了，本想拥有一颗星星的它，却意外结识了一群外星鸡……

在很多传统观念中，"听话"与否是评判一个小孩子好坏的最重要标准。很多家长并不鼓励孩子去看大海，因为大海代表了未知，充满了风险，而是希望孩子乖乖听话，按时吃饭睡觉、按时作息，好好学习，照大人说的做就行，永远不要问为什么要这样做。

爸爸有时候也很痛惜，在"听话"中长大的你们，也许能取得好的考试成绩，上一所不错的大学，从事着相对稳定的工作，但这样在无形中也扼杀了你们的好奇心和想象力，剪掉了你们奋飞的翅膀，让你们在通往平庸的道路上狂奔，虽然赢得了"听话"，却输掉了整个人生。

亲爱的孩子，在你们成长的过程中，爸爸妈妈会尽可能给你们创造"看大海"的机会，培养你们的进取和创新精神。爸爸想告诉你们的是，个体生命的成长不只在年龄阅历增长、身体健硕，更在于精神的饱满充盈，自信自强，勇于担当。

一个在涓涓细流、和风细雨中长大的孩子，就像爸爸之前信中写到的"温室中的花朵"一样，不能长成参天大树，更不能成为国之栋梁。在爸爸妈妈放手后，你们如何应对人生中的狂风骤雨，如何变得坚强坚韧，真是一个大难题。

你们要知道，在浩瀚的"大海"面前，一个人要去探索的未知领域还太多太多，仅仅靠"听话"永远不能体会到惊涛骇浪带给人的挑战和震撼。

见多才能识广，博学才能强记。父母应该鼓励孩子去倾听海的声音，讲出关于大海的故事。有机会，爸爸妈妈还会带着你们兄弟去看大海，去体会海的宽广，感受海的博大，述说海的故事。在大海面前，你们要学会敬畏，懂得谦虚谨慎，知道自己的渺小，学会珍惜自己爱护别人，最好还要能喝上几口海水，说一句"呸、呸、呸，海水好咸呀"！

爱你们的爸爸

2021 年 10 月 23 日

第 77 封信
过一种你会记得的生活

亲爱的孩子：

　　爸爸这两天听了一首超级好听的单曲《The Nights》，对于爸爸这种五音不全的人来说，除了常年听的那几首老歌外，能吸引爸爸的新曲还真不多。《The Nights》这首歌充满了生命力，旋律有着属于年轻人的热血热情，朝气蓬勃、积极向上，尤其对于遭遇挫折而处于谷底的人来说，真是励志神曲。

　　这首歌能够吸引我，主要是歌词中反复提到的"我父亲说过"（My father told me），联想到这一年多来给你们兄弟写的信，就是以爸爸的人生经验、所思所想告诉你们关于成长、生命的意义，关于要以何种态度过这一生的事情。爸爸是一个普通人，正因为普通，才显得真实。将来等你们长大成人后，再读到爸爸给你们写的信时，希望你们能体会到爸爸与你们心灵沟通的渴望，渴望你们健康成长，期盼你们能够自立自强，在胜利面前不骄傲，在挫折面前不气馁，苦难击不倒，情绪压不垮，内心强大自信，走出精彩的人生路。

　　成功人士的励志故事不一定适合你们，因为他们的形象往往经过艺术加工，显得过于高大而有些失真，相较于那些成功故事，我们更应关注小人物的平凡日常，他们更接地气，也更真实。

　　就像人不能两次踏进同一条河流一样，每个人的人生都是不可复制的，走好自己的路，活出真实的自我来，才是实实在在的。

　　过一种你们会记得的生活，让自己的人生更加充实。正如《The Nights》歌词中讲到的，在词作者还小的时候，父亲就告诉他，总有一天你会离开这个世界，所以要活出你的人生，留下你值得铭记的回忆。茫茫然虚度光阴是一辈子，但你却可以选择过一个精彩而富有意义的人生。

　　生活美好与否，取决于你们选择什么样的生活态度，有积极向上的也有消极颓废的，有阳光明媚的也有阴暗无光的。

生命的成长极其不易，一个人从呱呱坠地的那天起，就要面临着生活中可能发生的种种意外，生命的旅程中虽风景无限，但努力拼搏的同时也要防止随时可能发生的抛锚事件。这也是为什么作为父母的我们时刻小心翼翼，每日里接送你们上下学，嘘寒问暖，生怕你们出现一点点差池，毕竟你们承载着我们太多的寄托，是我们生命的全部，是我们奋斗的源泉。

仔细想来，我们也许还是太保守了，温室中成长起来的花朵永远不可能成长为参天大树，因为它们经受不住大自然的狂风骤雨。所以，该放手时就放手，我们只能做你们的引路人，很多事情终将要你们自己去独立面对。就好比学习一样，爸爸妈妈再敦促你们，不厌其烦地说学习知识的重要，教给你们正确的学习方法，也不可能代替你们去考试，代替你们上大学，代替你们体味人生。

亲爱的孩子，人生中的独立成长注定是一场孤独的旅行，会遭受各种可能发生的意外，只有自己锻造一颗无比强大的内心，才能解决各种问题，才能自渡。在通往人生彼岸的路途中，有汗水也有泪水，有崎岖更有坎坷，希望你们在狂风暴雨来袭时，依然能点燃胸中那无法被扑灭的火焰，依然能够永葆孩童时代的激情。

是呀！孩子，在岁月的长河中，每个人的生命都是极其短暂的，时光一去永不复返，你们一定要好好珍惜，但也不妨大胆一点儿、自信一点儿、洒脱一点儿、热情一点儿、努力一点儿，不必在乎别人的眼光，不必活在别人的评论当中，不必为一件错事一句错话而懊恼不已。记住，发生的事情已然发生，无法改变；过去的已经过去，不必悔恨；未来的依然未知，要充满希望，斗志满满。爸爸在这里套用一句网络上的流行语："乾坤未定，你我皆是黑马；胜负未分，你我都有可能。"

亲爱的孩子，我的青春我做主，不要让自己的青春留下太多遗憾；我的人生我当家，认定的人生道路要大胆地走下去。梁启超在《少年中国说》一文中指出，"少年智则国智，少年富则国富，少年强则国强，少年独立则国独立，少年自由则国自由，少年进步则国进步"。对于你们来说，年轻就是最大的资本，拥有激情四射的活力、青春向上的朝气、大胆敢闯的勇气，才是年轻人应该有的模样。

古人云："枯木逢春犹再发，人无两度再少年。"现实中，很多人都正在浪费着人生中宝贵的时间，挥霍着健康的身体，自娱自乐而又不自知，终于把自己的人生过得和白开水一样平淡，虽然表面看着热气腾腾、热闹非凡，但却什么味道也没有。多年后，蓦然回首，忽然发觉自己一事无成时，那就太迟了，一切都已来不及。

孩子，过一种你会记得的生活，勇敢面对人生中的大冒险，永葆生活的激情，把握生活中每一个精彩的瞬间，留下属于自己的深刻印记，才会不枉来人世间走一回。

爱你们的爸爸

2021 年 10 月 27 日

第78封信
不要做一个装睡的人

亲爱的孩子：

今天早上，爸爸叫你们兄弟俩起床的时候，你们明明都已经醒了，却仍然在佯装睡觉，任凭爸爸如何好言相劝，你们仍然紧闭双眼，纹丝不动。对于你们来说，上学虽然很重要，但还是想再多睡一会儿。

孩子，对于一个睡着的人来说，叫醒他是比较容易的，哪怕他十分不情愿。然而在现实生活中，你却永远无法叫醒一个装睡的人。比如，有一次，爸爸叫哥哥帮忙拿个东西，哥哥虽然听到了，但在那里做自己的事情，头都不抬一下，还是在爸爸的"威逼利诱"之下，才极不情愿地应付了事。再有，就是在学习的时候，妈妈一遍遍地督促你们，有时候你们就是不听，甚至闹情绪不写作业，自己还一肚子的委屈、一脸的厌烦，殊不知妈妈为你们费神费力、操碎了心。

自从你们跳到我们的生命中来，把你们抚养成人就是我们的责任和义务，这是一种天定的缘分。有时候看着淘气的你们把家里弄得一片狼藉，气就不打一处来，猛烈地批评你们之后，内心又很是愧疚，生怕你们记住这些委屈。

"不要做一个装睡的人"也提醒了爸爸，对你们提要求的时候，只靠强硬手段不行，那样可能会使你们产生逆反心理，相应地采用因势利导的方法，效果会好很多。比如，我给弟弟说，如果和爸爸一起下楼取快递的话，可以去超市买一个奥特曼贴画作为奖励，弟弟就兴高采烈地陪我一起下楼了。

亲爱的孩子，每个人都有以自我为中心的意识。自己喜欢的事情会主动去做，对于不喜欢的事情，如果不是有外在压力的话，任凭别人说破天都没有用。这也说明，在现实生活中，凡是想改变别人的大都有点儿痴心妄想，须知劝人是一件无比困难的事情，即使说得正确也不管用。人生中最容易改变的是外在的容颜，最不容易改变的是内心的执念。

由此可见，人们之所以永远无法叫醒一个装睡的人，是因为他早早地放弃了学习，封闭了自己的大脑，固化了自己的思维意识，不接受与自己意见相左的观念，只喜欢听与自己观点相同的论调，对任何新鲜的事物一概拒之门外，活在自己的世界里而不自知。

通俗地说，相当多的人是生活在自己的"信息茧房"里，由于个人知识结构已经固定，对不熟悉的信息一概不闻不问。在海量信息面前，他会根据自己的偏好，只选择接收其中一部分信息，久而久之，就会像蚕一样把自己逐渐禁锢于自我编织的"茧房"之中。

当一个人主观地认为，某些事情是"必然""绝对""唯一"的时候，他的思维可能已经被"框束"，因为他不再相信有另一种可能性存在。然而这恰恰是不正确的，因为在社会科学领域，由于人类认知的有限，以及社会学科推论方式的局限，结论可能与事前预测的出入很大，有时候还完全相反。所以，也就经常出现事前预测时虽然说得头头是道，但结果却与之相违背；事后无论出现哪一种结果，又分析得句句在理、丝丝入扣、言之凿凿。如果一个人活在这样的信息当中，还怡然自得，也许装睡才是最好的选择。

孩子，这是一个比较常见又可悲的现象，很多人都活在自己的世界里，如互联网原本是让大家认识世界的工具，最后却变成了自己圈出的世界。就像当前流行的很多手机软件一样，很多人接受的消息都只是自己喜欢的信息而已，软件会根据大数据推算出来个人偏好，一直推送其感兴趣的内容，这些内容又在不断强化、反复印证受众大脑中已经定型的观点。

古人云："兼听则明，偏听则暗。"就是说要同时听取各方面的意见，才能正确认识事物；只相信单方面的话，必然会犯片面性的错误。这就告诉我们，要接收多方的信息，进行综合的理性判断和推理，学会独立思考，绝不要人云亦云，要通过学习，改变自己内心深处一些固有的观念。比如，当你们认识到学习不只是为了成绩，更是为了赋予自己生命不一样的价值，才会把学习由"被动"变为"主动"，这样的学习才是阳光的、快乐的，更是充满力量的。

学习可以让你们认识到自己的无知，认识到凡事不能以自我为中心，认识到自己的很多认知都是片面的、狭隘的、错误的，认识到很多事情永远有另外一种可能，认识到时刻保持谦卑是一种美德，认识到世间没有白费的努力，认识到尊重别人就是尊重自己，认识到成功与失败都不是理所当然的，然后你们就会主动醒来，不再"睡觉"。

　　亲爱的孩子，不要做一个装睡的人，该起床了！

爱你们的爸爸

2021 年 10 月 29 日

第79封信

兴趣是最好的老师

亲爱的孩子：

最近，你们兄弟两个都迷上了轮滑运动，让在家中"沉睡"了一年多的轮滑装备又派上了用场。当然，弟弟只是哥哥的"小迷弟"，看到哥哥玩什么，自己也非要干什么，这也许就是兄弟之间有个伴的好处，有照应、有帮衬、有嬉闹、有陪伴。古人云："德有邻，必不孤。"同样，有兄有弟，也不会孤单。

兄弟姐妹存在的意义在于，当你们在将来的某一时刻感到孤独无助时，有个肩膀可以依靠。从这方面讲，弟弟是幸运的，赶上了二胎政策，加上爸爸妈妈又有生二胎的意愿，于是才有了弟弟的"横空出世"。尽管当时妈妈言之凿凿地说二胎一定是个女儿，可惜出来的还是个胖小子。看来人生真是"命里有时终须有，命里无时莫强求"，两件"皮夹克"凑合着穿吧！不管如何，你们兄弟俩都是上天赐给我们最好的礼物，也是我们这一生当中最满意的作品，没有之一。

爱因斯坦说过，兴趣是最好的老师。一件事情要想做好，必须要有兴趣支撑。比如轮滑运动，单靠爸爸妈妈外在施压不行，还要自己感兴趣，这样才会主动作为、仔细观察、深入思考、学好用好。

轮滑是一项很棒的运动，可以让你们在练习中体会到运动的快乐。

首先，你们要自己学会穿戴护具，"工欲善其事，必先利其器"，这也是运动中保护自己的有效手段。

其次，要学习正确的轮滑站姿（弯腰屈腿），"站"稳后开始学"走"，慢慢开始蹬地"滑行"，有一定基础后，才可以学习转弯、冲刺、刹车、起跑、跳跃……

第三，与走路不同的是，学轮滑最大的障碍是要克服恐惧心理。在这方面，

238

弟弟的进步很大，值得爸爸妈妈表扬，在看到哥哥如何滑行后，自己已经由最初的需要爸爸妈妈扶着前进，变为慢慢地开始练习"站"和"走"了。

第四，要不断练习，熟能生巧，才能找到轮滑运动的窍门。世间事大都是"纸上得来终觉浅，绝知此事要躬行"。人生中最怕的就是做理论上的巨人，行动中的侏儒。要想练好轮滑，不摔上几跤是不行的。其实，不只是学习轮滑，在追求人生中任何目标的过程中，不畏艰难、不怕跌倒，都是必须具备的优秀品质。

学习轮滑，也可以锻炼你们兄弟的多项能力，能全面提高你们的运动潜能、体能、耐力、身体平衡性和灵活性及大脑与身体各部位之间的协调性。

在爸爸看来，人生最难的就是平衡，就像轮滑运动中必须保持好身体平衡一样。等你们长大后，会发现世间万物无时无刻不在平衡之中，有上就有下，有左就有右，有阴就有阳，有好就有坏，有冲突就有共处，有纷争就有和平。它们与轮滑运动中要保持平衡是如此的相像。平衡好的话，滑动起来就驾轻就熟，否则人就可能会滑倒，就会栽跟头。数学中有一个比较高大上的词叫共轭。"轭"是牛拉车用的木头，同时拉一辆车的两头牛，就是"共轭关系"。共轭是对称的，也是漂亮的，更是平衡的。如果共轭中的两头牛不能保持步调一致，就不能顺利拉车前行。

社会是一个大系统，很多事情都涉及方方面面，牵一发而动全身，重点在于动态平衡，如果平衡不好，就可能会出乱子。就像爸爸在第 23 封信中提到的"事情的对错与利弊权衡"一样，处理很多事情，有时候会出现权衡大于对错的情况。历史上的王莽改制就是如此，他做皇帝时推崇"复古改制"，实施了很多表面上看似正确的改革政策，结果却得罪了各个阶层，从上到下怨声载道，反对的力量云集，社会也出现大的动荡，后来绿林赤眉起义爆发，从此天下大乱，不到二十年，他的统治就被推翻，自己也身首异处。

亲爱的孩子，兴趣是最好的老师，也是学好轮滑运动的重要支撑。爸爸希望你们能够坚持下去，学习轮滑不是为了取得比赛成绩，而是因为热爱才坚持。人生中很多有意义的事情，都不是强塞给个人的，而是兴趣所致。俗话说"有心栽花花不开，无心插柳柳成荫"，一个不经意间的兴趣培养，可能会有意想不到的奇妙结果。就像爸爸工作后一直从事公文写作一样，因为爱好读书受益匪浅，通过写作又不断强化读书这方面的爱好，相辅相成，促进了写作水平的提升。天下没有白费的努力，兴趣所至，每一件事都有意义，每一件事都不白做，都有它的价值存在，都能丰富人生的经历，给人生增添光彩。

最后，爸爸妈妈要告诉你们的是，我们经过深思熟虑，决定不要三胎了。况且按照"共轭"关系，要生四个才能平衡，如果那样的话，才是真的"成果丰硕"。想想有点儿吓人，你们兄弟俩在家已经够闹腾了，每每回家看着满屋狼藉，需要收拾好长一段时间，你们还调皮地一直询问，爸爸我淘气吗？让爸爸妈妈哑口无言。算了，有你们小兄弟俩陪伴，我们早已心满意足，这辈子足够开心快乐了！

走，孩子们，准备一下，咱们下楼玩儿轮滑喽！加油！你们是最棒的！

爱你们的爸爸

2021 年 11 月 6 日

第80封信

想象力比知识更重要

亲爱的孩子：

在上一封信中，爸爸给你们写了关于轮滑运动的内容，弟弟就说，爸爸，我非常喜欢挖掘机，你给我写一封关于挖掘机的信吧！爸爸很高兴地答应了。

孩子，不要小瞧挖掘机这个专业，开挖掘机也是一项不错的技能，很多人都是靠这项技能养家糊口的。弟弟现阶段喜欢挖掘机玩具，立志开好挖掘机，这也是个不错的开始。不过有趣的是，你们的理想也是经常变换的，当你们听到飞机出事故的时候，就立即改变想法，再也不要当飞行员了；当你们看到电影中火灾现场油罐爆炸的时候，就发誓再也不当消防员了；当你们知道当个厨师要很晚才下班的时候，就再不想当厨师了。不过令爸爸奇怪的是，当一名美食家可以去很多地方，可以品尝天下美味，你们居然嫌麻烦，原因是不想跑太远。

哎呀，我亲爱的孩子，你们真是知道热爱自己的生命，理想转换得也太快了些，真是应了那句老话，"有志者立长志，无志者常立志"，你们真是"常立志"的典范呀！

当然，处于现阶段的你们，兴趣点多也很正常，从奥特曼到葫芦兄弟，从 Tom、Jerry、卡梅拉到皮迪克等，这些兴趣点都为你们构造丰富的想象力打开了广阔的空间。

上封信中，爸爸讲了"兴趣是最好的老师"，这是科学家爱因斯坦讲的名言。这一封信中，爸爸同样用爱因斯坦的名言作为主题，那就是"想象力比知识更重要"。

亲爱的孩子，想象力比知识更重要，并不是说知识不重要，你们现在学习到的知识点，都是为学习更高阶段的知识打基础，是为了将来能够发挥想象力，创造出更多符合现代知识和逻辑体系的新思路、新事物打基础。正所谓"万丈高楼平地起，一砖一瓦皆根基"，任何美妙的想象，都是在人类已有的知识体系上的继承和发扬，而不是无源之水、无本之木。

就像盖楼房需要用砖头一样，这些砖头堆砌起来却能盖出各式各样的楼房，然而盖楼房仅仅靠砖头是不够的，越是坚固的楼房，越需要打好地基，需要连接砖与砖的钢筋水泥，需要合乎逻辑的空间构造。每一个独立的知识点就如同一块块独立的砖头，支撑这些知识连接的想象力就如同使砖与砖结合的钢筋水泥一样。

当然，想象力在一定程度上能打破既有思想的禁锢，人类每一次大的技术突破，都是创新的结果。比如，古代通信靠快马传递，后来发明了电报电话，再后来移动电话实现了即时通信。在爸爸考入大学的 1999 年，BP 机还很流行，一代手机尚未普及，爸爸记得自己买第一部国产手机还是在读研时。短短的二十几年时间，人类就进入了一个信息大爆炸的时代，智能手机更是实现了万物互联，从 QQ 到微信，从银行 APP 到支付宝，它们在为我们的生活提供极大便利的同时，更深刻地改变了我们的思维和行为方式，是一场深刻的社会革命，把地球变成了一个小小的"地球村"。再如，以前人类只能仰望月球，想象嫦娥奔月的故事，如今人类不但成功登上了月球，而且正在探索着要登陆更加遥远的火星，移民火星的梦想一旦实现，人类将有可能从"地球人"变成"火星人"，成为星际公民。

就像弟弟经常批评爸爸那样，"如果你再喝酒的话，我就把你踢到月球上去。"哈哈，弟弟的想象力也真是够丰富的，力气足够大就可以把爸爸送到月球上了，当然弟弟这样说是对爸爸身体的关心关爱，真是浓浓的父子深情呀！

著名企业联想公司有一句非常著名的广告词"人类失去联想，世界将会怎样"，巧妙地把人类的想象力和公司产品结合起来。小到个人，大到一家公司、一个民族、一个国家都需要想象力，它是激发人类创新前进的不竭动力。失去想象力，个人即使拥有好的知识结构，也会失去永续发展的生机，好比一棵看似茂盛的大树，其实已经停止了生长，只是在等待凋零而已。

记住，孩子，在未来的人生中，一个人仅仅靠聪明是不能走向远方的，仅仅靠套用的知识点也是无法建立科学知识框架的。而丰富的想象力能为你们打开持续成长的空间，能够使你们实现知识点和聪明才智的有效连接，为将来的创新、成长提供各种可能，为应对人生中的各种不确定性提供更多的支撑。

这也是迄今为止，爸爸为什么只要求你们学习知识打好基础，而没有把每次考试考第一名作为主要目标的重要原因。考试取得第一名固然可喜，但是学会知识才是根本，而拥有非凡的想象力，更是你们的学习能力可持续提升的重要源泉和动力。

亲爱的孩子，拥有无尽想象，才有无尽可能。拥抱梦幻世界，才能拥有美好未来。加油！

爱你们的爸爸

2021 年 11 月 12 日

第81封信

帮助别人就是帮助自己

亲爱的孩子：

昨天下班回家，你们的妈妈给我讲了一件非常有意义的事情，就是弟弟在幼儿园主动帮助同学，得到了老师的表扬。要知道，助人为乐是中华民族的传统美德，一个人不经意间的善良举动，就可能会留下丰厚的福报。弟弟能主动帮助别人，就是一个好的开始。

亲爱的孩子，今天爸爸给你们谈论的内容就是"帮助别人就是帮助自己"。这是一条亘古不变的人际交往的基础法则。"人"字由一撇和一捺构成，说明相互帮助、相互支持、相互支撑是"人"的基本特点。俗话说"在家靠父母，出门靠朋友"，"靠"就是指朋友之间的互相帮助。还有"一个篱笆三个桩，一个好汉三个帮"等俗语，无不体现了人与人之间互相帮助的重要性。

帮助别人就是帮助自己，主要是基于以下两点：

一是帮助别人是人生一大美德。正所谓"赠人玫瑰，手留余香"，帮助别人的高尚行为，使人身心愉悦，能让自己的心灵得到升华。一个人在力所能及的范围内帮助别人，哪怕是微小的举动，都会得到善意的回应，拉近彼此之间的距离，收获友谊，赢得尊重。比如，公交车上给老人让座，在教室里帮助同学打扫卫生，下雨时帮助同学打伞等。要知道，尊重也是人们的重要需求之一。赢得尊重能提升你们的自信心，增强你们的自豪感和荣誉感。我们常常说"好人有好报"，其实"好人"的称谓，本身就是对一个善良的人的嘉许。

二是帮助别人才能成就自己。希望从别人那里得来温暖和帮助，是每个人在社交中的基本需要。一个人主动帮助别人，才能赢得别人的信任，建立起良好的人际关系，奠定做事的良好基础。假如你能够在别人有困难时，在其开口寻求帮忙之前主动施以援手，就更好了。因为，"雪中送炭"永远比"锦上添花"珍贵，也更能见证朋友之间的真情实意。成语"管鲍之交"指春秋时期管仲和鲍叔牙之间的深厚友情，鲍叔牙知道管仲的才能，劝说齐桓公放弃前嫌，举荐管仲担任齐国的丞相。齐桓公也能识人用人，任命管仲为齐国丞相。管仲也不负众望，帮助齐桓公"九合诸侯，一匡天下"，最终齐桓公称霸37年，成为春秋时期的第一位霸主。后来，"管鲍之交"也用来形容朋友之间交情深厚，彼此信任，这是朋友之间互相帮助、深情厚谊的最好印证。

亲爱的孩子，当朋友有困难时你施以援手，将来等你需要帮助时，朋友也大都会给予善意的回应，这样的互相帮助会让朋友之间的友情更加牢固，信任更加持久。俗话说"单丝不成线，独木不成林"，一个人能力再强，单打独斗也不能成事，必须要有朋友的帮衬才行。在名著《三国演义》中，周瑜和鲁肃是至交好友，也是互相帮助的典范。鲁肃性格豪爽，仗义疏财，当年周瑜因缺少粮食，向鲁肃借粮食，鲁肃把一仓粮食全部借给周瑜，足见友情深厚。后来周瑜在去世前，举荐鲁肃接替自己担任东吴大都督。周瑜与鲁肃的交往与"管鲍之交"非常类似，管仲去世前，也是举荐鲍叔牙接替自己担任齐国丞相。

古人云："以利相交，利尽则散；以势相交，势败则倾；以权相交，权失则弃；以情相交，情断则伤；唯以心相交，方能成其久远。"简言之，为了赢得财利而结交的朋友，在没有财利时就会分离；为了借助势力而结交的朋友，在没有势力的时候就会绝交。这种朋友之间的帮助都是利用关系，是为了谋取利益，当利益基础不存在时，友情也就难以为继。这也说明，好朋友之间的真正友谊，一定是建立在三观契合的基础之上的，是精神的而非物质的，是志趣相投的而貌合神离的。比如，管仲与鲍叔牙、周瑜与鲁肃的交往，这种朋友之间的帮助才最有力量，也最温暖。

请注意，爸爸说的"帮助别人就是帮助自己"不是绝对的双向对等，也有可能你帮助过的人，在你遇到困难时并没有给予援手。这时你们也要能够理解，因为在别人遇到困难时，我们帮助别人不是为了获取回报，而是发自内心的举动，是心性和善意的自然流露。帮助别人一旦带有目的性，就会使善良之举变形，这种夹杂个人私心的帮助，由"相互帮助"变成"相互利用"，有精致利己主义之嫌。当然，一个精于算计的人的人生是苍白的，凡事都工于心计、聪明外露，会失去生活的很多乐趣。这也充分说明，"帮助别人就是帮助自己"是单向付出而非为了索取回报。

最后，爸爸要说的是，帮助别人不是无原则的，是有底线的，不能超出自己能力之外，不能置个人安危于不顾，不能帮人掩过饰非，更不能助纣为虐。帮助别人不是哥们儿义气，不是替人强出头，更不是主观臆想的《水浒传》中的江湖情义，不是大口喝酒、大块分肉，更不是能让人热血沸腾的"说走咱就走，风风火火闯九州"。哥们儿义气害死人，多少人因为年少轻狂，一时冲动，为了所谓的兄弟情义，"两肋插刀"，这样恣意妄为的结果是走上违法犯罪的道路，做出让人终生后悔的事情。这些悲剧屡见不鲜，不时见诸报端，你们一定要慎之又慎，坚决防止。

孩子，"帮助别人就是帮助自己"，对于好事，要在力所能及的范围内帮助他人；对于不好的事情，要能够果断大胆地说"不"。

爱你们的爸爸

2021 年 11 月 19 日

第82封信

为什么胳膊拧不过大腿

亲爱的孩子：

家中最常见的最多的玩具就是大大小小的各式各样的奥特曼玩具，把它们摆到一起，绝对可以组成一个超级战队。就这样弟弟还是觉得不够，每次下去玩耍的时候，总是说，爸爸你给我买个奥特曼玩具吧！你给我买个奥特曼卡片吧！真是爱屋及乌，以至于现在爸爸也记住了很多奥特曼战士和怪兽的名字。

平日里，弟弟最喜欢和爸爸玩儿的就是奥特曼打小怪兽的游戏。"爸爸，咱们来玩儿奥特曼游戏吧！我当奥特曼，你是怪兽。来吧！斯派修姆光线，嘿！嘿！哈！爸爸你被打败了，哈哈……"在弟弟童真无邪的笑声中，爸爸欣然地感觉到，在你们的世界里，奥特曼总是可以打败小怪兽的，邪不压正，胜利总是属于正义的一方，结局总是美好和圆满的。

亲爱的孩子，在你们的眼中，由凑活海、凑勇海兄弟变身的罗布和赛罗奥特曼战无不胜、攻无不克，他们兄弟齐心协力，团结一致，总是能克服困难，击败各种强大的怪兽，是拯救人类的大英雄。

《菜根谭》上讲："唯大英雄能本色，是真名士自风流。"做一个像奥特曼战士那样的大英雄是你们的理想，你们渴望行侠仗义，仗剑走天涯，我祝你们成功！还有就是，爸爸妈妈希望，你们两兄弟也要像奥特曼兄弟一样，团结互助，兄弟齐心，其利断金，一直到永远。

其实，游戏归游戏，现实中弟弟要想真的"打败"爸爸，无论从身高、力量、体重等方面，目前都是无法实现的。简单地说，由于力量对比悬殊，你们兄弟即使使尽全身的力气，也是无法推倒爸爸的。

"胳膊拧不过大腿"这句话，翻译成英语非常有意思："Little fish does not

eat big fish." 在这里需要强调的是，学好中文是学好英语的重要基础，尤其是在语言的翻译方面，非常考验一个人的中文功底。上面这句英语如果直译为"小鱼不吃大鱼"，就没有了意味，失去了神韵，丢掉了灵魂。

言归正传，"胳膊拧不过大腿"还告诉我们，在未来的人生中，在面对超出自己能力之外的困难时，要注意应对的方式、方法。

一是要懂得妥协。凡事不能一味地用强，鸡蛋碰石头肯定没有好结果，中国自古就有以退为进、以柔克刚的成语。当然，妥协精神恰恰是我们现代很多人所欠缺的，妥协不是退让，更不是软弱，而是一种智慧、一种气度、一种胸襟、一种眼界、一种格局，是遇事不急不躁，不偏激、不偏执的高素质表现。比如，在爸爸和妈妈对某件事情意见不一致时，大都是以爸爸的妥协作为结束，这并不是因为爸爸怕妈妈，而是一种爱、一种责任。其实，小到个人，大到国家，妥协都是现代社会一种非常重要的精神和力量，妥协才能合作共赢，才能使利益最大化。

二是要懂得积蓄力量。现在你们要好好学习，健康成长，这个过程本身就是一个由小到大、由弱到强的成长过程，等你们再大一些，现在看起来无法克服的问题，到时候也许不费吹灰之力就会迎刃而解。比如，我们在地里刨出的一桶红薯，你们费尽力气也提不起来，若干年后，肯定能像爸爸一样，提起来健步如飞。积蓄力量非常重要，它告诉我们在挫折和逆境中保持乐观心态，坚持忍耐和等待的重要性。

三是要懂得借势而行。毕竟个体的力量很有限，一个人只有在一定的平台上才能发挥最大作用。懂得借势，能让自己变得更强，发挥出最大作用，就如同凑活海、凑勇海兄弟需要变身为奥特曼战士之后，才能迸发出超强战斗力一样。比如，当你们参加工作后，就成了"单位人"，工作单位就是平台，是个人施展才华的舞台。正如，电视剧《乔家大院》中的经典桥段，"孙茂才的人生，乔家成就了他，不是他成就了乔家"。一个人没有单位平台的支撑，即使个人能力再强，心气再高，发挥的作用也将非常有限，是"舞台有多大，心才有多大"，而不是"心有多大，舞台就有多大"。

最后，我要告诉你们的是，要想真正"打败"爸爸，你们要按时作息，好好吃饭，不挑食偏食，健康茁壮成长，增添力量。在若干年后，等你们长成大小伙子时，在身高、气力等方面都超过爸爸时，就可以轻轻松松战胜爸爸了。

爸爸你们的爸爸

2021 年 11 月 26 日

第83封信

立志做一个"钢铁侠"

亲爱的孩子：

钢铁侠（Iron Man）是保卫世界和平的超级英雄。该称呼来自他穿着的先进动力装甲，由方舟反应炉给其提供能量，赋予史塔克超人力量及飞行能力。

今天爸爸给你们谈的是一位现实中的"钢铁侠"，他就是大名鼎鼎、号称"硅谷钢铁侠"的埃隆·马斯克。

孩子，说起这位"钢铁侠"，他简直是人们心目中"神"一样的存在，这不仅仅是因为他是新晋的世界首富，更在于他类似于"疯子"和"傻子"的思想和行动，新能源汽车、胶囊高铁、"星链"计划、脑机互联、火星移民，这些超越凡俗的设想，听起来就像天方夜谭一样，其认知水平远超出了同时代的我们。

马斯克虽然已成为新一代的世界首富，但是他并不以追求财富为终极目标，他要通过科技和商业的完美结合，实践自己对未来的构想，为人类生存发展创造出新的空间，想想这些，连我们这些局外人都会觉得好激动，浑身上下热血沸腾，充满了激情和力量。

他曾说过："出生在地球，死在火星是一件很酷的事情。"而且，他那些看似疯狂的大胆设想，正在逐步地付诸实践。以 SpaceX 火箭为例，马斯克计划2024 年开始"移民"火星，2025 年到达；计划 10 年内造 1000 艘星际飞船，30年内送 100 万人上火星。当然，目前火星上的环境还不适合人类居住，本身"改造"火星，打造"宜居"火星，就是一件伟大的事业，马斯克已经想好怎么做了，让我们拭目以待，看看奇迹能不能发生。

最关键的是 SpaceX 火箭可以重复使用，这大大降低了发射成本。须知人类任何一项伟大事业的发展，只有与市场结合才有前景，航天事业是一项非常"烧钱"的事业，即使是财大气粗的美国也觉得吃力，SpaceX火箭却实现了科技与商业的完美结合，也宣告了一个崭新时代的到来。在不久的将来，也许到太空旅行不再是遥不可及的梦想，普通人只要购得一张门票，就能到太空潇洒走一回，实现自己的太空旅行梦，就像你们去野生动物园看大象和狮子一样简单。

这让爸爸想到了近代人类文明走向全球的开端的大航海时代。正如哥伦布远航发现了美洲新大陆，麦哲伦环球航行证明地球是圆的那样，这些探险家以追求财富为目标，以经济利益为驱动，不断刷新人类对世界的认知，更新人们的思想。那时候人们航海远行，意味着冒险，充满了激情，饱含着幻想，这些新时代的开启者中，有很多人付出了生命的代价，被当时的人们视为"疯子"和"骗子"，然而正是他们近乎疯狂的举动，才把人类的文明推向了一个新的高度。如今，科技的进步，商业的繁荣，早已把地球上的各国变成了一个整体，使地球成了一个小小的"地球村"，各国紧密联系，离不开彼此。曾经有个小测试，理论上只要通过七个人，就可以联系到世界上的任何一个人。是不是有点儿神奇？这就是信息时代"地球村"把大家紧密联系在一起的最好证明。

今天，"钢铁侠"马斯克的这些举动，预示着人类要开启第二次"大航海时代"，充满了激情和幻想，只不过这次人类面对的不再是广阔的海洋，而是浩渺无边的宇宙，要开创的是前所未有的星际文明。相信在不久的将来，我们在科幻电影中看到的星际战舰、飞船，移民外太空也许都将成为现实，人类也将成为星际公民，尽管这一过程注定不是一条坦途，而是充满了荆棘和挫折，很多人还可能会为此做出牺牲，因为伟大的创举总会有人为之奉献、为之奋斗。

亲爱的孩子，爸爸觉得做一个"钢铁侠"实在是太酷了，虽然他不可能全知全觉、无所不能，但他充满了活力激情，充满了拼搏精神，充满了无限想象，而这正是大多数人身上所稀缺的。

爸爸希望能焕发你们身上的这种力量，唤醒你们内在的创造力。你们要有梦想，要有激情，要有信心。世界那么大，一定要去看看，星空那么远，一定要去飞翔。退一步讲，我们即使做不到像马斯克那样的"钢铁侠"，能与他同时代，一起见证外太空的探索，实现全人类的梦想，也是一件很幸福的事情。

　　创造力是一个人乃至一个民族前进发展的动力和源泉，而失去创造力，则是一个人乃至一个民族的最大悲哀。你们在学校学习，应该激发自己的创造力和想象力，而不是简单地追求问题的标准答案，要知道多问几个"为什么"，远比知道"是什么"重要得多。

　　孩子，看到"钢铁侠"的激情无限和魅力四射，一想到人生中还有这么多梦想等着去探索、去实现，我的内心就无比激动，我们还有什么理由不去努力，不去奋斗呢？

爱你们的爸爸

2021 年 12 月 1 日

第84封信
凡事不要有过高期待

亲爱的孩子：

　　最近，爸爸发现一个有趣的现象，你们兄弟早上各自上学分开后，到晚上见面时就特别亲切，而在一起后不久就会为争抢玩具、食物等琐事打闹起来。

　　这让爸爸想起清朝著名词人纳兰性德的那句著名的词句来——"人生若只如初见"。

　　说起纳兰性德，那可是一位名噪一时令人羡煞的"忧郁小王子"。民国国学大师王国维对他的词句评价甚高，曰"北宋以来，一人而已"。这首《木兰花·拟古决绝词柬友》就是其中一首。你们兄弟在学习诗词的时候，也要记住这首词呀。

　　　　人生若只如初见，何事秋风悲画扇。

　　　　等闲变却故人心，却道故人心易变。

　　　　骊山语罢清宵半，泪雨霖铃终不怨。

　　　　何如薄幸锦衣郎，比翼连枝当日愿。

　　第一句"人生若只如初见"脍炙人口，常常被引用。这也说明，对于一些我们熟悉的古诗词名句，如"天若有情天亦老""腹有诗书气自华""三千里外欲封侯"等，我们可以张口便说出，却未必能说出与它们相邻的那一句。其实，这恰恰是文学的魅力所在，中华诗词浩如烟海，怎么背也背不完，能记住精华部分，也是学习方法之一。就如同著名书法家王羲之的《兰亭集序》一样，乃酒后所作，中间还有涂改，却瑕不掩瑜，是自古以来书法名作中的"第一神品"，语言"活"了，字也"活"了，一直被模仿，从未被超越。当前，电脑打印出来的各种字体的文本与《兰亭集序》相比，简直不可同日而语，其虽整齐划一，但只是工艺字，毫无韵味可言，"艺术"二字更是谈不上。

言归正传，俗话说："相识满天下，知心能几人。"人际交往也是一样，认识的人虽然很多，相知相近的却没有几人。如果认识的人都能成为好朋友，也是不符合现实的。在人的一生中好朋友也就那么几个，很多人注定只是你生命中的过客而已，有的人是来帮助你的，有的人只是为了给你增加一次教训。

"人生若只如初见"恰恰说明人与人之间关系的微妙，太近了容易产生矛盾，太远了容易疏远，近则不逊远则怨，彼此保持一定的距离是维系友好关系的正确方法。人与人之间要想彼此维持美好的印象，就要把握好分寸，夫妻之间也不例外。谈恋爱的时候，展现出来的都是优点，让对方看到的都是美好的一面；而婚后经常看到的是对方的缺点，原形毕露之后，彼此都要留些空间，多一份信任，多一些忍耐，多一些妥协，这些都是过上幸福美满生活的小窍门。

孩子，在人的一生中，凡事不要有过高的期待，要保持一颗清醒的头脑，对人对事都不能有不切实际的要求。所谓期待越高，失落就越大。凡事不奢望，就不会失望，心态平和，知足常乐，百福自来。

作为父母，我们同样不能对你们有过高的期待。如果我们把能否考入顶级名校作为衡量你们学业的唯一标准，就会恨铁不成钢，给你们增加无限的压力，这就违背了学习的初衷和目的，再说把你们压得喘不过气来，让你们做一个"考试机器"，也不是爸爸妈妈想要的。况且即使你们学习成绩好，也不能解决人生中的所有问题，考上一所名校只意味着一个好的起点，并不能决定人生的终点。

至于工作后你们能走出什么样的人生，主要还是靠你们自己，其间努力自不可少。"机遇垂青于有准备的人"，这句话的意思是奋发有为、积极向上、厚积薄发，能增加个人事业成功的概率，但人生的残酷在于努力并不保证就能成功。如果努力就能取得成功，那么成功就显得太过于简单和肤浅。这世上，每个人的人生都是独一无二且不可复制的，存在着不受人为控制的不确定因素。一个人将来能达到的人生高度，是努力、能力、机遇、人脉、时代等各方面因素的结合，努力只是成功的条件之一，甚至有时候发挥的作用还非常有限。

作为孩子的你们，同样不能对我们有过高的期待，当前给你们提供的成长条件，是在我们能力范围内能给你们提供的最好的条件。如果是超出我们能力范围的事情，你们不必羡慕也不能盲目攀比，须知人是无法挑选出身的，你们需要做的就是在此基础上，努力把自己变得更好更优秀。

　　朋友之间，也不能有过高的期待。当你们成年以后，与朋友相处时，彼此要相互理解，毕竟大家都有各自的生活，也都会遇到不同的难题。当你有困难时，朋友帮你是情分，不帮则是本分，也许他有自己的难言之隐；对朋友期待过高，就会失落失意，怨天尤人，使得友情变淡，关系疏远。还有就是你认为理所当然、十分看重的人和事情，在别人眼中也许根本就不值一提、不屑一顾，所以不要把自己想得有多么重要。

　　记住，孩子，没有感同身受就不会有相互理解，人生中很多事情最终还是要靠自己去扛，很多委屈还要自己默默地承受，悲喜自渡，冷暖自知。

　　亲爱的孩子，凡事没有过高期待，就不会有过多失望。当一个人把期待值设置到最低，顺其自然、静观其变、静待花开，便会发现人生处处是惊喜，不经意间可能会打开一片全新的天地。

爱你们的爸爸

2021 年 12 月 8 日

第85封信
不要被"标签"所迷惑

亲爱的孩子：

近段时间，爸爸发现了一个有趣的现象，就是哥哥特别喜欢看各种饮料瓶上的营养成分表，能量多少、蛋白质多少、脂肪多少、碳水化合物多少等。当然，各种饮料瓶子上都贴着不同的标签，虽然这些饮料在本质上都是能量、蛋白质、脂肪、碳水化合物、钠、维生素等的组合，但由于组成原料比例及制作工艺的差异，其口味和风格也不相同，迎合了不同人群的需要。

现实生活中，标签无处不在。琳琅满目的商品都贴有商标，这也是区分它们的主要凭证，比如可口可乐、雪碧、农夫山泉之所以被一眼认出，最主要原因就是它们商标的不同。由于有的商品商标比较近似，要想将它们正确地区分开来，就需要正确的辨别力和判断力。这也告诉我们，在看待世间纷繁万物的时候，有时不能只看到表象，还要有洞悉事物本质的能力。

孩子，生活中除了有形的标签，还存在大量的无形标签。比如：小说《水浒传》中的英雄好汉，他们都有一个符合自己特征的绰号，就是典型的"标签"，比如"及时雨"宋江、"玉麒麟"卢俊义、"智多星"吴用、"豹子头"林冲、"花和尚"鲁智深、"行者"武松、"小旋风"柴进、"一丈青"扈三娘等。这些无形的标签非常贴合人物的形象，也非常深入人心。

我们每个人身上都有这种无形的"标签"，这些"标签"对人们的思维和行为有着先入为主的重要影响，影响人们的判断、决策和行为。如同买饮料一样，很多人习惯了根据"标签"消费，首先选什么，其次选什么。经济学中称之为消费者的"个人偏好"。

爸爸想告诉你们的是，不要被"标签"所迷惑，别让"标签化"思维影响了你们的判断。"标签化"的最大坏处是让人的思维简单化、感情情绪化、行为过激化，容易做出错误的思考和决定。比如，听话、懂事、爱学习是好孩子的标签，淘气、调皮、成绩差是坏孩子的标签，这样简单地区分孩子的好与坏，不仅不科学，也不合乎情理。

爸爸也不希望用固定的模式框束住你们，简单重复的人生是乏味的，也是无趣的，会固化人的思想，阻碍个人想象力、创造力和创新思维的形成。爸爸希望你们健康、快乐，不以简单的成绩好坏、淘气与否来界定你们，不会轻易地给你们贴"标签"，也不会随便给别的孩子贴"标签"。因为，"坏标签"可能会摧毁一个孩子的一生，"好标签"也可能会让一个孩子沾沾自喜、骄傲自满、得意忘形。

记住，孩子，在"标签"盛行的地方，理性就会枯萎，只剩肤浅的思想。给一个人"贴标签"是打击人和否定人最简单最直接的手段，它省略了最主要最严密的逻辑论证环节，没有正确与错误的分别，没有是非曲直的详细论断，只是为了打击而打击，为了否定而否定。比如，现实中为了否定一个人，不是就事论事，而是说他品格不好，或者人缘不好，抑或是生活作风有问题，这样类似的"标签"一贴，不需要再证明什么，就能实现打击人诋毁人的目的。

孩子，不轻易给别人"贴标签"是一种素养，也是一种高水平的认知。将来即使有人给你们"贴标签"也不必在意，无论何时何地，无论顺境逆境，做好自己都是最佳选择，要内心强大，要能明辨是非、看清本质、洞悉规律，更要勇敢、正直、善良、友爱，讲礼貌、讲文明，这样才会让自己不为"标签"所累，才能不断提升自我、不断前进。

爱你们的爸爸

2021 年 12 月 17 日

第86封信
抱怨是输家的招牌

亲爱的孩子：

今天这封信，我们从成语"怨天尤人"讲起，它的意思是一个人遇到不顺心的事，就怨恨天命，责怪别人，形容老是埋怨或归罪于客观原因，出自《论语·宪问》"不怨天，不尤人"。

孩子，抱怨是这个世界上非常容易做到的事情，也是一件非常糟糕的事情。当人们办事不利时，达不成目标时，遇到困难和挫折时，处理不好人际关系时，就常常会抱怨。比如，在妈妈辅导哥哥写作业的时候，当遇到不会的题目时，哥哥最常做的不是积极提问和改正，而是抱怨："妈妈，我再也不要上这个辅导课了。我为什么要做这道题，我要把课本扔掉。"

抱怨的事情人人都干过。不可否认的是，抱怨者的心态是消极的和沮丧的，总觉得自己是受害者，是别人对不起自己。在不同的境遇中，抱怨都是沉不住气的表现。爸爸看到过一句话，写得棒极了，"其实，抱怨是对自己的一种残忍，因为他们用这些锁链牢牢地锁住了自己心灵的大门，堵死了成就自我的路径"。

一个人在经历多次失败以后，就会发现抱怨是最无用、最无效、最低级的一种负面情绪。因为，抱怨对所做事情的结果来说没有丝毫的改变，一味抱怨只会让它朝着不好的方向发展，要想改变结果，就要改变自己的认知，从危机中看到转机，在转机中寻求突破的机会。

在爸爸过去的人生中，也经历了很多不如意、不顺心的事情，第一次高考的失利，求学读书时的经济窘迫，工作中的困难，爸爸也抱怨过、倾诉过、烦恼过、茫然过，最后还是靠自己调整心态、咬紧牙关挺了过来。正如爸爸在第53封信中写的那样"人生中只有自己可以依靠"，凡事求人不如求己，做好自己，努力改变，只问耕耘，不问收获。

后来也证明，很多事情没有想象中那么糟糕，等你克服困难达成目标之后，会有一种不一样的提升，这不只体现在能力上，还主要体现在心态上。如今，爸爸已经很少抱怨了，也极少找人倾诉内心的不平。永远记住，抱怨没有任何作用，只会让别人笑话自己。因为关心你的人只是少数，不关心你的人永远是大多数，他们只有旁观者的心态，没有换位思考，就不会有感同身受。在人生中的很多时候，我们都要默默地承受着自己所经历的一切，无法言明，也无须倾诉。

这世上的每个人都是不一样的自我，每个人都会经历不同的人生，不要期望把自己的成长架构在别人的同情怜悯之上，能让自己成长的永远都是一次次的跌倒，又一次次站起来，拍拍身上的尘土，然后默默地擦干眼泪继续前行。

《增广贤文》中讲到，"自恨枝无叶，莫怨太阳偏"，这是一个非常形象的比喻，把人比作一棵树。意思是说，自己恨枝干上没有树叶，不要埋怨是太阳偏心故意晒偏才导致的。大意是说，遇到不顺心的事情，先反思一下自己有没有问题，不要总是抱怨自己已很努力，可还是落在别人后面，要善于从自身寻找不足，而不是指责别人。

亲爱的孩子，一个人要想成功，就必须找回自己的力量，摆脱哀怨的心态与情绪，用积极健康的态度去做能够改变现状的事情，别把时间都浪费在发牢骚和埋怨上，因为懂你的人不用说，不懂的人说了也没用。这也是为什么人们总说沉默是金，多说不如少说，少说不如不说的道理所在。

古人云："静可化燥，和可化凶，善可制恶，慈可求吉。"清静可以化解烦躁，温和可以化解凶狠，善心可以制止恶意，慈悲可以求得吉祥。当你们用抱怨的眼光看待世界，世界上就充满了抱怨；当你们用进取的眼光看待世界，世界上就充满了进取。

一个人的心房真是这个世界上最奇妙的地方，它可以宽广得容下大海，也可能狭小得容不下一根绣花针。抱怨的心态可以让人坠入地狱，进取的心态却能让人走向成功的彼岸。拿破仑说过："能控制好自己情绪的人，比能拿下一座城池的将军更伟大。"控制情绪，就从不抱怨开始。

爸爸希望，在你们今后的人生中，遇到不顺心的事情时，碰到棘手的难题时，遭遇难缠的人际关系时，你们能够明白这些道理，知道抱怨是没有用的，只有自己调整心态才能改变现状。当有些事情确实无解时，就先把它放一放，交给时间，默默努力，慢慢改变，随着事物的不断变化，意想不到的美好结果也许就会悄悄降临。

孩子，这世上的成功者，都是有着坚毅隐忍的品格的人，他们能够有效掌控自己的情绪，端正方向、披荆斩棘、乘风破浪、勇往直前，成为自己生命航船的舵手。

爱你们的爸爸
2021 年 12 月 24 日

第 87 封信

要能守护好你的"能力圈"

亲爱的孩子：

今天正好是爸爸给你们写信的第 19 个月，这封信本该在前两天写完的，由于各种原因拖到了本周六，恰巧也是元旦，公历新年的第一天。因此，这封信也算是承上启下、辞旧迎新、意义非凡。

英国大文豪莎士比亚有句名言，叫"凡是过往，皆为序章"。爸爸祝福你们兄弟在新的一年里茁壮成长、平平安安、开心快乐，将所有烦恼都抛在脑后。

孩子，今天给你们分享一下爸爸最近的读书心得，那就是我新学习了一个词叫"能力圈"。"能力圈"是以巴菲特为代表的价值投资者坚守的重要原则之一，是他们围绕自己最熟悉的领域进行投资的一种常见方法。坦白地说，虽然爸爸对于投资一窍不通，但是觉得这个理论非常棒，不管是在投资领域还是其他领域，都非常实用。

你们每天要学习一些你们认为非常难懂的同义词、近义词、反义词，数学中的加减运算，以及英语单词等。你们之所以觉得很难，主要还是因为"能力圈"太小。随着年龄的增长，学习知识的增多，"能力圈"在逐渐变大，你们会发现先前学习的知识并没有那么难，它已经难不住你们了。

随着一个人"能力圈"的变大，他接触的未知领域越来越多，人就会了解自己的无知领域，就会变得谦虚谨慎，不敢轻易妄下断言。人们通常说的"无知者无畏"，很大一部分原因就是个人的"能力圈"太小，凡事以为自己"知道"，其实是真不知道自己"不知道"。

有一点需要强调的是，人既是理性的又是感性的，更是非常容易自负和骄傲的。凡事总觉得自己比别人强，总觉得自己的"能力圈"等于或大于自己的认知，其实很多东西根本不在自己的"能力圈"范围之内，甚至是远远大于自己的"能力圈"。认知和"能力圈"不匹配，从投资领域讲是很多投资失败的源头。从做人做事的角度来看，盲目高估自己在别人心中的地位，盲目乐观低估所做事情的困难程度，也是做人做事失败的重要根源。

当一个人认为做一件事非常容易时，往往就是犯错的开始，这样的例子在历史上也比比皆是，比如关羽"大意失荆州"，马谡"失守街亭"等。以做作业为例，你们经常做错的不是难题，而往往是非常简单的题目，且是自以为能百分百做正确的题目。这就是通常说的"眼高手低"。所以，任何时候保持谦卑的心态、低调审慎的原则，牢牢守护好自己的"能力圈"，永远都不会过时，这样做最大的好处，就是降低个人犯错的概率。

当然，人的一生无法杜绝犯错误，没有错误的人生就不是完整的人生，人生的完整恰恰来自"纠错"的过程。人固然不能避免犯错，但是减少犯低级错误，是非常必要且可以通过正确学习做到的。

扩大自己"能力圈"的最好方法就是坚持读书学习。迄今为止，爸爸还坚持着每天读书一小时的习惯，因为一个人只有不断地读书学习，才能不断提高自己的思想认知，提升自己解决难题的能力。

说实话，爸爸自打坚持给你们写信以来，写满100封信的目标就是我坚持的动力，也是一个不小的压力，提笔写到今天，常常有文思枯竭的感觉，觉得能写给你们的、能说给你们的内容，都已经写过了，前后难免有重复的地方，常常有就此搁笔，放弃不写的想法。

之所以还能够坚持到今天，一是因为生活中的感悟太多，二是因为爸爸不断地读书学习。生活中有了新的感悟，读书带来了新的灵感，两者不断地结合才汇成了今天的文字。有时想，能把这些作为一份礼物送给你们，伴随你们成长进步，将来你们能够认为其中有一些话很受用，让你们有所提高，爸爸也就心满意足，不枉下这一番功夫了。

亲爱的孩子，要守护好自己的"能力圈"，它不是静止的，也不是固态的，更非一成不变的，随着你们年龄和学识的增长，它也在逐渐变大。

要想扩大自己的"能力圈"，方法只有一个，就是不断地学习，不断地提高自己的思想认知能力。时时刻刻牢记自己的已知领域，那只是少之又少的一部分知识，而未知领域的大多数知识正处于"无知"的状态，唯有此才能知道守护自己的已知领域的重要性，才能对未知领域的探索始终保持审慎的原则，保持做人做事的低调谦和，最大限度减少犯错的概率。

守护好并扩大自己的"能力圈"，才能把自己的人生状态调整到最佳。诚然，每个人都不能杜绝自己犯错，允许小错发生，杜绝大错出现，已经是非常不错了。因为，一个人只有在不断试错的过程中，才能成长，才能成熟，才能成功。

记住，孩子，经营好自己的"能力圈"是一个永不过时的话题。

爱你们的爸爸
2022 年 1 月 1 日

第 88 封信
语言是思想的外在表现

亲爱的孩子：

　　昨天，弟弟挨爸爸妈妈批评了，原因是弟弟说了一些不该说的脏话。作为小朋友，偶尔说一些大人口气的话，会表现出可爱的一面，但说脏话绝对是不礼貌的行为，更是不被允许的。结果弟弟不但被罚站，还被要求进行了诚恳的道歉，最后掉下了几滴"委屈"的眼泪。这还不算，作为惩罚，弟弟晚上还不能和妈妈一起睡觉了，这也是弟弟第一次和爸爸单独睡觉。一晚上，爸爸算是领教了他这个小淘气包，一会儿竖在床的一侧，一会儿又横到床中央，爸爸也深刻体会到带孩子的不易，成长路上几多艰辛，妈妈带你们长大，真是太不容易了。

　　孩子，爸爸妈妈教育你们不说脏话，是因为它不只是不礼貌的语言，还会深刻地影响你们的行为。一个小孩子满口脏话，是没有教养的表现，会被大家所厌弃。毕竟人们都不喜欢没有礼貌、言语粗鄙的孩子。

　　你们要知道，一个人的语言最能反映这个人的心理、思维、习惯、性格等，也是最难改变的部分。你们接受教育的第一环境是家庭，其次是学校。爸爸妈妈会给你们做好表率，给你们传授正确的思想，帮你们树立正确的三观，教会你们用准确的语言来正确表达所思所想。不要小看这一点，精准的语言表达不是一件容易做到的事情。在一个人成长过程中，往往是小时候说话词不达意，长大后说话又可能是言不由衷，须知言而有信是对一个人做人做事相当高的评价。

　　在学校里，老师们都在不断地教育你们，要做一个言语美、心灵美、行动美的好孩子。在这三种美之间，最直观、最重要的就是语言美，它是心灵美、行动美的外在表现，千万不要想当然地以为它不重要，更不能简单地认为说句脏话是无关痛痒、无伤大雅的小事情。

记住，孩子，好好说话，学会说话是一个人一辈子的修行，也是最重要最难做的事情，能直接反映一个人的内心和行动。

《论语·学而》中讲道："敏于事而慎于言。"这句话告诉我们，做人要多做实事，少说废话，不乱说话。

孩子，很多人以为这世上最简单的事情是说话，因为很多人即使不认识字，也能流利地用语言进行交流沟通。然而现实并非如此，说话恰恰是人生中最难的事情之一。在日常话语中，有真话和假话的区别，无论真话和假话都有很多语言的禁区，前者可能会伤到人，后者可能会欺骗人。成语"祸从口出"就是指讲话不小心，容易招致灾祸。每个人长了两只眼睛、两只耳朵，唯独有一个嘴巴，就是要人们多看、多听、少说话。曾国藩说过，"事缓则圆，人缓则安，语迟则贵"。意思是说，人们在碰到棘手的事情时，千万不要操之过急，慢慢地设法应付，才能得到圆满解决；做人不要操之过急，须知欲速则不达；说话的时候要反复琢磨，不要急于表态，要仔细斟酌，力求准确无误，不能心直口快，更不能信口开河。

亲爱的孩子，语言是直观的价值观念，藏着个人的运气和修养，也隐含着个人对这个世界的认知。正如徐贲老师在《阅读经典》一书中所讲的，"人类依靠语言建立秩序，借助语言定义世界和自我，根据语言展开他们的行动"。

简言之，语言是思想的外在表现，行动是语言的具体呈现。下面这几句话说得棒极了，爸爸分享给你们：

> 小心你的思想，它会变成你的语言；
>
> 小心你的语言，它会变成你的行动；
>
> 小心你的行动，它会变成你的习惯；
>
> 小心你的习惯，它会变成你的性格；
>
> 小心你的性格，它会变成你的命运。

孩子，语言之美，能浇灌出高贵的心灵；语言之恶，能摧毁一个人的人生。正如爸爸在之前信中提到的，语言沟通顺畅，就能打开彼此之间心灵的窗户；语言沟通不畅，就会使彼此之间多出一堵厚厚的墙，滋生嫌隙。

语言是思想的外在表现，人类通过语言来交流思想。一个人不能奢求所有人都与自己思想一致，这与一个人不能和所有人都成为好朋友是一个道理。

很多人能成为好朋友，共同开创事业，有的甚至成为恋人组建新的家庭，这些能实现的基础是他们三观契合，思想合拍，兴趣爱好相近。通俗地说，就是聊天能聊到一起，不至于出现一句话把天聊死的尴尬局面。

基于此，人世间很多朋友的渐行渐远，很多的家庭矛盾，除了现实的利益考量外，三观不合是一个重要原因。当两个人思想不在一个频道上，言语无法有效沟通，就会出现"话不投机半句多"的尴尬局面，由无话不谈到无话可说，最终一拍两散、渐行渐远、人生再无交集。

世上的人形形色色，好看的皮囊千篇一律，有趣的灵魂万里挑一。支撑一个人有趣灵魂的就是思想，思想高尚的人，会说出有礼貌的言语，做出文明的行为，养成善良的性格，转化为一生的幸运。

亲爱的孩子，学会好好说话，正确地运用语言交流思想是一辈子的修行，也会给人带来一辈子的福报。

爱你们的爸爸

2022 年 1 月 7 日

不要做一个
精致利己主义者

亲爱的孩子：

你们现在还小，还生活在幻想的美丽童话世界里，还不知道未来会经历很多挫折和痛苦，还没有充分见识到人性中的丑陋与不堪。今天爸爸讲的是关于"精致利己主义者"的话题，在你们今后成长的过程中将会遇到这种人，等你们长大后经历多了再慢慢品味。

所谓"精致利己主义者"，往往指的是学历高、智商高、情商高的"三高"群体，他们往往有较高的社会地位、经济收入和物质基础，但一切活动都是以利己主义为核心。

"精致的利己主义者"的说法来自北大中文系钱理群教授的一段话："我们的一些大学，包括北京大学，正在培养一些'精致的利己主义者'，他们高智商，世俗老道，善于表演，懂得配合，更善于利用体制达到自己的目的。这种人一旦掌握权力，比一般的贪官污吏危害更大。"

亲爱的孩子，凡事先考虑自己的利益并不是不可以，关键是要在依靠自己努力且不损害别人的合法权益的情况下，这样争取来的合法利益就是可行的。与之相反，如果是在损害别人合法权益下获取的利益，就是不道德的，非要给这种行为披上"道德"的外衣，那就属于精致的利己主义行为。

其实，精致利己主义者大都是"聪明人"。具有讽刺意义的是，"聪明"对于小孩子来说是个褒义词，对于成人来讲也可能是贬义词。人们常常说某人过于聪明，这并不是一个好的说辞。因为太过于聪明的人，往往自私自利，以自我为中心，从不顾及别人。因此，在很多情况下，人们往往不喜欢和过于聪明的人交往，毕竟"让人放心"是一个很难得的评价。从这个层面讲，"聪明人"也不喜欢比自己更"聪明"的人。况且，这世上"聪明反被聪明误"的人多了去了。在小说《红楼梦》中，"聪明人"如贾雨村、王熙凤者，他们的下场都不好，也应了那句话，"机关算尽太聪明，反误了卿卿性命"。

著名作家刘震云在一次毕业典礼中也讲到，我们这个社会的"聪明人"太多，"笨人"太少，这恰恰是社会的悲哀。精致利己主义者看似"聪明"，精于算计、工于心计，其实往往是缺乏智慧的表现。很多聪明人看着经常干巧事、占便宜、走捷径，殊不知也是在给自己挖坑。人生不是一台计算机，再精确的计算也无法精准预测明天的实际情况，做人还是要坚守一些基本的原则和操守，比如诚信、善良、正直，这是守正之道，也是长久之策。这样做最大的好处就是，不会贸然把自己置于危险的境地，不会轻易地把自己裹挟到复杂的人际关系斗争中去，这对于年轻人来讲尤为重要，工作能力和本事没有学到手，就深陷旋涡当中，着实是人生的一大悲剧。

与聪明相对应，愚、笨、拙等词则是智慧的象征，很多人就以"守愚""守拙"为座右铭。

曾国藩说过，"唯天下之至拙，能胜天下之至巧"。意思是说，天下看似最笨拙的东西，却能够胜过这天下最聪明最巧妙的东西。曾国藩在打仗的过程中，最重要的战法是"结硬寨、打呆仗"，就是每到一个战场，就立刻在战场修筑战壕，然后所有士兵进入战壕之中，随后凭借战壕作战。这种战法虽然显得笨拙，机动性差，不擅长打运动战，但也符合曾国藩稳妥的性格个性，虽然不能像左宗棠打仗那样经常出奇兵，但却能有效地保护自己。因为，在敌我双方交战的时候，己方不断挖掘前敌战壕，步步推进，即便很慢，却稳当无比；防御的时候，不断挖掘阵地战壕，步步坚守、步步为营，将己方的损失降到最低，也能给敌人最大的杀伤。

亲爱的孩子，今天爸爸给你们讲不要做一个精致的利己主义者，是希望在你们今后的人生中，在追求自己人生的理想的过程中，要有所为有所不为，不能为了目的不择手段，更不能做损人利己、伤天害理的事情。那些精致的利己主义者，即使工于心计，能得一时之利，从长远看终将会得不偿失，为自己的取巧行为付出沉痛的代价。

不要做一个精致利己主义者的要旨在于，不做违反规则与挑战大众底线的事情，反而能最大限度地保护自己的合法权益。世上的万事万物都有其运行规律，人生中有失就有得，利益正当可取，利益不当则不取，做任何事都要堂堂正正、光明正大，哪怕是人生路走得慢一些，拉长时间的距离来看，结果应该也是圆满的、美好的。

有一则谚语叫"东方不亮西方亮"，和它意思相近的有"失之东隅，收之桑榆"，这与"当上帝关了这扇门，一定会为你打开另一扇门"是同一个道理，人们在这边失去的，终将会以另外一种形式回来。因此，不用羡慕精致利己主义者，凡事做好自己，只管努力就好。

爱你们的爸爸

2022 年 1 月 13 日

第90封信

行百里者半九十

亲爱的孩子：

这是写给你们的第 90 封信，爸爸早已把题目拟定好，即"行百里者半九十"，不只是为了数字巧合，而是当时与妈妈打赌，为了完成"赌约"，能坚持到今天也实为不易，爸爸已经看到了胜利的曙光。

这一年半以来，爸爸一直在为自己曾经夸下的海口买单，无论多忙，每周都坚持给你们写一封信。其实，哪里有那么多的东西可写，哪里有那么多的知识可谈，于是就不断地强迫自己读书，不断地"充电"，想想能做到每一封信的内容角度不一样，也为自己取得了不小的进步而高兴。

在从第 1 封信写到第 90 封信时，真有一种即将到达目的地，如释重负的感觉。坚持，坚持，再坚持写 10 封信，就可大功告成。爸爸会小心翼翼地写好后面的每一封信，履行承诺、用心用力、保质保量、绝不敷衍，交上一份满意的 100 分答卷。

"行百里者半九十"这个成语，最早见于刘向编订的《战国策·秦策五》，原意是，要走一百里的路程，走到九十里时，只能算是走了一半，比喻做事越接近成功就越困难，越要认真对待，常用以勉励人做事情要坚持到底不放松。比如，临近期末的时候，爸爸发现哥哥的厌学情绪就会显现出来，他总是抱怨为什么还要上学。要知道，一个学期即将结束，往往也到了检验你们学习成效的时候，越是接近目标，越是考验一个人的毅力，越要能坚持住。

当人们为某一目标不懈努力，走过大半路程，临近终点的时候，拼的并不是能力和技巧，而是耐力和信心，谁能咬牙坚持到底，谁就是最后的胜利者。生活中这样的例子不胜枚举。再如，学习对你们而言，从幼儿园、小学、中学、大学、研究生阶段以及毕业后的受教育阶段，学习都是一个需要长期坚持的过程。其间，很多人由于没有意识到学习的重要性，不勤奋、不专心，没有毅力，过早地结束了学业，进入社会接受锤炼；有的则是在人生选择的关键点上掉链子，譬如在高考前放弃了学业，考研的时候缺乏恒心导致功亏一篑，其实再坚持一下，说不定有意想不到的结果，放弃了着实可惜。

孩子，上学和不上学的人过的是完全不一样的人生，它不只体现在个人物质上的丰富与否，也体现在个人的思想是否充盈，体现在对事物的认知是否正确，有的人突破了观念的束缚，有的人则终生是观念的囚徒。曾国藩有言："凡办大事，以识为主，以才为辅；凡成大事，人谋居半，天意居半。"意思是说，对于办大事的人来说，见识和阅历是主要的，才华反而居其次。而要想成就大事，除了人的谋略，还要看天意。我们所要做的是尽人事知天命，顺势而为，即使失败了，也绝不埋怨。比如，在与太平天国的斗争中，曾国藩认为，"自古平江南之策，必踞上游之势，建瓴而下，乃能成功"。于是，他坚持从长江上游向下游进攻，其间在攻打安庆的关键时期，太平军几次使用"围魏救赵"的计策，引诱湘军调兵救援，他都不为所动，坚定地执行既定的战略方针。果不其然，安庆一被攻破，天京城门户大开，再也无险可守，预示着太平天国的大幕即将缓缓落下。

"行百里者半九十"寓意极其深刻，既是对成功者的警示，也是对失败者的叹息。"行百里者半九十"其中的最后"十里"，关键就在于"有志者事竟成"上，它提醒人们时刻牢记目标尚未达成，绝不可放慢脚步，绝不可轻易放弃，绝不能低估困难，越是接近终点的时候，越需要付出更多的努力。

一个人之所以能成功，靠的就是坚持的力量，是屡败屡战，百折不回的信念，甚至很多是在人生的至暗时刻靠咬牙坚持下来的结果。

就像爸爸在第83封信中提到的"钢铁侠"马斯克一样，他的SpaceX公司发射的可回收火箭经历了多次的失败，以至于最后押上了所有，也取得成功。亲爱的孩子，这中间如果没有信仰的力量，如果没有傻傻坚持，就会出现截然相反的结局，马斯克会被当成一个失败的"疯子"被人耻笑。马斯克这样做是因为有更高的追求，而不单纯以赚钱为目的，如果只是为了赚钱，他早就不需要这样冒险了，财务自由对于他而言，是一个很低的要求。所以，孩子，不要活在别人的评论当中，不要在意别人的评论，正所谓"谁人背后无人说，谁人背后不说人"，就像马斯克，不管成功还是失败，都有人说他好，有人说他不好。

一个人之所以失败，固然有这样那样的原因，很多时候还是没有坚持的结果。曾国藩说过，"困时切莫间断，熬过此关，便可少进，再进再困，再熬再奋，自有亨通精进之日"。大意是说，人一生中苦难的时刻都要经历，克服一个困难就会有些许进步，只有咬定牙关不断坚持向前，才能不断提升自己，增加成功的概率。

丘吉尔在一次演讲中透露了自己成功的秘诀。他说："我成功的秘诀有三个：第一是决不放弃；第二是决不、决不放弃；第三是决不、决不、决不放弃。"丘吉尔的这次演讲，在国外被称为著名的"一分钟演讲"，也是外国政治家的演讲中最有影响力的一次演讲，虽然时间短暂，但却堪称知名演讲中的"经典之作"。

加油吧！孩子，人生中，你既要有宏大的梦想，也要有坚持到底的决心。人不是因为有了希望才坚持，而是因为坚持才有了希望，坚持是一种永不服输的倔强精神，也是"不到长城非好汉"的坚定信念。

爱你们的爸爸

2022 年 1 月 16 日

第91封信
积极的态度
产生积极的能量

亲爱的孩子：

爸爸发现，哥哥在最近的语文学习中，已经开始学习反义词了，比如白天与黑夜、正确与错误、积极与消极、激进与保守等。语文学习是一个潜移默化的过程，尤其是学写作文，遣词造句需要灵感、需要悟性，在学好课本知识的同时，还要辅以大量的课外阅读。孩子，将来不管你们学习什么专业，从事什么行业，能写得一手锦绣文章，到哪里都是不可多得的人才。杜甫诗有云："读书破万卷，下笔如有神。"意思是说，一个人博览群书，写起东西来就会得心应手，有如神助一般，在写作上达到一种非同寻常的境界。

言归正传，上面爸爸提到的两组反义词中，积极与消极、激进与保守，就是非常有意思的词语组合，也是今天爸爸重点给你们讲的内容——为什么积极的态度才能产生积极的能量。

孩子，一个人的情绪如同影子一样始终陪伴在我们左右。当阳光明媚时，人的心情大概率就会舒畅欢欣；当阴云密布时，人的心情很可能就会烦闷烦躁。当遇到困难时，有的人积极乐观，而有的人则消极颓废。

人的一生当中，失败远多于成功，很多时候多次失败才能换得一次成功。也就是说，人的一辈子当中，能做好一件事，取得一次大的成功已经非常了不起了。然而残酷的是，现实中大多数人连一件事都做不好，为了生计奔波一生，劳苦一生。

亲爱的孩子，当一个人遭遇失败，碰到挫折时，是选择积极的人生态度，还是消极的人生态度，对他能否战胜挫折甚至走好今后的人生路至关重要。当然，我们不能说某个人的一句话、一件事就能影响和决定一个人的人生，那是典型的鸡汤式"金句"。这些所谓的"金句"，除了短期内让人精神振奋，就像一个人在困顿的时候突然被针扎了一下一样，从长期看毫无用处，因为它无法改变现实的困境。如果笃信这些言辞，肯定是弊大于利，毕竟它只是人的心灵幻觉。

当我们拉长人生的距离，放宽时间的界限来看，一个人最终的成就，是克服一连串难题的结果，与他积极的人生态度分不开。有些人的成功看似偶然，其实是背后无数辛勤汗水的铺垫；有些人的失败看似偶然，然而从他日常的一些做事风格中已经能看出端倪。

在人生的至暗时刻，能从危机中看到转机的人，他的心态一定是积极进取的。比如，爸爸在备考研究生的时候，由于信心不足，也曾几度想放弃，总觉得自己考不上。后来，爸爸抛开杂念，静下心来，心无旁骛地专心学习，经过一番努力，居然考上了研究生，开启了新的学习生涯。其间，爸爸的运气也挺好，那一年的研究生考试英语第一次加试听力，难度有点儿大，很多通过英语六级考试的同学都只考了 40 多分，我的成绩是 51 分，当时国家统一的英语分数线是 52 分，厦门大学由于是自主划线，英语分数线是 50 分，真是多一分浪费，少一分受罪，51 分有点儿惊险，又恰到好处。爸爸那时的幸福指数老高了，走着路唱着歌，满脸的幸福，扬扬自得之情溢于言表，藏都藏不住。

孩子，当你用破釜沉舟的心态去做一件事情，加之以正确的方式方法，制订切实可行的目标计划，就会有一种将整个世界握在手中的感觉，会迸发出正能量，这时候你的心态一定是积极的、乐观的、向上的。

还有一点爸爸要给你们讲清楚，消极和保守的心态比较类似，都是不思进取、在困难面前一味地退缩畏惧。积极的心态与激进的心态是完全不一样的两种状态。因为积极的心态是阳光的正能量，激进的心态则是冒进的负能量。比如，在武侠小说中，武功第二的人与武功第一的人比武，拥有积极的心态的人是通过自己刻苦练习武功，提高技艺来取得胜利；拥有激进的心态的人则可能是阴暗的，会选择下毒、偷人武器等不正当手段来达到赢的目的。

孩子，人是情感动物，会深受环境的影响，当外在事物有些变化时，情绪就会波动，喜怒哀乐也会随之转变。正如，人生路不是一条直线，一个人的情绪也不可能始终保持高昂，就像唱歌不能一直用高音一样。我们要能允许人生中有适当的情绪低迷消沉，有适当的发呆，因为人需要在挫折和失败后留有时间去反思自己的缺点和不足。关键在于低迷消沉之后，能够迅速地调整自己的状态，从阴霾中尽快走出来，以积极的态度来应对困难，用辛勤和努力去克服困难，这才是正确的选择。

　　积极的态度产生积极的能量，正能量的人生才能赋予生命别样的意义，源于辛勤奋斗的成功果实，才是最美丽的，也是最迷人的。积极的态度会带来积极的结果，因为积极的态度是具有感染力的。

　　加油吧！孩子，在人生的道路中，要积极努力，永不言败！爸爸妈妈永远是你们最坚强的后盾。

爱你们的爸爸

2022 年 1 月 22 日

第92封信

要好好珍惜每一个当下

亲爱的孩子：

爸爸下班回家的时候，弟弟经常放一个木头盒子在门口，每次爸爸一开门，弟弟就说"爸爸你踩到炸弹了"，然后爸爸就只能说"快来救我"，"不救，不救，我不救，爸爸你被炸得粉碎了"，弟弟说完后，愉快地跑掉了。

孩子，与你们嬉闹时，爸爸的心态是年轻的，这也是爸爸最放松、最开心的时候，所有的烦恼都烟消云散，有你们的日子就是最美好的日子，时光如果能够静止在这一刻该是多么美好啊！

爸爸与妈妈相识相爱，之后你们兄弟跳进我们的生活，一晃哥哥都八岁了，弟弟也快五岁了。时间过得飞快，我们的时间都去哪儿啦？真想一把抓住它，放在存钱罐里把它藏好。

孩子，人生最美好的时光，不是美好但已过去的昨天，也不是无比期许但还未至的未来，而是需要好好对待的当下。每一个人都是独一无二的，每一个当下也都是唯一的存在，一旦错过就不会再来。英语单词 present 既有"现在"也有"礼物"的意思。这告诉我们要好好珍惜每一个当下，把它当作自己最好的礼物，牢牢地把它攥在手中，决不让它白白地跑掉！

在爸爸二三十岁的时候，做起工作来真是拼命，不怕辛苦也不怕累，浑身有使不完的劲儿，早出晚归。现在想来最大的遗憾，就是忽略了对你们的陪伴。因此，年轻人在工作的时候，一定要注意身体，很多人的遗憾在于，错拿青春赌明天，认为年轻没有什么不可以。须知凡事过犹不及，一张一弛，文武之道，不要到了一定年纪才注意爱护身体，它可是革命的本钱。

当时间跨过四十岁那道坎儿，就好像足球比赛到了下半场，人的心态会有很大变化，觉得时间怎么过得这么快，总觉得人生中少点儿什么，最重要的东西像被遗漏掉了，蓦然发觉被自己忽视的东西就是当下。

　　每每打开手机，总是能看到各种意外发生的新闻事件，哪怕是一个微小细节的疏忽就可能会造成极坏的后果。比如，一场突如其来的暴雨能夺走很多无辜的生命，朋友间正常的聚餐却能招致别人的无端殴打，一些年轻人性情暴躁稍有不顺就走极端等。当这些无常把一个人的生命定格在某一时刻时，旁人无不惋惜，真心替他觉得不值，但也无可奈何。

　　人生的不易在于既要在不确定的人生中，通过自己的努力尽可能增大确定性，同时又因无法把握很多不确定性的因素，只能去顺应，接受并慢慢地改变它们。在时代的洪流面前，我们每个人都是一个渺小的个体，是一粒沙尘，但对家庭而言又是一座大山，无比重要。

　　孩子，只有拥有当下，才能拥有未来。珍惜当下最大的好处，就是减少遗憾，知道什么事情该做，什么事情不该做，该向哪个方向努力，该在哪个方面及时止损。时间对每个人都是公平的，在有限的时间内，精力用错了地方，人生的方向也会偏航，"南辕北辙"的事情一旦发生，就会越努力越失败，停止就是进步，放下就是止损。

　　晚清名臣曾国藩讲过，"当读书，则读书，心无着于见客也；当见客，则见客，心无着于读书也。一有着，则私也。灵明无着，物来顺应，未来不迎，当时不杂，既过不恋"。意思是说，读书的时候，就专心读书，心中一点儿都不存接待宾客的杂念；要接待宾客时，则专心接待，心中一点儿都不存读书的杂念。一有杂念，则私心起。心灵清明不着于一念，事情发生了顺其自然地面对，不过多思考未来的事情；活在当下，用心做好事情，过去的事情不必过多挂念于心。

　　亲爱的孩子，人生是一条单行线，比起纠结于过去，迷茫于未来，唯一能减少遗憾的办法，就是认真对待当下，走好脚下的每一步。如果昨天让你不满意，今天开始努力也不晚。如果不想在明天留有遗憾，就要做好当下的事情，未雨绸缪。

　　这个世界上，大器晚成的人很多，比如画家齐白石年轻的时候是个木匠，后来学习画画终成一代大家。当然，也有很多有天赋的人，由于没有把握好当下，纵使再有天分，最终也是一事无成，一生碌碌无为，现实中这种"伤仲永"的例子太多了。

最可惜的是，有些人在该玩乐的童年却被强迫着学习，失去了应有的天真快乐，学习成绩也只是一般般；还有些人在最该学习的大学时代，却选择了放纵自己，荒废了学业，辜负了岁月，没有真才实学，还安慰自己岁月静好，这种被动的躺平毫无意义，是对生命的消耗与浪费，也是对生命最大的不敬。

人生弹指一挥间，随着时间的流逝，当有一天你们脱离我们的怀抱，独自去面对人生时，所有的风风雨雨都要自己去扛、去经历，你们要洗涤心灵上的幼稚，锻炼强大的内心，让自己变得成熟稳重，有内涵，敢担当。

总之，爸爸妈妈会珍惜与你们相处的每一个当下，每一个快乐的瞬间，你们欢快的童年也是我们幸福的源泉。当下明天见，当下天天见，决不让当下轻易地溜走，要把它牢牢抓住，拌上美味的佐料，就着大米饭吃，好好咀嚼，仔细品尝，不管酸甜苦辣，皆可回味。

爱你们的爸爸

2022 年 1 月 26 日

第93封信
完整阅读才能深度思考

亲爱的孩子：

爸爸最近发现了一个有趣的现象，就是在不同的时期，你们的兴趣点是不一样的，总之你们喜欢什么，家中类似的物品就会多起来。比如，哥哥在更早些的时候对公路边的快速取水阀特别痴迷，后来转移到了滑板车、轮滑上，现在又特别迷恋"寻宝"游戏，总是和爸爸嚷嚷着要带着铁锹去挖宝矿，要去古都西安找和氏璧，最好能来一场想走就走的"挖宝奇遇记"。

妈妈最近给你们买的《大中华寻宝记》系列丛书，就是你们兴趣点变化转移的结果。每每看到你们饶有兴趣地翻书看，问着各种稀奇古怪的问题，真是让人忍俊不禁。"爸爸，有了和氏璧咱们就发大财了。""咱们能回到秦朝吗？""秦始皇是吕不韦的儿子吗？""那十二个金人你打得过吗？""秦朝是因为什么灭亡的呢？"……

亲爱的孩子，爸爸在之前给你们讲过"兴趣是最好的老师"，当你们有兴趣专注于做一件事情时，就有了一个好的开始。但是，仅仅有一个好的开始是不够的，还要持之以恒，坚持到底。当你们再看这本《秦朝寻宝记》的时候，一定要把书看完，万不可只看两三页就放弃，要知道浅尝辄止是学习的大忌，似是而非、似懂非懂都是要不得的坏习惯。

今天爸爸给你们说的主题就是，完整阅读才能深度思考。完整地将一本书读完，就像你们跟着书中的主人公去秦始皇陵地宫里探宝一样，只有完整阅读，才能知道地宫的全貌，才能知道和氏璧在哪里，才能知道十二个金人躲在哪里，用什么武器才能打败他们，才能知道入口和出口，才能知道怎样安全地进去，平安地撤出。

孩子，完整阅读一本书的意义就在于，避免碎片化、片面化、情绪化，能够完整、全面、客观准确地看待事物，理性地思考问题。正如之前你们问爸爸一连串的问题那样，如果你们脑海中的知识是零碎的，那么很多答案也根本联系不起来。当你们完整阅读完这本书后，就能知道，和氏璧是战国时期著名的宝物，秦始皇是中国历史上第一个皇帝，秦朝只短短地存在了 14 年，最终被农民起义推翻，公元前 200 年是西汉王朝等。

用成语"盲人摸象"来比喻不完整地阅读带来的肤浅认知，真是恰当极了。这个故事告诉我们，众盲人摸的都只是大象身体的一部分，因而各执一词，有的摸着大象的躯体说大象像一堵墙，有的摸着大象的尾巴说大象像一条蛇，有的抱着大象的大腿说大象像一棵树，他们的看法看似各有道理，又都是不全面的、不正确的。

从读书的角度讲，只有完整阅读才能从多个角度、全方位地思考问题。不完整地阅读，就好比"盲人摸象"式的阅读，当只看到事情的一部分时，就可能会自作聪明地乱下结论。现实中，只有对事物进行全面的了解，细致地观察，深入地思考，才能得出正确的结论。也就是说，要识"庐山真面目"，只有"身在此山中"才行。

亲爱的孩子，完整阅读是如此的重要，人与人将来的主要差别，不是容貌，也不是外在的物质条件，而在于思考问题的角度和深度不同，深入思考才会有深度的思想，认知浅薄的人只会有肤浅的思想。

多读书的重要意义在于，它会给你们提供多个思考问题的角度，当别人都说对的时候，你能够判断这不一定是对的；当别人都说错的时候，你能有坚持己见的理由，而不是人云亦云、鹦鹉学舌。你们要知道，想要做到深度思考不是一件容易的事情，盲从、偏执、偏激这些人类固有的缺点从未消失过，要减少它们，消除它们，只有通过持续不断地学习，深度地独立思考才可以。

孩子，爸爸还要告诉你们的是，在人生中完整地读一本书意味不了什么，需要大量阅读经典才行，不仅要读中华文明的书籍，还要多读西方文明的书籍，通过比较学习才能发现问题，找出差异，形成自己的观点。比如，关于秦朝的书籍比比皆是，说秦始皇是千古一帝的有之，说他是残暴君王的有之，如何从不同评价中得出正确的结论？这就需要客观理性地分析比较。再如，秦朝为什么能进入大一统时代，而欧洲为什么一直没有形成一个统一的国家？这个问题的答案需要通过学习才能找出来，不然就会掉进"盲人摸象"的陷阱。

一本好书，就好比一座房屋，你们既要弄清楚这栋建筑的材质构成，又要看到房梁的高度，知道客厅、卧室、书房、厨房、卫生间在哪里，记得入户门在哪里，不仅能进得去还要能出得来。

　　完整阅读才能深度思考。你们要养成完整阅读的习惯，它好比一次畅快的完美旅行，让人记忆犹新，不能忘怀。你们还要带着问题阅读，不是为了去寻求标准答案，而是为了避免掉入非此即彼的两极思维怪圈。

爱你们的爸爸

2022 年 2 月 5 日

知道与做到的距离有多远

亲爱的孩子:

当爸爸妈妈在给你们讲学习的时候,总是告诫你们兄弟要学习同学的长处,集中注意力,仔细做笔记,温故而知新。你们兄弟也总是说知道了,今后一定会照做,但是事后依然会出现走神,注意力不集中,作业草草了事的情况。由此看来,知道学习的重要性与做到好好学习,是完全不同的两件事。

知道与做到是知与行的关系。知道能否做到,关键看行动了没有。知是我们对事物的认知,是内心知觉,行是个人的实际行动。在知道与做到之间,我们不能满足于"知"的层面,还要强调"行"的力量。知道虽然在前,但是做到更重要。《荀子·儒效》有云:"不闻不若闻之,闻之不若见之,见之不若知之,知之不若行之。"意思是说,不听不如听到,听到不如亲眼看到,看到不如知道,知道了不如亲自实践。显而易见,行动是做事最重要的环节。

这让爸爸想起了我国古代一个著名的哲学命题——知行合一,即"知者行之始,行者知之成"。

梁启超曾提出过,中国历史上有两个半圣人,一个是万世师表的孔子,另一个是知行合一的王阳明,还有半个是爸爸在信中多次提到的晚清名臣曾国藩。

说起王阳明,那在明朝可是绝对可以排名前三的大名鼎鼎的厉害角色,他是大明状元郎王华的公子,自幼虽不能算一个十足的好学生,却是智商"爆表"的那种天才,思维不拘一格,常常是"语不惊人死不休",是典型的"别人家的孩子"。王阳明从小立志不当大官,而是要做圣贤,在一点上,已经超越了同时代的很多读书人。他一生传奇逸事颇多,龙场悟道、平定宁王朱宸濠之乱、创办书院讲学等,名扬天下,拥趸无数。

王阳明开创的"心学"影响深远，迄今还被很多人视为为人处世的经典哲学。"心学"的精神内涵主要包括"心外无物，心即理""知行合一""致良知"等。王阳明说："人须在事上磨炼，做功夫，乃有益。若只好静，遇事便乱，终无长进。"意思是说，一个人做事的态度，决定了他的人生高度，只有不断地在事上磨砺，才能历练才干，才能培养心性，才能成为自己人生的真正掌控者。内心强大自信，行事果敢，越来越卓尔不凡。

知道（认识事物的道理）与做到（行动做事）是密切关联的。"知"是指内心的觉知，对事物的认识，"行"是指人的实际行为。在人生中，一个人能够做到"知行合一"非常不容易。

亲爱的孩子，知道与做到的距离很近也很远，当你们知道后就立即行动去做，它们就是"零距离"，而知道后却没有付诸实际行动，那就永远不会做到，知道和做到的距离就像隔着大海那样遥远。人生中理想很丰满，现实很骨感，再宏大的理想，如果不能迈出第一步，也只是空中楼阁。知易行难，对于大多数人来说，是一个再平常不过的现象，说起来头头是道的人比比皆是，然而做起来就不见踪影的大都也是这部分人。

在与人交往中，我们常常说要"察其言，观其行，而善恶彰焉"，言和行是一个人的品质的外在表现，而人的品质又主要是通过其言语和行动体现出来的，要了解一个人的品质，只需认真地观察他的言语和行为。生活中，有些人只说不做，有些人只做不说，爸爸希望你们做后者，既低调又能干事，能干事又能成事。

现在有个新词叫"积极废人"。他们虽然志向远大却常常改变目标，又不付诸行动，也就永远达不到目标。"积极废人"也知道需要努力，明白努力的方向，就是没有勇气迈出第一步，知道却不做，知行永不合一。

大家都知道读书重要，读书能改变命运，但是如何做到把书读好，如何在日复一日的学习中，厚积薄发、孜孜以求、学有所成，则是一个漫长的行动过程。学习的过程不一定是快乐的，也不是一条直线，而是一个曲折的螺旋式上升的过程，需要专注精神，集中思想，持之以恒，悟性顿开，这样才能促成一个人在学业上有所成就。其间很多人会掉队，只有少部分人才能走到象牙塔尖，当这些人取得成功后，所获得的精神上的快乐和慰藉也是真实的，远超过物质享受带给人的感觉。

正所谓"知中有行，行中有知；以知为行，知决定行"，知道是认识的起点，做到是知道的结果，行动是联系两者的纽带。《淮南子·说林训》中讲"临渊羡鱼，不如退而结网"，意思是站在水边想得到鱼，不如回家去结网再来捕鱼，比喻只有愿望而没有行动，对实现目标毫无用处，或比喻只知道目标却不付诸实际行动。在这里，"鱼"是目标，"退"是解决获得"渔网"这一工具的行动，是联结知道与做到之间最重要的环节。

知行合一，知道就要做到，做到才能知道。爸爸用一句耐克公司经典的广告词做今天这封信的结语，衷心祝愿你们"Just do it"，想做就做，坚持不懈。

爱你们的爸爸
2022 年 2 月 12 日

第 95 封信
比勤奋还重要的是思考

亲爱的孩子：

爸爸在第 75 封信中曾给你们讲过"一勤天下无难事"，但人在学习的过程中，仅仅靠勤奋是不够的，如果学习方法不正确，就不能真正地掌握知识，有效学习的过程主要是勤奋加思考。爸爸今天给你们谈的主题是，"比勤奋还重要的是思考"。

孔子在《论语》中讲过学习与思考的关系，"学而不思则罔，思而不学则殆"一句的意思是说，只是学习却不思考就会迷惑而无所得，只是思考却不学习就会精神疲倦而无所得。孔子所提倡的这种读书及学习方法是学思结合，一味读书而不思考，就会因为不能深刻理解书本的意义而无法合理有效利用书本知识，甚至会陷入迷茫。在实践中，把学习和思考结合起来，带着问题去学习的效果，远远好于纯粹为了学习而学习的效果。

在学习知识中学会思考问题，就不会被标准答案束缚，能极大地活跃个人思维，能从多角度全面看待、思考问题，在思考问题中升华自己的思想。

你们兄弟最近对历史很感兴趣，总是问：战国是怎么灭亡的？公元 126 年是哪个朝代？三国是哪一年结束的？我们能回到秦朝吗？……这就是个不错的开始，历史学习应该养成开放性的思维，不能仅仅满足于知道哪一年发生了什么事，重要的是挖掘导致事件发生的真正根源。等你们长大后，就会明白很多历史事件的发生可能是多因一果，也可能是一因多果，而不是简单的一个原因对应一个结果。

我国著名的文学家韩愈在《进学解》一文中讲道，"业精于勤，荒于嬉；行成于思，毁于随"。上一句话意思是，学业由于勤奋而精通，但它却能荒废在游戏玩要中；下一句话意思是，事情由于反复思考而成功，但它却能毁灭于不经大脑的随性。孩子，这两句话非常有名，是如何好好学习、踏实做事的极好注解，很多人都把它作为座右铭。

在学习的过程中，勤奋与思考好比一枚硬币的正反两面，缺一不可。只有勤奋而不思考，学习就会没有灵性，只剩下死记硬背，题目稍一变化就不会做；只有思考而不勤奋，学习基础就会打不扎实，个人天分再好，也会眼高手低，看似学会的知识，其实并没有真正掌握。

不只是学习，人类历史中每次重大的理论突破、技术突破都源于正确地思考问题，有效地提出问题，殊不知，有时一个好的想法，一个好的问题，远比解决问题重要。在智能手机时代，iPhone 一出，谁与争锋？真有点儿手机界"屠龙宝刀"的味道，硬是把手机领域曾经的王者诺基亚打败了，诺基亚公司甚至还不知道自己犯了什么错。还有就是，马斯克开创的 SpaceX 可回收火箭，其发射成本低、发射效率高，几乎挤垮了全球的火箭发射市场，关于星舰飞船的大胆设想，更是为今后我们人类移民火星提供了无限的想象空间。

古人云："桃李不言，下自成蹊。"一个产品好不好，不是个人说了算，而是要能经得起市场的检验。市场是讲实力的也是残酷的，有需求时众星捧月，没有用时弃之如履。如前所说，曾经的手机界"大哥大"诺基亚公司就是如此，手机质量杠杠的，业务棒棒的，在企业管理一切正常的情况下，却被市场淘汰了。

诺基亚手机衰落的案例告诉我们，思考未来，不是一句空话，而是关乎一个人思想大门能否打开的问题，是关于如何创新及如何前进的问题。于个人而言，思考未来，是一个永不过时的话题，一个装满标准答案的大脑与一个充满遐想的大脑，高下立判，胜负已分。

亲爱的孩子，希望你们在今后的学习中，勤于学习，多加思考，多问几个为什么。你们将来成功与否，不单单在于取得好成绩，也在于在反复思考的过程中产生正确的思想，让正确的思想指导正确的行动。

爱你们的爸爸

2022 年 2 月 15 日

第 96 封信
成长就是经历不同的人生

亲爱的孩子：

每当爸爸的同事及朋友看到你们照片的时候，总是说兄弟俩长得太像了，简直一模一样。爸爸在感叹基因的力量强大的同时，也发现即使是亲生兄弟，在同样的家庭氛围、同样的环境、同样的言传身教中成长，在行为、语言、性格等方面还是表现出显著的差异。

比如，作为哥哥，承担责任的能力明显要大于弟弟，保护弟弟的意识比较强，当爸爸开玩笑说把弟弟送给别人时，哥哥也总是第一个反对，大声说我们是一家人。弟弟则不然，每当我回到家时，经常跑过来说："爸爸，哥哥又吃巧克力了，哥哥又看电视了，哥哥又淘气了。"也许是弟弟比较小的缘故，毕竟，弟弟在身高、力气方面明显弱于哥哥，在争夺玩具及好吃的食物时总是处于弱势，需要行动再灵活一点儿，情商再高一点儿，才能保证自己不落下风。

德国哲学家莱布尼茨说过："世上没有两片完全相同的树叶。"物种是有其多样性的，人也各有不同，不能够强求所有人都是一样的。《国语·郑语》中说，"和实生物，同则不继"，大意是说，世间万物只有实现了和谐，才可生长发育，如果完全相同，则无法发展、无法继续。想想也是，如果天下的孩子都是一个模子刻出来的，都穿同样的衣服，具有相同的思维和行为，没有个性和特点，人类这个物种将注定没有希望和未来，这才是最可悲、最可怜的。

世间万物也许有共同的成长规律可循，但其绚烂与美丽就在于差异性。因为各国文明的不同，才会有不同文明的鲜花盛开，人类才需要相互学习与借鉴，共同撑起灿烂的世界文明。

亲爱的孩子，每个人都是世上独一无二的存在，也注定会走出不一样的人生路，其间最重要的就是成长。成长，使你们的年龄从小增长到大，身体由弱小变得强壮，心智从天真转向成熟，了解的知识从无增长到有，也使你们逐渐形成了自己的人生观、价值观和世界观。

成长并不意味着人生的每一步都正确，而是一个不断试错、不断拨正航向的过程。其间，你们也许会经历失败，经历不公平的竞争，经历友谊的背叛，经历人生的不顺，凡此种种，虽然不能说都是宝贵的财富，但也确实是砥砺前进的必要条件。

成长需要经历失败，任何人的成长都是有代价的，即使是再伟大的人物也不例外。每个人的成长经历不同，有的人含着金汤匙出生，有的人出生的起点可能比较低。每个人对成功标准的定义也不尽然相同，只要能在自己设定的目标内，不断向前，就是进步，就是成功。失败也是有意义的，它告诉我们，自己的成功不是理所当然，所以，我们对别人的失败要报以理解，不必幸灾乐祸。

成长中，我们可能会经历不公平的竞争，竞技体育的精神是公平公正，但人生的经历不是体育竞赛，也没有绝对的公平公正。有时候你们会发现，相对的公平公正，已经为不同的人提供了一个向上发展的空间。面对出生在罗马的孩子，我们也不必羡煞，只能说"投胎是个技术活儿"，有时候什么好都不如出身好，也是歪理正说。然而，大部分人都还在通往罗马的路上，努力拼搏、奋发有为才能成就不一样的自我，这才是正理正说。只有经历过不公平的竞争，你们才会明白公平竞争的重要性。有些人的成功只是表面上的成功，会让人耻笑。有时候优雅地承认失败，是一种风度，也是一种格局，反而会让人尊敬。

成长也会经历友情的背叛，在你们与不同的人打交道时，不是什么人都可以成为好朋友的，慢慢地你们就会明白，生命中很多的人只是匆匆过客，有的人认识了就是一辈子，有的人一辈子只是认识而已。只有经历友情的背叛，才能明白好朋友的重要性，才不会轻信于人，才不会与所有人都无所不谈，才能保护好自己。世界上的万物都是物以稀为贵，友情也是如此，好朋友因为少才显得弥足珍贵，当你的真心错付于人时，要能够及时止损，体面地退出。当你们遇到了真正的好朋友时，一定要好好珍惜这段友谊，那将是一辈子的宝贵财富。

亲爱的孩子，成长就是经历不同的人生，在这条路上迎接你们的不只有鲜花和掌声，还有诸多的困难和荆棘。人性中不只有善良与美好这样阳光的一面，也有嫉妒、攀比、虚荣等阴暗的一面。你们要能放大人生的格局，在苦难面前不畏惧、不退缩、不放弃、不怨天尤人，要眼光长远，胸怀博大。一个人心胸大了，才能装得下委屈；格局大了，才能有度量容人容事。爸爸相信，当你们过几年再回头看时，会觉得当时天大的事情，几乎无法逾越的困难，只不过是小事一桩。

　　一个人经历不同的事情，就会得到不同程度的历练，能力得到提升，性格得到磨砺，处变不惊，沉着冷静，能承担起更大的责任。努力的意义在于，要做最好的自己，要活出不一样的精彩人生，书写出别样的华丽篇章！

爱你们的爸爸

2022 年 2 月 20 日

第 97 封信

人生中最重要的两件事情

亲爱的孩子：

上一封信中，爸爸给你们讲了"成长就是经历不同的人生"的话题。在人的一生当中，有两件最重要的事情需要保持，那就是生存和学习，它们是支撑你们走好人生每一步的重要保障。

爸爸的这个观点是在作家王蒙的《我的人生哲学》一书中学到的，自己读后觉得受益匪浅，好书就是好书，一定要多读几遍才行。

我们首先来谈人为什么要解决好生存问题。

生命对每个人来讲都只有一次，它弥足珍贵，一旦失去就永远不会再有。因此拥有良好的生存能力，就是爱护我们宝贵的生命。

一个婴儿从呱呱坠地开始，就面临着各种可能发生的意外。在襁褓中的你们还不能照顾自己，爸爸妈妈整日围着你们，小心翼翼地呵护着你们。这种心情，也只有为人父母后才能真实地感受到。随着你们年龄的增长，力量也变得由弱到强，你们渐渐有了自理自立的能力，慢慢地可以脱离父母的怀抱，独立去求学，独立经营家庭，独立去发展事业。殊不知，在这之后并非一片坦途，而是要面临着各种困难和挫折的挑战。

孩子，生存问题并不是简单的吃穿住行，那只是最低的生理需求，虽然不同的家庭境况有高有低，但是大都能满足你们的基本需求。之所以说人生首先要解决好生存问题，是因为它是其他需求产生的基础。比如，安全需求、归属需求、尊重需求、自我实现需求等。如果生存问题解决不了，安全就没有保障，那就不会有归属感，也得不到别人的尊重，实现自我的人生价值更无从谈起。

况且，人生是一场艰苦的修行，很多人穷其一生的努力才过完了平凡的一生。一个人如果不具备顽强的意志力，就可能在一个不经意或者说微小的打击面前失落、沮丧、懊悔、崩溃，觉得整个人生都是灰暗的，有可能就此一蹶不振，这都是生存能力弱的表现。与此同时，有的人在困难和打击面前，会呈现出超乎异常的坚韧，迸发出巨大的能量，困难压不倒，挫折击不垮，苦中求乐，信念坚定，在黑暗中依然相信光明，虽然屡败屡战，但是愈挫愈勇，越来越强大，敢于面对艰难的挑战，即使个体湮没在浩渺的宇宙中，也保持灵魂的高贵与优雅，这种人的生存能力也最强。

其次，人生中第二个重要的事情就是学习。

在爸爸给你们写的这100封信中，关于学习的话题也最多，反复地讲，反复地说。这是因为学习对一个人来说太重要了，不只是在家庭、在学校、在社会，而是贯穿于一个人生命的始终。学习是一个人的脊梁，是一个人的骨头，是一个人站立的根基，是一个人的精气神，是让人向前行进的力量源泉。学习使人进步，学习使人平添力量，学习使人自信，学习使人豁达，学习使人不惑，学习使人忘忧。学习能让人在黑暗中坚信光明终会到来，学习能让人咬牙克服看似无解的许多难题。

当你们在将来的人生中，遇到人为阻梗、无端陷害、恶意诽谤、各种排挤打压的时候，唯一能让你们冷静下来，反省自己，正确思考的只有学习，也许任何人的说教都不管用，但你想要的答案书本中都有，学习后的解惑也是最真诚、最无私、最能让人醍醐灌顶和如释重负的。在王蒙爷爷的书中，他曾讲到自己被打成"右派"后，下放地方长达十几年，陪伴他渡过一个个难关的就是读书学习。

学习最大的好处就是别人再也骗不了你。即使一个人巧舌如簧，说得天花乱坠，你也能从看似迷惑的表象下洞悉本质，这就是知识的力量。其实，有时候看一个人在那里一本正经地胡说八道，他只要不觉得尴尬，尴尬的就是别人。我们知道他在胡说八道而又不拆穿的时候，会有一种莫名的成就感。要知道不是所有的人都生活在同一片海里，理解他的愚蠢，同情他的浅薄，是一种宽容，是一种雅量，是一种怜悯。子曰："知之为知之，不知为不知，是知也。"所以，人的自知很重要，自以为是的结果，是连自己出了多大的丑都不知道，耍聪明的结果无非证明自己是一个聪明的蠢人而已。

当一个人钟情于应酬，热衷于社交的时候，整个身体好比一具没有灵魂的空壳，大脑里面空荡荡的。这种情况，唯有学习可以改变，躯壳要用知识来填充，心灵要用精神来慰藉，如此才能成就高贵的灵魂。

人生最重要的两件事情，一是生存，二是学习，二者缺一不可。生存能让你们的人生走得远，学习则让你们的人生走得稳、走得高，活出精彩的、不一样的、真实的、有血有肉的自我。

爱你们的爸爸

2022 年 2 月 22 日

第98封信
英语是认识世界的窗口

亲爱的孩子：

爸爸给你们讲一个小故事："有一只老鼠妈妈带着一群小老鼠在外面散步，忽然迎面来了一只张牙舞爪的大花猫。小老鼠吓得瑟瑟发抖，根本迈不开步。老鼠妈妈急中生智，竖起鼠毛，用尽全身力气，对着大花猫'汪汪'叫了两声。大花猫被吓得转身就跑。老鼠妈妈回过头，对惊魂未定的小老鼠们说：'孩子们，你们现在知道学好一门外语有多重要了吧，它不只可以用于交流，关键时刻还能保命。'"

孩子，我们日常所说的外语主要是指英语，因为它的使用范围极为广泛，学英语也是爸爸的痛点。有时候回家看到妈妈教你们兄弟俩学英语单词，总是不忘加一句，一定要把英语学好。中国式英语把"好好学习，天天向上"翻译成"Good good study，day day up"，不过文化交流真是奇妙，据说类似这样的句子也被现代英语所接受，就好比我们汉语中来源于英语的"摩登""粉丝"等新词汇，在被大众揶揄的同时，也融入了日常交流，丰富了汉语词汇。

爸爸就是因为上学的时候，没有把英语学习好，一直在吃英语不好的亏，虽然知道学好英语非常重要，但是为时已晚，错过了学习的最好时期，总是处在不停的补课状态中，自己也因此失去了很多重要的机会。由此，爸爸一直都非常羡慕英语好的同学，觉得他们阳光有内涵，也常常模仿周星驰自嘲说："曾经有一本英语书摆在我的面前，而我没有好好珍惜它，当我失去的时候才后悔莫及，如果上天再给我一次机会的话，我一定会好好学习英语。如果非要在这份学习后面加一个期限的话，我希望是一万年。"

孩子们，加油！学习好外语，成为爸爸崇拜的偶像。

学习好英语为什么如此重要？因为英语是世界语言，是东西方文明交流的必备技能之一，是认识这个世界的窗口。学习好英语，就等于拥有了一把打开世界大门的钥匙，当你能熟练地运用英语交流时，就会表现出一种由内而外的自信和从容。

说学好英语没有用的，大都是学不好英语的人。爸爸曾自嘲说"上大学没有用"，那只是爸爸后悔大学时没有好好读书，悔恨懊恼的话而已。同样道理，只有外语水平好的同学才有资格说英语没有用，这是因为他们学好了可以不用；英语不好的同学说英语没用，是因为他们学不好也用不好，吃不到葡萄说葡萄酸而已，殊不知葡萄的味道美极了。

晚清以降，中国就在经历一个不断打开国门、不断开放的过程，其间，我们与其他民族增进交流合作，语言沟通是最主要的渠道。1861 年设立的京师同文馆，是清末第一所官办外语专门学校，比 1898 年成立的京师大学堂（北京大学前身）足足早了 37 年的时间。中国改革开放以来取得的巨大成就就是开放合作的结果，越开放越进步，越开放越自信，越开放越包容，而在这期间，英语学习兴起，大学时的英语四六级考试，以及托福、雅思等各类英语等级考试就是典型代表之一。

学习好英语，你们还可以了解东西方文化的差异，关注世界文明，减少无知和愚昧。发生在世界近代史上的英国工业革命、美国独立战争、法国大革命，都是影响世界历史进程的重大事件，而清朝时期由于闭关锁国，国人对很多事情都一无所知。由此可见，追赶不上时代潮流也是近代中国落后于西方的重要原因之一。

此外，好好学习英语的另一层意义在于，你们能不再被语言翻译带来的误导所蒙蔽，正确理解原文原意，分清正确与谬误。如果能熟练阅读英文原著，就能减少读译著带来的信息偏差。历史上，因为翻译出错闹出的笑话还真不少，引起的文明冲突更多。比如，大家都知道德国哲学家黑格尔的名言"存在即合理"，英文是 "What is rational is actual and what is actual is rational"。其实这是一句错误的翻译，具有典型的功利主义色彩。正确的翻译应该是"凡事皆有因"，它更符合原意。通俗点说就是，"存在不一定合理，一定是有原因的"。所以，语言学习最能显示水平的是翻译，它不是简单的多背单词和句子就可以的，而是要求母语同样好才行，要按照"信、达、雅"的高标准、严要求，准确地进行词义转换。因此，学好英语首先要学好中文，不然就可能出现，将成语"胸有成竹"直译为"A bamboo in my stomach",即胃里有一根竹子,这样典型的"中国式翻译"毫无生趣,只会让人捧腹大笑。

英语的学习还需要深入了解说英语的国家的文化传统。比如,英国前首相丘吉尔说过"我宁愿失去印度也不愿失去一个莎士比亚"。很多人表示不理解,如果你不了解他讲这句话的文化背景,就无法理解一个文学家对一个民族精神与文化传承的重要性,还可能因此嘲笑丘吉尔的浅薄。众所周知,印度对曾经的大英帝国太重要了,有人曾把印度称为英王皇冠上的那颗最为光亮而珍贵的宝石,一个莎士比亚比整个印度还重要,很多人是不能理解的。

前不久,国内一所知名大学的校长在毕业典礼上说,我们的毕业生要出国学习技术性专业,对学习以莎士比亚为代表的文学专业却不以为然,认为不出国门学习中国的传统文化也可以。其实,功利主义的人自然无法理解莎士比亚对英国文化的重要影响。这就好比,在中国文化中,儒家文化的代表人物孔子被删除一样,没有了孔子的中国传统文化还能剩下什么呢?从这方面理解丘吉尔的话,一个拥有莎士比亚的"文化英国"与一个拥有印度的"殖民英国"相比,孰轻孰重就不言自明了。

亲爱的孩子,英语学习非常重要。爸爸在英语学习方面有所欠缺,希望你们从小就像对待母语一样对待英语,掌握好它、利用好它,用英语去观察世界、了解世界、走向世界、拥抱世界。

爱你们的爸爸
2022 年 2 月 27 日

第99封信

不要在不断优秀中
走向平庸

亲爱的孩子：

今天爸爸写这封信的灵感来自美国作家、文学评论家威廉·德莱塞维茨 2010年在斯坦福大学的开学演讲《别在不断优秀中走向平庸》，原文棒极了，你们将来上大学时一定要好好读读这篇文章，经典就是经典，经典永不过时。斯坦福大学是世界著名高校，能上这所名校的学生本身就非常优秀。

说实话，现在很多孩子从小就被寄予了父母未能实现的理想和抱负，平添太多的规划设计，按照被设想的模式塑造。殊不知，孩子被规划设计得越多，被塑造得越多，将来取得成功的概率就越低，说严重一点就是，"拉磨一年，终生无缘千里马"。

当然，父母希望你们能出类拔萃，毕竟我们国家很大，人口众多，各行各业的"内卷"都很厉害，今天不努力学习，明天就考不上一所好大学，也许就找不到好工作，就无法成功，一环套一环，环环相扣。总之，千言万语一句话，就是要用学习来对抗将来可能出现的平庸。于是乎就出现了一个共性现象，家长们为了不让孩子输在起跑线上，为了能让孩子上一所好的幼儿园、小学和中学，买学区房，送孩子上辅导班、参加竞赛，不管孩子满意不满意，一定要家长满意才行。中国式父母比孩子上学都累，操心也多，课堂内比的是学生成绩，课堂外拼的是家庭资源，真是"知我者谓我心忧，不知我者谓我何求"。

然而，作为父母的我们都不够优秀，何苦要求你们非要考上北大清华呢？为什么非要"望子成龙""望女成凤"，偏偏不能盼望子女成"人"呢？

我们必须承认的是，不同的孩子在智商方面差别很大，有的孩子能轻而易举地取得好成绩，有的孩子即使尽全力学习还是考试不及格。爸爸上学的时候，就特别羡慕那些不怎么学习就取得好成绩，眼睛贴着书本怎么看也不近视，不费力气就能做几十个引体向上的同学。这些同学的优秀好像是天生的，其实也不尽然。须知，我们评判优秀的标准不只是学习一种，所谓"三百六十行，行行出状元"，当然这也引申出我们对"什么是优秀"的思考。

何为优秀？在考试中取得100分的好成绩，当然是优秀；在绘画、体育比赛中获得第一名，当然是优秀；考上一所好的中学、大学，当然是优秀；取得奖学金，评上优秀学生，当然是优秀；大学毕业后，得到一份体面的工作，当然是优秀。但是还有一个问题，之后呢？遇到挫折和困难怎么办？很多人在"优秀"了很多年后，上大学后沉迷玩乐的有之，颓废退学的有之，患心理疾病的有之，优秀不再，潜力全无。很多人到工作岗位后业务没有学精，反倒是溜须拍马、察言观色、谄上欺下那一套学得特快，迅速地庸俗化，与世俗同流合污，终于在不断"优秀"中，向一事无成的平庸狂奔而去。

亲爱的孩子，这说明我们对"优秀"的评价标准有问题，或者说过于简单肤浅。比如，太过于关注金钱、地位等外在物质，恰恰欠缺了对精神内核的培养。记住，大凡取得成就的人，都是有理想有追求，踏踏实实、甘于奉献，耐得住寂寞的人；是在经历了诸多磨难，遇到挫折不退缩不畏惧，能咬牙坚持挺过来的人。

正如爸爸前面信中所提到的，成长就是经历不同的人生，我们通过学习，是想拥有一个健康的身体，一个活泼开朗的性格，一个有趣的灵魂，以及基本的常识判断、是非评判。如果忽略了这些，即使一个学生在成绩上再优秀，也不能保证他是一个三观正确的人，他很可能是一个精致利己主义者，是一个心胸狭窄、是非不明的人，是一个衣冠楚楚而内心龌龊肮脏的人。这样的人从事普通工作危害还不大，如果身居与他道德水准不匹配的高位，就会给单位乃至社会造成巨大损害，当然最终也将害了自己。

亲爱的孩子，我们中的大多数人终其一生都在无限的期待中走向了平凡，而接纳自己的平凡便是人生成熟的开始。平凡绝不等同于平庸，平凡的人可以做出不平凡的事来，照样是伟大的高贵的。平庸的人则可能自己做出坏事都不知道，还沾沾自喜，自以为是，这样的人即使"优秀"也不足道哉，在被人不齿的同时，还要接受世人在道德上的审判。

一个人要放弃平庸，就要有灵魂的自觉，从感官上带来的刺激和快乐是肤浅的、短暂的，而灵魂的优雅与高贵所带来的快乐才是深刻的、持久的。

　　亲爱的孩子，要能知道自己是谁，知道自己从哪里来，知道自己要到哪里去；知道人生是有所为有所不为，不是单纯为了功利目的而活；知道做事不能损人利己，更不能落井下石；知道要对强者不卑不亢，不趋炎附势；知道要对弱者悲悯怜惜，施以援手；这样的人即使平凡也伟大，能活出真实的自我，能用平凡对抗平庸，能走出属于自己的精彩人生。

爱你们的爸爸

2022 年 3 月 2 日

第100封信
脚踏实地才能仰望星空

亲爱的孩子：

自从爸爸与妈妈打赌每周给你们写一封信以来，两年里，爸爸一以贯之地坚持下来，看似简单其实不易。今天已经是第100封信，现在爸爸做到了，没有食言，终于如释重负，浑身轻松，充满惬意，真是"道阻且长，行则将至；行而不辍，未来可期"，坚持到底就是胜利。

因为这是最后一封信，爸爸给你们谈的内容自然要"高大上"一些。

德国哲学家黑格尔说过，"一个民族有一群仰望星空的人，他们才有希望"。如果一个民族只是关心脚下的事情，这个民族是没有未来的。"仰望星空"就是指一种向上的、积极的生活态度。人为什么要仰望星空？是因为在人的一生中，总要为信仰而活着，为目标而生存。没有信仰，一个人只是一具没有灵魂的空壳；没有目标，就好比旅途中迷失方向的游客。

脚踏实地才能仰望星空，就是要你们心存敬畏。你们生活在一个五彩缤纷的世界，也是一个物欲横流的世界，陪伴你们的不只有鲜花和掌声，还有诱惑和陷阱；你们所走的人生路也不是一条坦途，还有曲折和困难。在鲜花和掌声面前，你们要明理，识大体，知进退，晓利害；在诱惑与陷阱面前，你们要有敬畏之心，凡事不能利字当头；在曲折与困难面前，要能咬牙坚持，决不轻言放弃。想想也是，在浩渺的宇宙面前，个人是那么的渺小，那么的无助，若不能把你们的心灵放在一个高雅的地方，一个安全的地方，一个干净的地方，当风尘来袭时，就会六神无主，手足无措，进退失据。

脚踏实地才能仰望星空，就是要胸怀宽广。孩子，人生中不如意的事情十之八九，人在一生中会碰到很多不顺心的事情，会遇到各色各样奇奇怪怪的人，有时候也会发现很多事情靠努力根本解决不了。人生不是"山重水复疑无路，柳暗花明又一村"，而很可能是"柳暗花明又一坑，一坑又一坑"，当你们实在觉得委屈无助的时候，就抬头望望天空，它那么宽广，一定能把你们的委屈装下。孩子，人的格局都是靠委屈撑大的，但凡有成就的人，都是在困难的熔炉内千锤百炼的，只有这样才能练就一身铜皮铁骨，百毒不侵，不被困难压倒，不被挫折击垮。

脚踏实地才能仰望星空，就是要道德高尚。德国另一位哲学家康德说过："世界上有两件东西能震撼人们的心灵，一件是我们心中崇高的道德标准，另一件是我们头顶上灿烂的星空。"道德之所以重要，是因为违背它会贻害无穷。现实中，很多事情不像书本上的问题那样有标准答案，而是存在各种影响因素，存在着大量的非理性认识，有一股我们看不见、摸不着的力量在影响着它们的发展。走捷径的人，看似得到很多，但由于捷径不是人间正途，实际翻船的概率也大。

亲爱的孩子，这个社会，有规则就有人想钻空子，有制度就有人想突破，如何在别人千方百计想走捷径时，自己还能继续坚守下去，是一件需要认真思考的事情。你会发现很多人走捷径成功了，老老实实、本本分分的人却得到甚少，或者是什么也没有得到。那么，在这种情况下，坚守是否还有意义，还要不要耐住寂寞？对此，我们的答案是肯定的，当然有意义，而且意义重大。

德国哲学家叔本华说过，"当你凝视深渊时，深渊也在凝视着你"。这句话的意思是，与强大的敌人战斗的时间长了，必定因为过多的关注和了解，让自己也成为像对方那样的人。当你审视邪恶的时候，邪恶也如同一面镜子在审视你的内心。人性是复杂的，没有单纯的善，也没有单纯的恶，很多时候，两者之间是可以相互转换或者共存的。比如，当你看到别人在不当取利时，你是也要那样做，还是要坚守底线，这一直都是一个人生选择题。再如，当有人靠打小报告来"取宠"，靠告密达到个人不可告人的目的时，你是否会采用同样的手段这样做呢？但如果这样做了就与坏人无异。这就好比，千百年来困扰中国人的"义利之辩"，是舍生取义还是见利忘义，不少人在取舍的两难之间犹豫和徘徊。

正确的做法应当是，要能坚持住人生的底线，不当之利绝不取之，远离那些没有底线的人，专注做好自己的事情。当然这不是软弱，不是忍让，不是退让，而是一种智慧，一种见识，一种风度。也要告诉自己，不要花费过多的精力在无谓的人和事上，不要也不必让他们占据自己的内心。

亲爱的孩子，爸爸不是一个悲观主义者，但也不是一个乐观主义者。诚如徐贲老师在《人文的互联网》一书中指出的，"人性中的'负面倾向'告诉我们，对负面事物的关注程度超过正面事物，负面信息也比正面信息更让人感兴趣，对人的影响也更显著"。这也是在信中，爸爸总是用审慎、低调的原则忠告你们的原因，爸爸希望你们不要自大自欺、盲目乐观、盲从逐流，越谨慎越安全，越低调越理性。低调的人，懂得谦让谨慎，懂得敬畏忍让。而高调的人不知道节制欲望，狂妄无知的结果是不知道谦虚忍让，终将会吃高调的亏。

孩子，脚踏实地才能仰望星空。爸爸希望你们在未来的人生中能成为一个有理想、有道德、有爱意、有情怀的人，大到对国家对人民有益，小到把自己的灵魂塑造得美美的、宽宽的、大大方方的，到哪里都自带光芒，成为有爱、有真心，敢担当、能付出的堂堂男子汉。

行文至此，100 封家信已经全部完成，爸爸做到了"诺不轻许，许则为之，言而有信，说到做到"。幸福就是这么简单，生活总是那么美好，快乐的秘诀在于知足常乐。让我们一家四口来一个大大的拥抱，手拉手，肩并肩，一起脚踏实地，共同仰望星空！

爱你们的爸爸

2022 年 3 月 5 日

附录一

给即将出生孩子的一封信

亲爱的孩子：

你知道吗？自从得知你即将到来的消息，我和妈妈都在翘首期盼你的降临，期盼着你来到这个五彩斑斓的世界，期盼着听到你呱呱坠地后的第一声啼哭。

亲爱的孩子，你知道吗？妈妈十月怀胎很辛苦，为你寝食难安，而你有时却在调皮地踢着妈妈的肚皮，像跳动的美丽音符，这是我们之间最亲密的接触，让我们真实地感受到了你的存在。爸爸和妈妈经常谈论你是男孩儿还是女孩儿。妈妈希望你是一个男孩儿，因为男孩儿像妈妈。她怕如果是女儿的话，长得像爸爸，不好看。爸爸却希望你是一个女孩儿，因为人们常说女儿是爸爸上辈子的情人，是爸爸的贴身小棉袄，那样的话，这个世界上就有两个女人爱着爸爸了。

亲爱的孩子，你知道吗？从你诞生的那一刻起，你就不会孤单，因为有爸爸妈妈陪伴在你的身边。你即将到来的这个世界，是丰富多彩的，是美好绚丽的，是充满生机的，也是充满竞争和挑战的，当你开启人生航程的时候，爸爸妈妈会亲手为你挂起前进的风帆。

亲爱的孩子，你知道吗？父母是最好的老师，我们会教你走路说话，会教你读书识字，会教你做人做事的道理。爸爸妈妈希望你健康快乐地成长，会为你营造一个温馨向上的家庭环境。在你面前，我们不会发生争吵，不会违反交通规则，不会浪费粮食。希望我们的言传身教伴随着你一天天长大，我们能为你树立一个好的榜样。

亲爱的孩子，你知道吗？学校是继家庭之后你的又一个重要的成长场所。

在这里你将学习到书本知识，将会和同学相处，将会在老师的指引下，迎来你人生的又一缕美丽阳光。在这里你将从一个懵懂小孩，逐渐地成长为一个听话懂事的孩子，成长为一个有知识和理想的少年，成长为一个将来对社会有用的人才。在这里，你的努力将决定你在学业上的成就，乃至影响你将来从事的职业和人生的走向。但爸爸妈妈要告诉你的是，读书学习是要贯穿你的一生的，即使将来你真正踏入了社会，从事某一职业，爸爸妈妈也希望你养成继续学习读书的好习惯。因为，当你在人生中遇到困惑时，书中会有你需要的答案；当你在人生中遇到瓶颈时，继续学习会开阔你的眼界和思路；当你在人生中碰到挫折时，知识会让你找到心灵的港湾，会成为你战胜阴霾、走向成功的最好帮手。

亲爱的孩子，你知道吗？经过多年的努力，当你在学业上证明自己的时候，也是你真正从爸爸妈妈的呵护下独立的时候。你将会踏入社会，去认知这个对你来说充满着很多新奇事物的世界。在社会上生存，单纯靠你的智商远远不够，还需要你的情商和逆商。对你而言，此时你所面对的社会已经不再像儿时那么完美，也不再像书中描绘的那样单纯，你需要从实践中得到那烈日阳光的照射，需要从实践中去品味人生的百味，需要从磨砺中让自己变得坚强成熟。你将组建自己的家庭，拥有自己的孩子。到那时，你才会慢慢体会到为人父母的艰辛，会慢慢理解爸爸妈妈当时为什么会那样教育你，会慢慢意识到原来自己那时是多么幼稚。当你意识到这些时，证明你已经长大了，爸爸妈妈会感到无比欣慰，也会为你感到骄傲和自豪。

亲爱的孩子，真诚期盼你的到来！

永远爱你的爸爸妈妈

2013 年 12 月 22 日凌晨于家中

爸爸，你是个"大坏蛋"

爸爸，你是个"大坏蛋"
不要再看手机了
手机里面有大灰狼
大灰狼是个大坏蛋

爸爸，你是个"大坏蛋"
我不喜欢爸爸了
爸爸是个大帅哥
果果是个小帅哥

爸爸，你是个"大坏蛋"
我不要和你睡
我要和妈妈睡
妈妈呢？妈妈在这里

爸爸，你是个"大坏蛋"
我要把你抓起来
我要做白猫班长
我不是黑猫警长

爸爸，你是个"大坏蛋"

A01 油罐着火了
我要做个消防员
去把大火给扑灭

爸爸，你是个"大坏蛋"
小爱同学，小爱同学
模仿老虎的声音
模仿猫咪的声音

爸爸，你是个"大坏蛋"
你不要再喝酒了
爸爸总是不听话
我不和爸爸玩儿了

爸爸，你是个"大坏蛋"
每天都要去上班
哥哥要去幼儿园
我在家里和姥姥玩儿

爸爸，你是个"大坏蛋"
我和哥哥一起看电视
我要看《猫和老鼠》
还有《聪明的一休》

爸爸，你是个"大坏蛋"
总是不听妈妈的话
我要做个好宝宝
永远都不让妈妈生气

爸爸，我淘气吗

——谨以此诗献给三岁生日的弟弟

爸爸，咱们来玩游戏吧

红灯，你要停住了

路上的车多吗

绿灯，请通行

黄灯，等一等

红灯，绿灯，黄灯

爸爸，我淘气吗

爸爸，咱们来玩游戏吧

降龙十八掌，锁定

爸爸你不能动了

小果儿，快给爸爸解锁，

解锁，爸爸你可以动了

解锁，锁定，解锁

爸爸，我淘气吗

爸爸，咱们来玩游戏吧

你快闻闻我的小脚丫

爸爸，你昏倒了

快给爸爸解药，爸爸中毒了
给你解药，你又活过来了
爸爸，你快闻闻我的小脚丫
爸爸，我淘气吗

爸爸，咱们来玩游戏吧
两架飞机来了
啪，啪，这架飞机翅膀断了
啪，啪，那架飞机翅膀也断了
里面的飞行员怎么样了
飞行员跳海了
爸爸，我淘气吗

爸爸，咱们来玩游戏吧
我要看动画片
我是白猫班长
Tom 和 Jerry 怎么老打架呀
光头强又来砍树了
熊大熊二快来呀
爸爸，我淘气吗

爸爸，咱们来玩游戏吧
我扔西红柿砸你了
我躲，我躲
你没有躲过去
你脸上西红柿汁多吗
快用毛巾擦一下
爸爸，我淘气吗

爸爸，我的小屁股丢了

爸爸，爸爸
我可以玩你的手机吗
可以呀，但要等你长大才可以
可是我不想长大，怎么办
屁爸爸，屁爸爸
你再说，爸爸要打你屁股了
爸爸，我的小屁股丢了

爸爸，爸爸
我可以看动画片吗
可以呀，但要学习之后才可以
可是我不想学习，怎么办
屁爸爸，屁爸爸
你再说，爸爸要打你屁股了
爸爸，我的小屁股丢了

爸爸，爸爸
我可以不戴口罩吗
可以呀，但要病毒跑光之后才可以
可是病毒什么时候跑光呀
屁爸爸，屁爸爸

你再说，爸爸要打你屁股了
爸爸，我的小屁股丢了

爸爸，爸爸
毒蘑菇可以吃吗
不可以，吃了之后会中毒的
那是不是要去医院解毒呀
屁爸爸，屁爸爸
你再说，爸爸要打你屁股了
爸爸，我的小屁股丢了

爸爸，爸爸
晚上我可以下楼玩吗
可以呀，但要爸爸妈妈陪着才可以
那哥哥呢，我们一起吗
屁爸爸，屁爸爸
你再说，爸爸要打你屁股了
爸爸，我的小屁股丢了

附录五

爸爸，我想去挖宝藏

爸爸，我想去挖宝藏

好啊！你想去哪里寻宝

我想去厦门

好呀，我带上锄头，你带上铁锹

厦门有什么呀

有鼓浪屿、美丽的厦大，还有可亲可爱的江奶奶

爸爸，我想去挖宝藏

好啊！你想去哪里寻宝

我想去北京

好呀，我带上锄头，你带上铁锹

北京有什么呀

有故宫、颐和园，还有万里长城永不倒

爸爸，我想去挖宝藏

好啊！你想去哪里寻宝

我想去甘肃

好呀，我带上锄头，你带上铁锹

甘肃有什么呀

有莫高窟、月牙泉，还有热气腾腾的拉面

爸爸，我想去挖宝藏

好啊！你想去哪里寻宝

我想去上海

好呀，我带上锄头，你带上铁锹

上海有什么呀

有外滩、迪士尼，还有流光溢彩的东方明珠

爸爸，我想去挖宝藏

好啊！你想去哪里寻宝

我想去内蒙古

好呀，我带上锄头，你带上铁锹

内蒙古有什么呀

有大草原、蒙古包，还有香喷喷的烤羊腿

爸爸，我想去挖宝藏

好啊！你想去哪里寻宝

我想去西安

好呀，我带上锄头，你带上铁锹

西安有什么呀

有兵马俑、古城墙，还有好吃难写的 biangbiang 面

爸爸，我想去挖宝藏

好啊！你想去哪里寻宝

我想去成都

好呀，我带上锄头，你带上铁锹

成都有什么呀

有武侯祠、杜甫草堂，还有美味的麻辣火锅

爸爸，我想去挖宝藏

好啊！你想去哪里寻宝

我想去南京

好呀，我带上锄头，你带上铁锹

南京有什么呀

有总统府、夫子庙，还有乌衣巷口夕阳斜

爸爸，我想去挖宝藏

好啊！你想去哪里寻宝

我想去洛阳

好呀，我带上锄头，你带上铁锹

洛阳有什么呀

有白马寺、龙门石窟，还有寻宝必备工具洛阳铲

爸爸，我想去挖宝藏

好啊！你想去哪里寻宝

我想去……

好呀，我带上锄头，你带上铁锹

……

附录六

爸爸，咱们去银基动物王国吧

爸爸，咱们去银基动物王国玩吧

好啊！动物王国里有老虎没有

有啊！有啊

还有草原之王狮子

还有脖子长长的长颈鹿

还有，好多好多的其他动物

爸爸，咱们去银基动物王国玩吧

好啊！动物王国里有过山车没有

有啊！有啊

你们坐不坐

我才不要坐

我的小心脏都快飞出来了

爸爸，咱们去银基动物王国玩吧

好啊！动物王国里有海狮没有

有啊！有啊

海狮很聪明

可以跳舞，可以套圈，可以做游戏

还可以和人类打招呼呢

爸爸，咱们去银基动物王国玩吧
好啊！动物王国里有 4D 电影没有
有啊！有啊
走，咱们去看《里约大冒险》
可是我有些害怕
它的椅子总是发出奇怪的声音

爸爸，咱们去银基动物王国玩吧
好啊！动物王国里有好吃的没有
有啊！有啊
有冰淇淋、可乐、牛肉面
饿肚子了怎么办
我要去飞鸟餐厅吃饭

爸爸，咱们去银基动物王国玩吧
好啊！动物王国有休息的地方没有
有啊！有啊
有冰雪王国酒店
我们住哪个房间
我要住北极熊居住的房间

后 记

言而有信

写完第 100 封信，自己终于可以长舒一口气，搁笔离案，独自踱步至楼道凭栏处。隔窗凝神远眺，天空中月明星稀，北龙湖波平如镜，立交桥上车流穿梭，岁月中人来人往，脑海中总有一些抹不去的经历，更是别有一番思绪在心头。

人生匆匆，到医院工作至今已十余载，不知不觉中已从一个毛头小伙子变成了"油腻"的中年大叔，聊以自慰的是从未放弃读书学习，没有让自己变得那么俗不可耐和不可理喻。《菜根谭》上讲，"风来疏竹，风过而竹不留声；雁渡寒潭，雁去而潭不留影。故君子事来而心始现，事去而心随空"。多年来，自己一直将"风来疏竹"作为微信名称，内心境遇之变迁，时见一斑。又有语云："登山耐侧路，踏雪耐危桥。"一个"耐"字，有无尽意味，亦有无尽受用，此中有真意，欲辨已忘言。

在此，真心感谢生命中的每一次相遇，对于真心帮助自己成长的人，感谢他让自己知道正直善良诚实的可贵；对于反向激励自己成熟的人，感谢他使自己明白自立自强自尊的重要。

医院是一个充满悖论和人性反思的地方，医护人员对于刚到医院的患者来说，是陌生人，医护人员对患者的照顾，是一个由"陌生"到"熟悉"的过程；而亲人之间的照顾，则可能是一个由"熟悉"到"陌生"的过程。医院是生命的转场，也是见惯人情冷暖的地方，如果说人生中有什么解不开的结，那就到医院的急诊科和 ICU 看一下，命运中的变幻无常，生命里的脆弱不堪，亲人间的生死分离，随时都可能发生，每天都在上演。明天和意外，你永远不知道哪个先到来。知晓了世事无常，人就什么都能释怀，也就什么都能放下，万般皆为浮云，名利不过是身外之物、过往云烟而已。人生中，唯有当下拥有的一切，才是最宝贵、最真实、最令人幸福的，理想再宏伟，目标再远大，也要一步步地来，而健康快乐地活着永远是前提，否则一切都是空谈。

工作期间，自己成家立业，结婚生子，生活过得平静淡然。平日里忙于工作，有时回家孩子已经睡着，早上走得早，他们还没有起床。如此日复一日，年复一年，不知不觉中孩子已渐渐长大，自己内心却总觉得失去了些什么，仔细想来，那就是陪伴。

这100封信记录了自己与孩子日常相处的小事，加之平日里读书的感悟和生活体验，有感而发，直抒胸臆，没有经过装饰，是自己内心最真挚的情感表达。书信是按照时间顺序书写，是基于感性而非理性的，是随心所欲而非约定俗成的，因此会略显杂乱无章。自己也曾想过将之分类规范一下，但太过工整的内容又失去了本真，"文章本天成，天然去雕饰"，还是坚持将之"一成不易"地呈献给大家，也体现了自己一路走来心路历程的变化。这本书信集只是一家之言，信中言语不当或立论不妥之处，我也将在今后的学习与生活中，继续努力改进与提高。

信中所写多是教育孩子如何树立正确的人生观、价值观和世界观，如何正确学习以及如何正确做人做事等内容。谈得最多的还是学习，学习是人一辈子不断前进的法宝，是克服困难的利器，是战胜挫折的不二法门，是走向成功的垫脚石。只有学习学习再学习，人生才能前进前进再前进。学习是观察世界、了解世界、认识世界的钥匙，多学习一些知识，就多一个角度、多一份力量、多一种方法。

学习的另一重好处在于，让一个人拥有知识的同时，也渐渐向财富靠拢。现实中，才华虽然不能与财富画等号，但是"财"与"才"的主要区别在于，"财"字是"钱（贝）"与"才"的组合，也就是说拥有财富的人也一定要有与之相匹配的才华。可见，财富是精神现象，而非一般人认为的物质现象。当然，现实当中有"财"而无"才"的人比比皆是，这就会出现常见的现象，有"才"的人拥有财富可以安稳一生，无"才"的人拥有财富则可能是一场巨大的人生灾难。历史上因为炫富露富招来杀身之祸的事例比比皆是。正所谓"君子爱财，取之有道"，通过好好学习，拥有真正的"才"华，才能获取与个人品德相匹配的"财"，这是人间正道，亘古未变。

当然，我也希望这100封信的内容能与全国的广大家长有共通共情之处，能引起当下教育工作者的思考与共鸣，缓解不应有的"教育焦虑"，这也是我写这本书的主要目的之一。诚如信中所言，我不奢望孩子现在就能读得特别明白，等将来他们长大了，有了一定的人生经验后，再看看这些内容，能有所提高或者说觉得文中有些话对自己特别受用，我就已经心满意足了。因为，我们学习，不是为了记住多少知识，而是通过学习知识，带给个人思维和行为方式上的改变与提升。这才是人一辈子取之不尽、用之不竭的宝贵财富。

人本身就是个矛盾体，会深受自身情绪和外界环境的影响，心情好时踌躇满志，心情坏时又万念俱灰。如何处理好与自己内心、与他人、与外界的关系，是一个永恒的话题。讲大道理谁都能明白，但当个人遇到事情，不能置身事外时，能不能控制好情绪，能不能理性看待，能不能正确处理，则又完全是另外一回事。人生中的很多道理大家都懂，为什么还是过不好这一生，照样会骄傲、会轻信、会愤怒、会犯错，人性中的自私、算计、嫉妒、仇恨、攀比、炫耀等阴暗部分仍然无法根除，这也充分说明了理想和现实之间的巨大鸿沟。总而言之，对于人性中根深蒂固的劣根性，我们需要用理性、用制度、用法律、用契约去框束及限制它，将之放在一个坚固的小笼子里，用一把锁牢牢地锁住，决不让它轻易地跑出来。

当然，成长不是无代价的，成长本身就意味着失去，意味着改变。所谓"成熟"也是要失去很多本真的东西，失去了童趣，失去了天真，更有甚者为了达到不可告人的目的，无所不用其极，丢失了原则，失去了信念，丧失了理想，成了一具没有灵魂的躯壳，终于活成了自己所讨厌的样子。

其实，这不是人生该有的本来面目，人在经历了一些坎坷不平后，最好的状态是回归自然淳朴，即婴儿时的状态。老子《道德经》中讲："知其雄，守其雌，为天下溪。为天下溪，常德不离，复归于婴儿。"意思是"知晓什么是雄壮，安守自身的柔雌，甘愿做天下的沟溪。甘愿做天下的沟溪，恒有的美德就不会脱离，又会回到无智无欲的婴儿状态。"婴儿天真活泼，眼睛清澈透明，没有复杂思想，一举一动都是自然本能。人在经历磨砺之后，能复归于婴儿，就是最好的人生状态。

与孩子一起成长，应该是对自己童年的映射，期望从孩子身上看到曾经的自己，找回那丢失的童年，唤醒自己内心深处的那一份纯真，做一个单纯的自己，人简简单单，事简简单单，人和事结合起来也简简单单，做人做事更是简简单单。

日常里，每次接到孩子们的电话，他们奶声奶气地问道："爸爸，你什么时候回来？""什么时候陪我们去玩儿？""你再喝酒我就不理你了！""爸爸，你要听妈妈的话，听妈妈的话没有错，记住了没有。"彼时彼刻，有一股小电流忽然触到了内心最柔软的地方，麻麻的、痒痒的、酸酸的，有一股说不出的温暖感觉，整个世界仿佛都为之静止。人们常说，女儿是"小棉袄"，最温暖、最贴心，儿子是"皮夹克"，中看不中用，既不能挡风也不能保暖，但聊胜于无。人们常常调侃道，女儿是"招商银行"，儿子是"建设银行"，殊不知家里有两个男孩叫作"汇丰银行"（大人会疯的意思），足见养育两个男孩的父母是要有勇气和胆量的。其实，会心一笑之余，对于父母而言，儿子女儿都是一样的，都是自己生命的延续，也是未来希望的寄托，是自己好好活着、努力工作、对抗困难、对抗孤独、扫除一切烦恼的源泉所在。

时间是治愈一切的良药，也是人生最好的记录仪。父母恩深，儿女情长，父亲的肩膀永远是最宽厚的，母亲的眼神永远是最温暖的。陪伴是最长情的告白，我们陪伴孩子们一起长大，孩子们陪伴我们渐渐变老。

自己曾不止一次地想象着，等孩子们长大成人后，逢年过节携家带口回来，一家人济济一堂、其乐融融，是何等美妙的场景！那时我们会精心备上一桌丰盛的珍馐美味，倒上几杯美酒，把盏言欢、笑谈往昔、聊聊当下、畅想未来，有说不完的话儿，有唠不完的嗑儿。这个家有我们与你们兄弟在，就是最美好、最圆满的，生活中的所有都是甜，苦也是甜，甜更是甜。

人生如一江春水大浪淘沙，爱是永恒的桥梁，家永远是最温暖的港湾，亲情就是那桥下流淌不息的涓涓暖流，而孩子们就是这港湾中最璀璨最耀眼的明珠。